Sous le Soleil

ROMAN

W0382416

D'après des scénarios originaux de :

James Adner
François Aramburu
Patrick Bancarel
Jessica Bendinger
Grégory Boutboul
Eugénie Dard
Patrice Dard
Lorène Delannoy
Patrick Delmas
Soline Delmas
Malika Ferdjoukh
Pascal Fontanille
Catherine Foussadier
Simone Girard
Bernard Jeanjean
Caroline de Kergariou
Martine Legrand
Fabienne Lesieur
Philippe Machu
Olivier Marvaud
Pascale Memery
Michaël Océan
Olive Otin Blats
Pierre-Yves Pruvost
Bernard Renucci
Kaddour Riad
Élisabeth Rio
Régine Sabre
Béatrice Shalit
Olga Tosseqk
Patrick Tringale

Tous droits de traduction, d'adaptation
et de reproduction réservés pour tous pays.

© 2004 Marathon, All rights Reserved
© 2004 TF1 Entreprises
© Éditions Michel Lafon, 2004
7-13, boulevard Paul-Émile-Victor - Île de la Jatte
92521 Neuilly-sur-Seine Cedex

Marina PERRIN

SOUS LE SOLEIL

D'après une idée originale de
Pascal Breton et Olivier Bremond

LA SÉRIE
CULTE DE
TF1

PRODUITE PAR
MARATHON

Michel LAFON

– 1 –

Plage à vendre

Le catamaran, élégant et fier, filait bon train. La mer, peu agitée, luisait sous le soleil. Quelques embarcations légères passaient au loin, avec des vacanciers enjoués et des filles en bikini. Sur le rivage, Gregory distinguait déjà les jeunes volleyeuses qui se livraient des matchs farouches, dans de grands éclats de rire. Le vent faiblissait. Gregory amena le foc, pour réduire l'allure. Ses mains, endurcies par le sel et les cordages, avaient des gestes précis. Il reprit la barre de l'*Orion*, le beau bateau qu'il convoyait depuis l'Amérique du Sud : seize mètres, double coque en fibre de verre, mât en acier renforcé de Kevlar. Une beauté, vraiment. Parti depuis deux ans, Gregory avait fait le tour du monde, doublé le cap de Bonne-Espérance sous vents contraires, avait frôlé la baie de Boston et la pointe de l'Italie, et revenait, après une dernière tempête, l'âme burinée et les yeux pleins de rêves, vers sa ville natale : Saint-Tropez. Là, il y avait sa famille, ses souvenirs, son enfance. Il y avait aussi Laure, la jolie Laure, qui lui avait un instant laissé espérer un bonheur toujours fuyant...

L'*Orion* s'inclina légèrement en passant devant la Plage,

la fameuse Plage Saint-Tropez, celle que son père avait achetée pour y accueillir les amis, les visiteurs, les touristes. Pour Gregory et son frère Louis, la Plage était une enclave protégée, qui ressemblait au paradis. Gregory jeta un coup d'œil, de loin il crut reconnaître un instant la silhouette de son père, Claude... Un claquement de voile l'arracha à sa rêverie. Il leva le nez, sentit le vent dans son dos, diagnostiqua un changement d'allure et de gîte, barra vers le port. Mince, bronzé, le nez aquilin, Gregory ressemblait à un corsaire de jadis. Mais les corsaires de jadis n'avaient pas de micro. Gregory empoigna le sien, appuya sur le bouton « Transmission » et lança :

– La capitainerie ? Oui, c'est Gregory... Le fils Lacroix.

Il écouta la réponse, et reprit :

– Dis-moi, tu peux me trouver une place à quai ? Non, non, une grande ! Ouais. Je reviens de loin, mais j'ai sauvé mes deux flotteurs. À tout de suite !

Le port était là, droit devant. Des voiliers de luxe, des vedettes rapides, des catamarans profilés se côtoyaient. Quelques jeunes en scooter faisaient pétarader leurs machines, tandis que des couples heureux de vivre prenaient une menthe à l'eau à la terrasse de Sénéquier, et repartaient, la main dans la main, avec l'obligatoire barre de nougat maison. Au fond, pourquoi était-il parti ? Par goût de l'aventure, certes. Mais aussi parce que la vie à terre ne lui convenait guère. Il avait besoin de sentir un pont qui tangue sous ses pieds, il adorait cette solitude des grandes traversées. Il parlait avec les oiseaux. Louis, son frère, était très différent : d'ailleurs, il allait encore au lycée. Tout en effectuant les dernières manœuvres d'approche, Gregory évita soigneusement de penser à la vraie raison de son errance et de son départ précipité.

Peut-être Laure l'aurait-elle attendu... En jetant un filin sur le quai, il sentit que son cœur battait plus vite.

Sur sa petite moto Honda 125 trial, Louis faisait le fou. Il levait la roue avant, retombait en riant, donnait des gaz, faisait déraper la roue arrière et soulevait la poussière de la petite place. Sous les tilleuls centenaires, personne ne faisait attention à ce gamin surexcité. Les vieux continuaient à siroter leur anisette, les jeunes à susurrer des mots d'amour à leurs copines, et quelques ménagères, des bottes de poireaux dans leur panier, regardaient avec sympathie ce grand dadais bronzé, le crâne rasé, la salopette lâche, qui lançait en l'air des brassées de feuilles de cours en criant : « Vive la liberté ! » Du lycée, madame le proviseur regardait la scène en hochant la tête. Pour elle, Louis Lacroix était un « élément irrécupérable ». C'était dommage : le gamin, sortant à peine de l'adolescence, était doué. Il avait de l'intelligence, de l'allant, mais il était aussi tête brûlée. Il supportait mal l'autorité, faisait volontiers la fête, et ne respectait pas les horaires. Il était difficile de faire comprendre à Louis que sa carrure de sportif ne devait pas l'empêcher de suivre les cours d'éducation civique, et que la chimie n'était pas nécessairement un frein à l'épanouissement personnel. Que ferait-il plus tard, sans diplôme, sans avenir ? Le soleil de Saint-Tropez incitait à l'optimisme, mais ne devait pas cacher certaines vérités. Madame le proviseur savait que Louis Lacroix était issu d'une famille éclatée : Claude, le père, un brave homme mince et pâle, à la grosse voix de fumeur de cigarettes, avait naguère fait carrière dans la police et, lassé du képi et de l'uniforme, avait préféré s'investir dans la petite Plage Saint-Tropez qui, depuis quelque temps, périclitait. Fils d'un instituteur résistant qui avait été assassiné par les nazis lors du débarquement en Provence, Claude Lacroix avait une haute idée de la justice, et de son rôle de policier. Il avait perdu sa femme à cause de son dévouement : le métier lui prenait tout son temps. La suite avait été moins drôle. C'est que, depuis le départ de Nicole, la mère de Gregory et de Louis, Claude avait du mal à assurer tout à la fois. En plus, il avait accepté un poste à la mairie, comme adjoint chargé de la culture. Quand Louis, pour rire, avait placardé une affiche un tantinet moqueuse sur la moralité des professeurs, madame le proviseur avait immédiatement réagi :

– Monsieur Louis Lacroix, votre avenir est voué à l'échec ! Les portes de cet établissement vous sont désormais fermées !

Comprenant qu'il était renvoyé, Louis s'était fendu d'un grand sourire. Puis :

– Merci ! Sincèrement merci ! Je crois que je vais vous embrasser !

– Vous finirez en prison, monsieur Lacroix !

– C'est vous qui êtes en prison ! Aaaah ! Moi, je vais enfin commencer à vivre !

Là-dessus, Louis avait embrassé sur la bouche madame le proviseur et s'était élancé sur la place, devant les ménagères à poireaux. Laissant derrière lui une profusion de cahiers, de feuilles et de livres de classe, le tout répandu par terre, il roulait maintenant vers la Plage, où avait lieu un cocktail offert par M. et Mme Olivier, les parents de Laure. Que fêtait-on ? Ses fiançailles avec Alain Dulac, un jeune cadre prometteur.

Tandis qu'un vent tiède gonflait son tee-shirt sur sa

petite moto, Louis prit une décision : au fond, il n'avait pas besoin de dire à son père qu'il était viré de l'école. Il trouverait bien une occasion, plus tard, de faire passer la pilule. Il donna des gaz. Un moucheron d'orage vint s'écraser sur ses lunettes, ce qui le fit rire.

Tout le monde se tourna vers le nouveau venu, Gregory. Celui-ci, à peine débarqué, encore ébouriffé, ouvrit les bras :

– J'avais peur que vous ayez oublié mon arrivée !

Sandra, l'amie de toujours, la petite blonde mince, s'écria :

– Oublié ? Toi ? Mais comment est-ce qu'on pourrait t'oublier ?

Il s'embrassèrent. Tout le monde applaudit. Les verres se levaient, les éclats de voix fusaient. Décidément, rien n'avait changé, se dit Gregory. Il avisa son frère : lui avait changé. Vraiment. Il était plus grand, plus fort. Son visage au teint mat était éclairé par un immense sourire. Gregory se dégagea des bras de Sandra pour se précipiter :

– Alors, p'tit frère ? Attends, fais voir ? Mais t'es devenu une vraie baraque ! Tu collectionnes toujours les diplômes ?

Un éclair de gêne passa dans les yeux de Louis, interrompu par l'arrivée de Claude. Celui-ci, regardant ses deux fils, leva son verre :

– Au retour de l'aventurier !

Tout le monde trinqua. Aussitôt, les questions se mirent à fuser. Où était-il parti ? Depuis vingt-trois mois, qu'avait-il fait ? Gregory, amusé, ému, répondait de bon cœur. Sa gentillesse naturelle, qui avait du mal à soupçonner la moindre mauvaise intention, le poussait à faire plaisir. Il repérait d'anciens amis, reconnaissait telle main qui se posait sur son épaule, tel sourire décoché par un copain. Brusquement, de la cohue bon enfant qui l'entourait, une silhouette se dégagea. Son cœur se mit à rugir. C'était Laure. Brune, les cheveux mi-longs, les lèvres pleines, elle avait une allure de jeune femme sage, qu'un parfum de sensualité venait démentir. Le souffle court, la tête chavirée, Gregory réussit à dire :

– Laure ?

– Ne me dis pas que j'ai changé à ce point !

– Quand je suis parti, tu étais carrément jolie. Là, t'es carrément...

Il laissa la phrase en suspens. Il était submergé d'affection. « Tais-toi, mon cœur », pensa-t-il.

– On s'embrasse, Laure ?

Il se firent une bise somme toute assez sage. Puis Laure se tourna vers un jeune homme brun, aux yeux noirs, sanglé dans un costume beige, « le genre à avoir un attaché-case », pensa Gregory.

– Gregory, je te présente Alain Dulac... mon fiancé.

Pendant une infime seconde, Gregory ne sut que dire. Seul Louis, le petit frère, et Laure, l'ex-compagne, s'en aperçurent. Alain tendait la main. Gregory la saisit et réussit à balbutier :

– Vous avez beaucoup de chance. Félicitations.

Mais il avait l'impression d'être un navire qui coule.

La soirée s'était bien passée. Sous l'œil attentif de Blandine, la mère de Laure, une blonde d'un certain âge qui n'avait pas renoncé à plaire, et que son éducation bourgeoise poussait à tout contrôler, linge, fleurs, boissons de la fête, les invités s'étaient éclipsés peu à peu. Pierre, le mari de Blandine, un quinquagénaire grisonnant et effacé, passait son temps à couver sa fille du regard et songeait à ses affaires, que ce mariage ne pouvait qu'arranger. Son entreprise d'électronique, OrdiNavale, une petite boîte qui commençait à monter, était toute sa vie. Le mariage de Laure avec Alain Dulac allait être un excellent moyen de s'imposer dans la bonne société de Saint-Tropez. Non seulement sa fille trouverait dans cette union confort et stabilité, mais, en plus, les clients afflueraient une fois les bans publiés.

Blandine et Pierre enfin partis dans leur BMW blanche, Louis resta une minute face à la mer, devenue noire, dans l'obscurité. Quelques étoiles s'y reflétaient, tandis que les derniers lumignons de la réception s'éteignaient. Dans un coin du bar, penché sur son téléphone portable, Claude murmurait :

– Oui, j'aurais préféré en fin de semaine. Oui... Si votre client est pressé, je serai absent, mais mon fils s'en occupera.

Sandra vint s'appuyer sur l'épaule de Louis. Une chaude sympathie les enveloppa tous deux. Ils étaient amis, depuis l'enfance. Sandra, rêveuse, murmura :

– Tu te souviens quand on jouait à Peter Pan ? On se disputait toujours...

Ils restèrent un instant face à l'horizon, qui était invisible. Un paquebot, au loin, passait lentement. Une étoile filante se consuma. On entendait le bruissement du vent dans les pins. Sandra se dégagea et, d'un geste de la main, dit au revoir. Louis, resté seul, descendit de la terrasse vers le bar. Là, il retrouva son père, accoudé, pensif. Il y avait des verres vides partout, des mégots, des soucoupes avec des restes de petits-fours. La charpente métallique, boulonnée comme celle de la tour Eiffel, donnait une touche Arts déco à l'ensemble. Louis vint s'asseoir sur un tabouret haut, face à son père. Celui-ci avait l'air préoccupé. Il leva la tête, regarda son fils avec affection, et se jeta à l'eau :

– Écoute, Louis... Je ne fais pas ça contre toi, tu le sais très bien... Mais cette plage, j'en ai assez de m'en occuper. Depuis le départ de ta mère, moi...

Brusquement, Louis comprit tout. Son père avait besoin d'argent. Ce n'était pas la première fois. Auparavant, ils s'en étaient toujours bien tirés. Mais cette fois-ci... Pas de doute : son père envisageait de vendre la Plage. Leur Plage ! Inconcevable. Louis, conformément à son tempérament de Méditerranéen impulsif, s'emporta :

– Mais qu'est-ce qu'il reste, alors ? Tu gâches tout. À cause de toi, maman est partie ! Et maintenant, tu vends la Plage !!!

– Il faut savoir tourner la page... Depuis que j'ai été élu adjoint au maire, j'ai trop de responsabilités. J'ai envie de m'y consacrer entièrement...

Pendant une minute, le silence retomba. Louis se passa la main sur le crâne. Ses deux bagues, qu'il portait par affectation de jeune loup, tintèrent. Il tenta l'impossible :

– Papa... Laisse-moi m'occuper de cette plage. Je vais monter une école de voile, organiser des cours de plongée...

– Arrête de rêver ! Tu as tes études à terminer !

– Y a pas que les études, dans la vie !

La réponse de Claude tomba, dure comme un couperet :

– Passe ton bac d'abord ! De toute façon, c'est trop tard. La Plage est mise en vente.

Révolté, en colère, Louis se leva de son tabouret, qui se renversa sur le sol. Il monta quatre à quatre les marches qui menaient à la terrasse. Là, il s'arrêta, surpris par l'ampleur de sa fureur. On allait brader son enfance, vendre ses rêves, effacer son passé. La Plage, entre les mains d'un autre ? Impossible. La Plage devait rester à eux, aux Lacroix, et à personne d'autre. Il fallait trouver une solution.

L'ennui, c'est qu'à première vue, il n'y en avait pas.

– 2 –

Un mariage à l'eau

Dans le port, le silence était presque total. L'*Orion*, à l'amarre, tanguait doucement. Dans la chaleur de l'après-midi, la coque blanche resplendissait. À l'intérieur, sur des banquettes en teck recouvertes de coussins beiges, Gregory, accoudé sur la table aux cornières de cuivre, regardait Laure, assise dans le coin. Quelques rares passants, qui n'avaient pas le temps de sacrifier au rite de la sieste, flânaient à l'ombre des boutiques. Même les mouettes étaient tranquilles. Gregory, un peu ému, se lança :

– Tu es venue !

Laure, la tête légèrement penchée, était plus séduisante que jamais. Au fond, Gregory n'aurait jamais dû partir. Un instant, il avait pensé que sa destinée était de l'autre côté du monde, et là, dans le petit port de Saint-Tropez, il se rendait compte que la femme de sa vie était en face de lui, aussi inaccessible que si elle avait été sur Mars. Car Laure allait épouser Alain. Bientôt, elle serait dans les bras d'un autre ! Elle serait Mme Dulac... Rien que d'y penser, Gregory frissonnait. Il ouvrit un petit tiroir, et déroula un collier.

– Je t'ai rapporté quelque chose. Un petit souvenir du Brésil... C'est le collier que portent les prêtresses de Yemandja. Tu connais Yemandja ?

– Non...

– C'est la déesse de la mer. C'est pour ça que j'ai pensé à toi tout de suite.

– Je croyais que tu m'avais oubliée, Gregory. Merci...

Laure égrenait les boules du collier. Il y avait là des billes de terre cuite, peintes à la main ; des pierres dures, noires, sculptées en anneaux ; des pièces de monnaie ancienne... Ravie, elle passa le bijou exotique autour de son cou. Elle n'avait pas vu Gregory depuis deux ans, et pourtant, quand il l'effleurait, elle s'embrasait tout entière. Elle aimait Alain, elle allait l'épouser... Ses parents avaient tout fait pour que ce mariage ait lieu. Blandine, la mère de Laure, était au four et au moulin. N'ayant jamais travaillé de sa vie, elle trouvait dans l'organisation de la cérémonie un exutoire à son ennui. Tout était réglé comme du papier à musique. Laure décida de changer de conversation.

– J'ai hâte de terminer mes études de médecine !

– Pourquoi, Laure ?

– Je pourrai choisir ma spécialité.

– Tu sais laquelle ?

– D'abord, j'avais pensé aux maladies tropicales, Gregory. Pour pouvoir voyager et...

– ... Et me rejoindre sous les tropiques ?

Ils se regardèrent. Un courant d'air frais passa dans la cabine, mais ils ne s'en aperçurent guère. Tout d'un coup, leurs sentiments des jours anciens revenaient, en force. Gregory, timidement, posa sa main sur le bras nu de Laure. Quand il se pencha pour l'embrasser, elle eut une pensée fugace pour Alain, mais son image s'effaça instantanément. Déjà, sous les lèvres de Gregory, le bonheur revenait. Elle s'allongea sur les coussins beiges, tandis que Gregory, doucement, lui mordillait l'oreille. Quand ses mains se posèrent sur ses seins, comme des colombes douces, elle ferma le yeux, se laissant glisser dans l'abîme du plaisir.

Une mouette, perchée sur la barre, les regardait avec intérêt.

Claude était rouge de colère. Il regardait son fils avec fureur. Il avait oublié la Plage, le bar, les baigneurs, les touristes qui les entouraient. Tandis que ceux-ci nageaient dans les eaux tièdes de la Méditerranée, le bar était tranquille. Par les hublots, au-dessus des banquettes moelleuses, on apercevait quatre adolescents qui criaient en s'éclaboussant. Une radio, quelque part, laissait filtrer la musique de Louis Chedid : « Y a d'la rumba dans l'air... » Claude venait d'apprendre que son fils avait été viré du lycée, qu'il avait semé ses cahiers sur la place de Saint-Tropez, et qu'il avait gâché son avenir.

– Tu es un menteur, Louis ! Tu es un menteur, un tricheur, et un voleur ! Je passe pour quoi, moi ? Je te le demande ! J'ai eu l'air fin quand ta mère m'a annoncé ton renvoi du lycée ! Tu me demandes de te faire confiance ? Tu commandes des skis nautiques, des jet-skis, tu veux faire un concert de rock ? Je vais faire de la taule avec tes factures impayées ?

– C'est pour toi, pour la Plage, que j'ai fait ça !

Louis, les mains crispées dans les poches de sa chemise marocaine, tentait de se défendre. La colère de son père le prenait de court. Il se voyait déjà à la tête de la Plage, donnant des cours de windsurf aux jolies touristes, ou tenant le bar, le soir, en servant des cocktails, et voilà : son père lui retirait sa confiance ! Il allait vendre la Plage ! Il se leva, blême, et remonta sur la terrasse. Sa moto l'attendait un peu plus loin. Il saurait trouver une solution. Au besoin, il partirait. Oui, au bout du monde. Comme son frère Gregory. Au moment où il rabattait la béquille de sa Honda, il vit une jeune fille blonde qui s'avançait, en short ultracourt et en bustier moulant. C'était Sandra. Dans le cabinet immobilier où elle travaillait, les horaires étaient plutôt lâches. Elle avait décidé de prendre le reste de l'après-midi, autant pour éviter l'ennui de classer des fiches que pour se débarrasser du patron, M. Bodard, qui la poursuivait de ses assiduités. La serviette sur l'épaule, prête à aller faire un brin de bronzette, Sandra regarda Louis :

– Tu t'en vas ?

– Je me casse loin d'ici ! Mon père veut vendre la Plage !

– Tu te comportes comme un môme, Louis.

– Tu t'y mets aussi, Sandra ? C'est bon, je vais me débrouiller tout seul !

– Mais non, Louis ! Je vais t'aider... À rester, pas à partir.

Le ton de Sandra avait quelque chose de malicieux. Louis, du coup, remit sa moto sur sa béquille pour écouter. Quand Sandra avait une idée, il valait mieux en prendre connaissance. C'était une entêtée. Et cette fois-ci, l'idée n'était pas seulement bonne. Elle était géniale.

Alain était inquiet. Depuis quelques jours, Laure lui cachait quelque chose. Il sentait que le retour de Gregory n'arrangeait pas ses affaires. Assis dans sa décapotable GT sport, il essayait de réfléchir. Pas question que Laure lui échappe. Elle avait beau réviser ses examens de médecine, travailler comme une folle, il savait que ses absences n'étaient pas seulement dues à la préparation des épreuves. Il fallait prendre des mesures. Gregory allait perturber leur mariage, ce qu'il ne fallait à aucun prix. Le voyage de noces était déjà prévu à Istanbul, avec réception spéciale « jeunes mariés », les parents de Laure avaient fait imprimer les invitations, et tout Saint-Tropez était prévenu. Alain, le visage dur, les lèvres serrées, ouvrit la main. Il regarda le collier aztèque ou inca ou... Mais qu'importait, au fond ? Il égrena les boules, soupesa le bijou, le rangea dans la boîte à gants. Il démarra en direction du port.

Par chance, il trouva une place facilement. Il repéra très vite l'*Orion*, le bateau de Gregory. Celui-ci devait repartir dans la nuit, pour Gênes. Alain posa le pied sur l'échelle de coupée, et monta sur le pont. Son plan était bien arrêté. Gregory, penché sur des cartes marines, se retourna et, avisant son visiteur, lui lança :

– Qu'est-ce que tu fais là ?

– Laure m'a chargé de te rendre ce collier.

– Où est-elle ?

– Elle ne veut plus te voir.

Au fond, quand on avait commencé à mentir, c'était comme faire de la bicyclette. On n'oubliait jamais. Il décida de continuer :

– Elle m'a dit que tu comprendrais. Elle a cédé à un moment de doute. Elle m'a tout avoué. Mais c'est avec moi qu'elle veut vivre ! Avec moi ! Elle vient de me le jurer, elle était dans mes bras...

Gregory, de seconde en seconde, pâlissait. Chaque mot d'Alain le touchait au cœur. Ainsi, Laure ne voulait plus de lui ? Malgré ses serments ? Malgré les après-midi d'amour qu'ils venaient de passer ensemble ? Malgré les baisers passionnés qu'ils avaient échangés, nus, dans cette cabine même ? Il se revoyait, les mains sur ses reins, lui demandant : « M'aimes-tu ? » et elle, lui répondant : « Je pars avec toi. » Ainsi, l'idée d'abandonner le mariage était une mascarade ? Et la promesse de venir le rejoindre dans la soirée, pour faire route vers l'Italie, ensemble ? Il était révulsé par tant de fausseté. Décidément, les femmes... Il reprit le collier, le lança sur la table. Alain était déjà au volant de sa voiture, faisant rugir le moteur. Il orienta le rétroviseur, de façon à se contempler avec satisfaction. Le mensonge avait marché. Il porta son regard vers le bateau de Gregory, qui hâtait son départ. Dans une heure, son rival serait parti. « Bon débarras », murmura Alain.

Sur la scène, les musiciens commençaient à tester les micros. Le batteur du groupe Trouble Vision, les yeux cachés derrière d'épaisses lunettes noires, chuchotait :

– One, two, one, two, testing, testing...

Les haut-parleurs, répartis dans la salle, résonnaient. Le guitariste, Samuel Devos, était le vrai chef du groupe. Les cheveux noirs, une barbichette à la mode sur la pointe du menton, il accordait sa Fender, en faisant gueuler les cordes d'acier. Une fossette d'enfant apparaissait sur sa joue. Vêtu de noir de pied en cap, il donnait l'image d'un rocker pur et dur, entièrement absorbé par sa musique. Son groupe commençait à marcher : un producteur leur avait proposé de graver une maquette de single, avant de s'attaquer à un véritable album. Les fans, eux, se pressaient déjà au premier rang : le concert allait commencer dans un quart d'heure, et, sur la Plage, des couples bavardaient dans l'obscurité en attendant l'arrivée de Caroline Drancourt, la chanteuse. Celle-ci, une grande brune qui aimait porter des nattes et des blousons de cuir rouge, projetait une ambiance de sexualité un peu étrange. Ses dents laissaient apparaître un écart qui, disait-on, était le signe du bonheur. Mince, élancée, elle semblait plus grande que Samuel. Pourtant, depuis leurs débuts de musiciens, ils étaient ensemble. Leur histoire d'amour connaissait des hauts et des bas. Lui, c'était l'artiste talentueux, inspiré, fou, imprévisible. Elle, c'était une femme entre deux destins. Rockeuse ou pas ? Elle aspirait au calme, mais aimait la nuit. Elle avait envie d'un enfant, mais son style de vie ne le permettait pas. Caroline, au fond, était à la recherche d'elle-même. Au sein de Trouble Vision, elle ne trouvait pas son équilibre.

Louis, au bar, n'avait d'yeux que pour Caroline. Tandis qu'elle remontait le micro, il admirait la grâce de cette femme déliée, sa force de séduction. Pour la première fois de sa vie, il était subjugué. Il en oubliait de servir la sangria que les clients lui réclamaient. Dommage que Gregory soit parti, il aurait vu...

Sur la scène, Samuel regarda l'auditoire. Son premier accord tomba dans un silence religieux. Tout de suite, la batterie se déchaîna. Les pulsations atteignaient le fond de la salle, où Claude, adossé au mur, se demandait ce que son fils lui préparait. Il n'arrivait pas à rester fâché : après tout, il aimait Louis, d'un amour sincère et profond, tout en connaissant le secret de sa naissance... Il hésitait, maintenant. Vendre la Plage ? Il le fallait, oui, mais si on lui offrait une autre solution, il l'étudierait. Il regarda la salle, aperçut Sandra, qui lui lança un petit signe joyeux. Elle avait quelque chose en tête. Mais quoi ?

La musique était bonne : les spectateurs commençaient à sortir des briquets, à les allumer dans l'obscurité. Louis n'en perdait pas une miette, fasciné par Caroline. C'était une déesse du rock. Il s'imaginait la serrant dans ses bras...

Une heure plus tard, épuisés, les musiciens déposaient leurs instruments sous les applaudissements. Le concert avait été un succès. Samuel salua en caressant sa barbiche, pour cacher les tics qui commençaient à agiter son visage. Il avait envie de se précipiter dans sa loge. Il voulait échapper à cette foule. Tandis que Caroline saluait, il s'éclipsa. Il était pressé de retrouver sa plus fidèle compagne, celle qui le rendait heureux, mais qui transformait sa vie avec Caroline en enfer : la drogue.

Tandis que les applaudissements mouraient, dans la salle, les gens remontaient sur la terrasse, pour s'asseoir sous la nuit étoilée. Sandra en profita pour s'approcher de Claude et de Louis. Elle avait pris une décision. Elle regarda le père et le fils et annonça :

– La Plage ne sera pas vendue. Si tu es d'accord, Claude, je me charge de la gérance.

– Et ton boulot ?

– J'ai démissionné. Mon boulot, maintenant, c'est la Plage, et rien d'autre.

Louis sauta de joie, en criant à son père :

– On va en faire un paradis !

Claude, à la seconde, sut que c'était le bon choix. Sandra était une fille posée. Elle avait l'expérience de l'immobilier. Elle tiendrait Louis en laisse. Pendant qu'elle s'occuperait de la gestion, il prendrait en charge l'animation. Et la Plage Saint-Tropez resterait en famille ! Claude, ravi de se réconcilier avec son fils sur une si bonne nouvelle, leva son verre :

– Un paradis ? J'en suis persuadé, mon fils !

Louis, heureux comme un prince, cherchait Caroline du regard. Où était-elle ?

Blandine Olivier était à son affaire. Quelque temps plus tôt elle avait récupéré sa fille en larmes : Gregory l'avait abandonnée, disait-elle. Il était parti avec son bateau sans l'attendre, alors qu'ils avaient rendez-vous. Elle était restée là, sur le quai, avec sa valise, effondrée. Au loin, la voile de l'*Orion* disparaissait déjà. Laure était revenue, secouée par les sanglots. Pourquoi Gregory lui avait-il fait ça ? Peu à peu, elle s'était calmée et avait cédé devant les arguments de sa mère : Alain Dulac était le bon choix. Il avait une bonne situation, un bel avenir, et n'était pas un aventurier sans foi ni loi comme Gregory. En définitive, le mariage avait été fixé. Il avait lieu aujourd'hui. Blandine, en grande tenue, redressa les fleurs sur le ponton de la Plage Saint-Tropez. En cette fin de matinée, le soleil n'était pas encore chaud, et une agréable brise faisait voleter les morceaux de tulle qui enrobaient les décorations. Blandine avait exigé des fleurs blanches, contre les objections de Sandra :

– Le blanc, à notre époque, ça ne veut rien dire, Blandine.

– Tu vas trouver que je suis d'une autre époque, mais je reste encore attachée à certains symboles, comme...

– La virginité ?

– Et pourquoi pas, Sandra ? Figure-toi que ça existe encore !

Les invités se pressaient, un verre à la main. Le champagne était frappé, la vue superbe, les futurs mariés se préparaient. Resté dans la maison des parents de Laure, Alain, ses cheveux longs soigneusement coiffés, le costume sombre parfaitement repassé, se faufila au premier étage, où Laure essayait sa coiffe blanche. Il nota une ombre de préoccupation sur le visage de sa fiancée :

– Qu'est-ce qui se passe, Laure ?

– Rien. Je suis fatiguée. Je n'ai pas arrêté.

– Non, non, il y a autre chose, je te connais. Gregory ?

– Ne sois pas bête. Gregory est loin. Très loin de Saint-Tropez, et très loin de moi. Il n'existe plus, je l'ai oublié. Alors on n'en parle plus jamais. D'accord ?

– D'accord.

Il redescendit, pour se diriger vers la Plage, où le mariage devait être célébré. Pendant ce temps, Laure se demandait quel bijou mettre. Elle ouvrit son coffret. La première chose qu'elle remarqua, c'est que le collier Yemandja, le collier de la déesse de la mer, n'y était plus.

Quand elle arriva à la Plage, toutes les têtes se tournèrent vers elle : « Qu'elle est jolie ! » entendait-on. Il est vrai qu'avec sa traîne blanche, sa coiffe aérienne et son décolleté délicat, Laure avait grande allure. Elle allait s'avancer vers Alain, qui l'attendait en bavardant avec Blandine et Pierre, ses futurs beaux-parents, quand Laure sentit une main sur son dos. Elle se retourna. C'était

Sandra. Celle-ci lui montra quelque chose : un collier. Laure le reconnut immédiatement.

– C'est mon collier !

– Ce collier, Laure, m'a été confié par Gregory, qui est revenu il y a quelques heures pour faire escale. Il repart en ce moment même. Il voulait que tu saches que c'est Alain qui le lui a apporté, le jour où Gregory t'attendait au port !

– Non, ce n'est pas possible ! Alain n'aurait jamais pu...

Elle venait de comprendre, blême, le mensonge d'Alain, l'homme qu'elle devait épouser dans quelques instants, qui serait le père de ses enfants ! Ainsi, il était allé voir Gregory, lui avait raconté qu'elle ne viendrait pas ! Au même moment, Claude Lacroix prit la parole. Campé sur le bout du ponton, le micro bien en main, la poitrine barrée par l'écharpe de maire adjoint, il faisait face aux invités, tous figés dans la solennité du moment. Claude avait préparé quelques mots. Il commença :

– Nous voici enfin réunis. Puisque nous sommes entre amis...

Le regard de Laure glissa par-dessus l'épaule d'Alain, qui lui tendait la main. Elle voyait les fleurs, sa mère, les bouteilles de champagne. Elle voyait, là-bas, la mer. Les vagues miroitaient, la journée serait magnifique. Une mouette blanche passa en caquetant. Mais... Mais qu'était-ce ? Un grand voilier passait, doucement, se dirigeant vers le large. C'était l'*Orion* ! Laure plissa les yeux, et vit, à la barre, une silhouette. C'était... Oui, c'était Gregory. Il repartait.

Claude se tourna vers les fiancés :

– Laure, acceptes-tu de prendre pour époux Alain Dulac, ici présent ?

Mais Laure était ailleurs. Elle enlevait déjà ses escarpins blancs, et lança à son fiancé :

– Tu n'avais pas le droit de faire ça, Alain ! Même par amour, tu n'avais pas le droit !

Elle laissa tomber son bouquet de mariée, et se mit à courir. Les invités, ébahis, regardaient cette jeune femme qui s'élançait, laissant flotter derrière elle sa longue traîne blanche. Claude, surpris, vit Sandra et Louis, qui observaient la scène avec un grand sourire. Il semblaient parfaitement ravis de la tournure des événements.

Arrivée au bout du ponton, Laure fit un magnifique plongeon. Puis elle se mit à nager de toutes ses forces vers Gregory, qui, le cœur battant, l'attendait.

– 3 –

Le porte-bonheur

La mer s'étendait comme un miroir, et le soleil, en s'y reflétant, embrasait toute la baie de Saint-Tropez. Sandra, en short ultracourt et en bustier moulant, regardait les quelques vacanciers attardés qui sirotaient leurs cocktails, sur la Plage. Il faisait chaud : une brise saline venue du large courbait les arbustes. Quelques baigneurs, allongés sur les matelas, faisaient la sieste. Un couple s'ébattait dans l'eau. Louis était rentré chez lui : il ne pensait qu'à Caroline. Tout d'un coup, un vrombissement de moteur se fit entendre : un scooter des mers, piloté avec dextérité par un excité, passa à deux centimètres du couple, évita de justesse une fille somnolant sur un matelas gonflable, et vint s'échouer sur la Plage, aux pieds de Sandra. Un play-boy brun, le visage rieur et le cheveu court, sauta sur le sable, entre deux chaises. Il regarda la Plage Saint-Tropez comme si elle lui appartenait. Sandra, instantanément, sentit la moutarde lui monter au nez. Elle s'approcha de l'intrus.

– Qu'est-ce que c'est que ce cirque ? Allez immédiatement garer votre scooter hors de la zone de bain ! Monsieur joue les malins...

Pour toute réponse, le visiteur se jeta sur un matelas, à l'ombre d'un olivier centenaire. Il mit ses mains sous la nuque, et, narquois, toisa Sandra des pieds à la tête, en s'attardant sur les jambes. Celle-ci, qui avait gardé son plateau à la main, saisit un verre d'eau glacée et le vida sur la chemise du malotru. Sous la morsure du froid, il sursauta.

– Ça va pas, non ?

– Espèce d'inconscient ! Vous auriez pu blesser quelqu'un !

Sandra était furieuse. Il y avait des limites, quand même. Puis, devant l'air pitoyable de son visiteur, elle se radoucit. Elle avait vu ce visage quelque part. Était-ce chez Sénéquier, sur le port ? Ou dans le bureau de M. Bodard, l'agent immobilier pour qui elle travaillait peu de temps auparavant ? Ou encore dans une boîte de nuit ? Brusquement, elle le reconnut. Cette pointe d'accent du Midi, cette beauté de séducteur, ce sourire insolent... Bien sûr, c'était... Elle demanda :

– Patrick Saint-Val ?

L'acteur, dont la photo ornait toutes les chambres d'adolescentes de France et de Navarre, prit une mine modeste. En ce moment même, toutes les minettes de Saint-Tropez se pressaient pour voir son nouveau film, *C'est Mozart qu'on assaisonne*, un polar musclé avec Rachelle Gardner, l'actrice américaine révélée par un plan sous sa jupe, dans un film resté célèbre. Saint-Val sourit :

– Vous savez que vous êtes superbe quand vous vous mettez en colère ?

Sandra ne savait plus où se mettre.

– Je vous ai mouillé. Je suis désolée.

– Ne vous excusez pas ! Ça fait du bien d'être traité comme un homme normal ! Vous vous appelez comment ?

– Sandra. Mais pourquoi vous ne respectez pas les règles, comme tout le monde ?

– Parce que si je suivais les règles comme tout le monde, je ne serais pas star ! Voilà !

Il se leva. Brusquement là, sous cet olivier, elle le trouvait extraordinairement chaleureux, attirant. Pendant une seconde, elle s'imagina entre ses bras. Elle ferma les yeux. Au loin, une mouette criait. Elle sentit brièvement le contact d'une bouche sur ses lèvres, et, déjà, Patrick Saint-Val était parti. Assis sur son scooter, il lança :

– Je reviendrai !

Sandra avait les joues en feu. Ce baiser furtif l'avait embrasée.

Gregory tentait, maladroitement, d'assembler les éléments d'une petite bibliothèque. Le mode d'emploi, traduit du bulgare ou du coréen, laissait à désirer. Laure, dans son coin, assise sur un tabouret de fortune, tentait de déchiffrer les éléments de biologie moléculaire dont elle avait besoin pour son examen de médecine, dans quelques jours. Brusquement, Gregory poussa un cri. Son tournevis venait de glisser sur une crémaillère en métal, et quelques gouttes de sang perlaient sur sa paume. Il jeta le tournevis, dégoûté :

– J'ai l'impression qu'on est en train de faire une connerie !

Exaspérée par le bruit et les interruptions, Laure, en tee-shirt, répliqua avec vivacité :

– Mais tu sais, on n'est pas obligés de vivre ensemble !

– Tu plaisantes ? Qui a risqué sa peau pour t'enlever le jour de ton mariage ?

– C'est moi !

Avec une mauvaise foi toute masculine, Gregory tenta de retourner la situation :

– Je te signale, quand même, que sans moi, tu aurais été malheureuse toute ta vie !

Depuis leur retour d'Italie, Laure et Gregory s'étaient fait une raison : on ne pouvait vivre sur un voilier éternellement. Il fallait jeter l'ancre. L'ennui, c'est que le sol ferme n'était pas l'élément naturel de Gregory. À terre, il avait l'impression d'étouffer. En mer, il était libre, avec l'horizon pour seul point de repère, le vent dans les cheveux. Un peu pour prouver aux parents de Laure qu'il pouvait subsister sans l'aide de personne, Gregory avait suivi Laure : elle préparait ses examens, et avait besoin d'une vie stable. Le petit studio qu'ils avaient trouvé, non loin du port, n'était guère plus grand qu'une bonbonnière, mais que diable ! Ce serait leur nid d'amour. Cependant, vivre en couple, n'était-ce pas la mort de la love story ? L'embourgeoisement assuré ? La mère de Laure était immédiatement partie sur le sentier de la guerre. En voyant sa fille ramasser ses affaires, elle avait attaqué, sous l'œil de Pierre, embarrassé :

– Alors, tu as signé le bail ? Sans même nous en parler, Laure ?

– C'est notre appartement, et ça ne concerne que nous !

Laure était partie en claquant la porte, avec ses valises. Blandine, malheureuse, l'avait rattrapée dans le jardin, devant le taxi qui attendait.

– Je suis ta mère, et ta décision m'inquiète. Gregory

est peut-être l'homme de ta vie, mais... Tu as encore besoin de nous.

– Maman, je veux être indépendante !

– C'est ton avenir que tu mets en jeu, Laure !

– Je suis désolée, je ne reviendrai pas sur ma décision.

En repensant à cette scène pénible, Laure nettoya la plaie de Gregory. L'étagère pouvait attendre. Il s'embrassèrent, allongés sur le plancher. Quand il lui retira son tee-shirt, elle se blottit contre lui. Gregory eut le temps de murmurer :

– On va se débrouiller. Je vais trouver du boulot. On va se débrouiller. Tu crois pas que c'est mieux comme ça, franchement ?

Les dalles, par terre, étaient fraîches. Elle retira son soutien-gorge, et une folle sensualité les engloutit. Mais au fond d'elle-même, Laure savait. Jamais Gregory ne s'adapterait à la terre ferme. Son cœur était ici, avec elle, mais aussi là-bas, sur les flots.

Dès le début, Samuel Devos avait été agaçant. D'abord, pour passer à la Plage, il avait exigé de Louis le double du cachet prévu. En liquide. Puis il était imprévisible. Il apparaissait, disparaissait sans prévenir, la mine sombre, l'œil noir, et, sitôt le concert fini, s'en allait sans dire un mot. Les musiciens de Trouble Vision étaient habitués. Comme Samuel, ils menaient une vie de bâton de chaise : ils dormaient au hasard des tournées, couchaient avec des groupies prêtes à tout, et, surtout, prenaient n'importe quelle drogue à portée de main. Pour toute famille, Samuel n'avait qu'un frère lointain, Simon, qui élevait des chevaux quelque part en Argentine. Mais ils ne se voyaient jamais.

Caroline, visiblement, était mal à l'aise. Elle chantait avec force et talent, et, sur scène, elle était une vedette. Mais dès qu'elle regagnait sa loge, Samuel reprenait son ascendant sur elle : il la dominait de tout son égoïsme de rocker déjanté. Louis, qui laissait ses cheveux repousser, observait le manège des musiciens, tout en couvant Caroline des yeux. Un soir, il s'ouvrit à Sandra :

– Tu crois qu'elle l'aime, son guitariste ?

– Elle aime Samuel. Elle me l'a dit.

– Elle ne l'aime pas, Sandra. Elle croit qu'elle l'aime !

– T'es fou, Louis. De toute façon, même si c'était vrai, ça ne te regarde pas.

– Ce type n'est pas fait pour elle ! Je le sens ! J'ai toujours fait confiance à mes intuitions !

Pendant ce temps, dans la loge, Samuel et Caroline s'affrontaient. Il voulait lui faire partager ses paradis artificiels. Elle refusait. La drogue, elle en connaissait les pièges et les dangers. Elle avait vu trop de musiciens et d'artistes tomber dans l'enfer de la dépendance. Quand Samuel lui tendit le flacon de pilules, il ajouta :

– Tiens, ça te mettra dans l'ambiance !

– Tu sais très bien que je ne veux pas toucher à ces trucs-là !

– Tu rates quelque chose, Caro ! La vie est trop courte pour ne pas s'éclater !

En sortant de la loge, il tomba sur Louis, dans l'escalier. Celui-ci s'apprêtait à remonter sur la terrasse de la Plage. Énervé par la réaction de Caroline, Samuel décida de s'en prendre à Louis, dont il avait remarqué le petit manège :

– Fais gaffe, Louis. Fais gaffe ! T'approche pas d'elle, je t'avertis ! C'est ma gonzesse... Sinon...

– Sinon quoi ? Vas-y, dis-le ! Allez, viens, je t'attends !

L'affrontement semblait inévitable. Les deux garçons se regardaient en chiens de faïence. D'un instant à l'autre, le premier coup allait partir. Dans ce cas, Samuel n'avait aucune chance. Son adversaire faisait une tête de plus que lui. Déjà, Louis se préparait à gifler le rocker, quand une main se posa sur son épaule :

– Ça suffit.

C'était Laure, qui venait donner un coup de main à Sandra, sur la Plage. Instantanément, l'atmosphère s'apaisa. Samuel, rageur mais lâche, en profita pour s'éclipser. Après tout, il n'avait pas envie de se faire casser la gueule. Il allait promettre à Caroline deux choses : d'enregistrer un disque, et d'arrêter la drogue. Il regagna sa loge. Il avait besoin d'un petit remontant. Il dévissa le flacon d'amphétamines, et se préparait à avaler trois cachets, quand la porte s'ouvrit. C'était Caroline. Elle le regarda avec colère :

– Je pars !

– Tu est sérieuse ? Tu ne m'aimes plus ? Tu vas rejoindre Louis, c'est ça ?

– Je ne veux plus te voir de toute ma vie !

– OK. T'es toute seule, maintenant.

Caroline jeta un coup d'œil sur les pilules, et referma la porte, doucement. Qu'allait-elle faire ? Plus de boulot, plus de chansons, plus de public. La rupture était consommée. Elle se dirigea vers le bar, où Louis, le souffle court, l'attendait. Elle le regarda :

– Je viens te dire au revoir. Et te remercier, Louis.

– Tu vas où ?

– Trouver un job. Parce que la chanson, je vais laisser tomber un peu, pour l'instant.

– Reste avec nous, Caroline. J'ai besoin de quelqu'un pour le bar.

Elle hésita. L'offre était tentante. Mais...

– Tu es sûr, Louis ?

– Faut te le dire en quelle langue, pour que tu comprennes ?

Il se pencha pour l'embrasser. Dans la tiédeur de cette soirée d'été, la Plage était devenue ce que Louis avait juré d'en faire : un paradis. Caroline se lova dans ses bras. Une nouvelle vie commençait pour elle, à Saint-Tropez.

Sandra était en beauté. En suivant le chemin dallé de la villa de Patrick Saint-Val, elle avait l'impression de flotter dans le bonheur. La nuit qu'ils avaient passée ensemble, la veille, avait été divine. Ils avaient dîné au bord de la piscine, sous l'œil du garde du corps personnel de Saint-Val, et jamais le champagne n'avait paru plus frais, le caviar plus savoureux, l'air plus tiède. Les lauriers embaumaient. Dans une robe rouge décolletée, Sandra était superbe. Après l'incident de la plage, où Patrick Saint-Val avait débarqué en scooter, de façon un peu... cavalière, il était retourné s'excuser. Devant un jus d'orange, assis sur le ponton de la Plage, il avait invité Sandra à sortir : ils avaient dîné au Tamanoir, le restaurant chic de Saint-Tropez, où Saint-Val connaissait tous les clients. Il avait salué un metteur en scène qui avait obtenu la Palme d'or au Festival de Cannes, embrassé trois starlettes de la télévision dont Marine Bizou, serré la main de Patrick Bruel et avait raconté à Sandra sa carrière. Il avait été invité à Hollywood pour des essais, et fondait de grands espoirs sur un scénario d'action qui, pensait-il, lui permettrait de conquérir le public américain. En attendant, le dîner s'était achevé sur une note de tendresse : en sortant du Tamanoir, Patrick Saint-Val avait embrassé Sandra, puis lui avait offert un bijou unique, un porte-bonheur : c'était un porte-clés en forme de dé, en or. Sandra l'avait immédiatement serré dans son sac à main, et le couple avait été danser dans une boîte, avant de faire l'amour dans la villa de Saint-Val. Dans un grand lit recouvert d'une peau de zèbre, Sandra s'était réveillée dans des draps de soie : le contact du tissu sur sa peau nue la faisait frissonner de bonheur. L'acteur, la voyant partir pour la Plage, avait entrouvert les yeux, et murmuré :

– Je t'aime, Sandra. On dîne... soir ?

Il s'était rendormi aussitôt. La journée, pour Sandra, s'était écoulée sur un petit nuage rose. Elle avait servi les clients avec un sourire absent, reçu Caroline sans manifester le moindre étonnement – à croire que les chanteuses de rock devenaient serveuses à la Plage tous les jours – et avait même accroché le regard de Louis, qui lui avait demandé : « T'es dans ton état normal ? » Non, elle n'était pas dans son état normal. Elle était amoureuse. Passionnément, totalement. Avec Patrick Saint-Val, elle en était sûre, elle allait faire un bout de chemin. Et peut-être réaliserait-elle son rêve d'enfance : être actrice. Mais, pour l'instant, elle était tout à son bonheur, le précieux porte-clés dans sa poche.

Avait-il dit « ce soir », ou « demain soir » ? Elle n'était plus sûre. Dans son sommeil, ce matin, il avait marmonné. Alors qu'elle avançait dans le jardin, regardant les fleurs, le cœur battant, impatiente d'être dans les bras du comédien, elle entendit des éclats de rire. Elle ralentit le pas. En arrivant au dernier détour du sentier, elle aperçut la piscine, éclairée dans la nuit, et une table dressée, avec des chandeliers. De dos, Patrick Saint-Val semblait tenir quelque chose dans la main. Doucement, Sandra avança. Son regard accrocha un petit objet que l'acteur tendait. Elle entendit :

– Voilà, Marine. Avant d'aller plus loin, pour te dire mon amour, je voulais te donner ce petit porte-bonheur, qui est précieux pour moi. Un objet unique...

Sandra aperçut Marine Bizou, la starlette du *Jeu des milliards* sur TF1. Celle-ci, moulée dans une robe Loris Azzaro, semblait en extase. Elle prit le petit dé en or de la main de Patrick, et y posa ses lèvres pulpeuses. Sandra était figée. Tout était comme une photo... Ou un mauvais rêve. Patrick Saint-Val dut sentir quelque chose, derrière lui. Il se retourna et, avisant Sandra, lui lança :

– Attends ! Ce n'est pas ce que tu crois !

Mais Sandra, les larmes au bord des paupières, tournait déjà les talons. Il se précipita, pour la saisir par le coude. Elle eut juste le temps de prendre une contenance et de jeter :

– Ça me gêne que nous soyons plusieurs à avoir le même porte-bonheur à Saint-Tropez. Au revoir, Patrick !

– Sandra, cette fille n'est rien ! Je...

Elle lança le porte-clés, qui retomba dans la piscine. Embarrassés tous les deux, ils avaient hâte d'écourter la scène. Sandra venait de réaliser que son bonheur était sur la Plage, avec ses amis. Patrick, lui, se voyait déjà dans son prochain film. Il se regardèrent. L'acteur baissa la tête, et murmura :

– Tu me détestes vraiment, Sandra ?

– Non, non, Patrick. Tu m'as fait rêver...

Un grillon se mit à grésiller, dans la nuit. Une étoile filante brilla pendant une brève seconde. Patrick Saint-Val regarda Sandra, et mit le point final à leur histoire d'amour :

– C'est mon métier, Sandra... C'est mon métier.

– 4 –

Du rififi à l'Ibiza-Club

Gregory rageait. Par la fenêtre, il apercevait, au loin, des bateaux. Voiles au vent, focs bombés, ils fendaient l'eau, fièrement, vers l'horizon. Même les barcasses des pêcheurs, ventrues et pataudes, lui semblaient belles. Depuis qu'il était dans ce bureau, à plancher sur des études marketing pour les produits d'électronique navale, il se sentait enfermé. Il avait pris des engagements : tandis que Laure avançait dans ses études de médecine, qui ne lui permettaient que de brèves échappées vers la Plage, Gregory devait assurer la vie matérielle. Il passa sa main dans ses cheveux bruns, et sentit, sous ses doigts, que sa peau avait perdu la rugosité séduisante des loups de mer. Il était en train de devenir un bureaucrate, donc ? Un rond-de-cuir ? Il faut dire, cependant, que la proposition du père de Laure, Pierre Olivier, l'avait pris au dépourvu. Celui-ci voulait faire contre mauvaise fortune bon cœur : il n'avait pas réussi à marier sa fille avec Alain Dulac, et n'avait pas empêché qu'elle parte avec ce bon à rien de Gregory, mais, le premier mouvement de colère passé, Pierre Olivier avait fait les comptes. À cinquante ans, ses cheveux grisonnants lui donnaient une touche de sagesse qu'il n'avait pas, autrefois. Profitant de l'expansion de sa petite société d'électronique navale, il avait proposé à Gregory un poste, histoire de voir venir. Enterrant leur animosité réciproque, les deux hommes tentaient, depuis, de cohabiter sans casse. Mais Gregory se sentait mal. Ce matin, quand Laure l'avait réveillé, il avait protesté :

– Tu veux ma mort ? Il est sept heures ! J'ai rêvé que j'étais en taule...

– Arrête ! Bosser dans un bureau, c'est quand même pas le bagne, Greg !

Il s'était frotté les yeux, avant de passer une veste qui ne lui allait pas très bien. En arrivant au bureau, sur le port, dans le décor moderne – acier et bois – du bureau d'études Olivier, Gregory avait été reçu par le patron lui-même, et lui avait dit, en guise de bonjour :

– Je ne suis pas certain d'être l'employé que vous recherchez.

Le père de Laure, agacé, avait relevé sèchement :

– Je te rappelle que je ne cherche pas un employé mais que c'est TOI qui as besoin d'un emploi...

La journée s'était écoulée dans une ambiance sombre. Le train-train de la vie administrative n'était pas fait pour Gregory. En rentrant, il n'avait pas pu s'empêcher de geindre, en face de Laure :

– En mer, je peux passer deux jours sans me laver. Là, je passe huit heures dans un bureau et je me trouve crade !

– Tu veux pas arrêter de te plaindre, un petit peu, Gregory ?

Le nez dans ses bouquins de médecine, Laure n'avait pas l'air à prendre avec des pincettes.

Par la fenêtre, il voyait un pêcheur solitaire qui, sur le

port, non loin de l'*Orion*, guettait le rouget. Brusquement, il se souvint : c'est aujourd'hui que devait arriver Jessica, sa copine de New York ! Oh, bien sûr, leur histoire n'avait duré qu'un été, quand Gregory était un navigateur très solitaire, mais il avait gardé de cette époque un souvenir chaleureux. Jessica, danseuse de son état, venait passer quelques jours à Saint-Tropez pour se relaxer... Il reprit son travail, à contrecœur. Il pensa brièvement : « Moi, j'ai besoin de la mer, j'ai besoin du vent, j'ai besoin de tout ça. Je suis un marin. » Il répéta à voix haute : « Je suis un marin », avant d'enlever cette veste qui le serrait aux coudes.

Louis, heureux, circulait parmi les tables en dansant. Sa nouvelle chemise mexicaine, bariolée, lançait des éclats de couleurs. Sur la terrasse de la Plage, il rangeait les fauteuils, dépliait les chaises en toile, déverrouillait le casier à matériel, disposait les matelas. Dans la fraîcheur de cette matinée d'été, il se sentait le roi du monde. Non seulement il filait le parfait amour avec Caroline, mais les affaires tournaient bien. Sandra lui avait bien mentionné un petit problème d'impôts en retard, mais que diable, tout allait s'arranger, il en était certain. Il ne laisserait aucune pensée sombre lui gâcher cette matinée géniale. Sandra, un peu plus loin, s'occupait d'une cliente. Louis entendit celle-ci se plaindre :

– Mon jus de pamplemousse, vous l'avez oublié ?

Sandra se précipita, les sourcils froncés, vers le bar. En croisant Louis, elle chuchota :

– Elle se prend pour qui, cette gonzesse ?

– Laisse, je vais m'en occuper.

Il prit le relais. La visiteuse, une brune aux yeux verts, vingt-cinq ou vingt-six ans à première vue, lui sourit :

– Vous buvez quelque chose avec moi ? Je m'appelle Isabelle.

– Je ne bois jamais pendant le service. Mais ça n'empêche pas de faire connaissance... Isabelle. Moi, c'est Louis.

Elle était belle. Un peu rêche, peut-être, mais certainement séduisante. Pendant qu'il la dévisageait, il entendit une voix familière :

– Isabelle a travaillé avec moi à la mairie. Je vois que vous avez fait connaissance...

C'était son père, Claude. Visiblement, celui-ci était enchanté de cette rencontre. En un éclair, Louis comprit : son père était amoureux. Il venait ici, avec cette femme, dans l'intention de lui présenter ses fils. Il est vrai que, depuis son divorce, Claude Lacroix n'était pas très heureux. Pendant des années, il avait espéré une réconciliation avec Nicole, la mère des garçons, puis s'était peu à peu réfugié dans les soucis du quotidien. Louis et Gregory ne lui avaient connu aucune aventure. Pourtant, avec ses yeux tendres, ses pommettes hautes et cette voix burinée aux cigarettes, Claude Lacroix était un quadragénaire sympathique. De temps en temps, il téléphonait à Nicole qui vivait à Lyon, où elle avait ouvert un petit magasin de confection. Mais c'était la première fois que Louis voyait son père en galante compagnie. Il s'éclipsa, pour aller chercher un café. Sandra essuyait des verres. Caroline, près du téléphone qui sonnait, s'apprêtait à décrocher. Les deux femmes étaient devenues très complices. Sandra murmura :

– Dis-moi, t'en penses quoi, de cette nana ?

– Qui ça ? L'emmerdeuse au jus de pamplemousse ?

Décidément, la copine de son père n'avait pas la cote, se dit Louis. Il ne savait pas encore à quel point. Car Claude avait l'intention de faire travailler Isabelle à la Plage. Ce qui, assurément, n'allait pas plaire à Sandra.

Ce coup de téléphone avait tout bouleversé. Pourtant, Caroline l'avait bien dit à Samuel : plus de contact. Elle se sentait salie : Samuel lui avait juré de ne plus prendre de drogue, mille et mille fois. Il était retombé dans le cycle infernal, quand même. Les promesses ne servaient à rien, les remontrances non plus. Avec un camé, la vie était impossible. Elle était partie. Et voilà que ce coup de fil gâchait tout ! Elle accepta de le voir, plutôt pour abréger la conversation devant Sandra et Louis que par réel désir de rencontrer Samuel.

Dès qu'elle l'aperçut à la terrasse de Sénéquier, elle eut un pressentiment. Samuel avait sa mine des jours sombres. Les yeux enfoncés, le teint pâle, il respirait l'angoisse. Caroline prit une chaise en rotin, et s'assit. Son tee-shirt jaune citron, moulant, attirait les regards des flâneurs, dont certains reconnaissaient en elle la chanteuse du groupe Trouble Vision. Elle commanda un diabolo menthe et demanda :

– Qu'est-ce qui t'arrive, encore ?

– J'ai une galère. Je suis vraiment dans la merde. Faut que tu m'aides, Caro.

Elle le regarda avec dédain. Brusquement, le diabolo lui semblait moins bon. Il s'expliqua :

– J'ai besoin de thune, beaucoup de thune. Dix mille balles avant demain soir. On veut ma peau, Caro...

L'affaire était simple : un deal de drogue avait mal tourné. Une certaine quantité de poudre avait disparu dans une transaction, et c'est Samuel qui était rendu responsable. En conséquence, il devait réparer. Ses commanditaires ne plaisantaient pas. Ils étaient prêts à lui casser quelques os importants. Brusquement, Caroline vit que tout ce qu'elle avait construit était en danger. Un scandale affecterait la Plage, la clientèle, ferait du mal à Louis, et, au fond, elle n'avait aucune raison de laisser tomber Samuel qui lui avait mené une vie d'enfer, bien sûr, mais lui avait donné sa chance. C'est grâce à lui qu'elle était chanteuse et que, tous les soirs, elle faisait swinguer le bar de la Plage. Comment faire ? Elle se leva. Le serveur s'approcha de Samuel :

– Excusez-moi... La jeune fille qui vient de partir, c'est bien la chanteuse du bar Saint-Tropez, non ?

Samuel se renfrogna :

– Ouais, il paraît...

En entendant la sonnette de la porte, Laure leva le nez. Elle était en train de lire un passage sur la psychopathie, « trouble psychique susceptible de constituer par lui-même une identité morbide ». Elle ouvrit la porte. Une jeune femme blonde, mince, aux cheveux longs, l'air sportif et dynamique, lui demanda :

– Gregory Lacroix ?

– Bonjour d'abord... Il n'est pas là.

Avec son accent américain, la visiteuse semblait à l'aise. Elle entra dans le studio, et, regardant les meubles, dont la fameuse étagère coréenne, expliqua :

– Jessica. Je viens des États-Unis. Gregory a habité

chez moi, aux States. Tu sais, il faisait le tour du monde. C'est un grand ami. Il va revenir quand ?

Cette fille respirait la gentillesse. Elle avait de longues jambes fuselées, des yeux bleus et un visage triangulaire. Très vite, tandis que les deux filles buvaient un Coca, Laure la jugea, mettant en pratique ses leçons de psychologie appliquée. Jessica était une extravertie capable d'investir toute son énergie dans une cause. Positive, elle inspirait confiance à son entourage. Très séduisante, elle était aussi romantique.

C'est ce moment que choisit Gregory pour arriver. La veste sur le bras, l'air fatigué, il regarda Jessica, sans la reconnaître. Puis soudain :

– Jess ! Comme je suis content de te revoir ! s'écria-t-il.

Ils l'embrassa sur les deux joues. Immédiatement, la conversation prit un tour joyeux. Chacun alignait les projets, les souvenirs, les images, devant Laure qui, un peu étonnée, n'y comprenait goutte. Préoccupée par ses examens, un peu désarçonnée par la facilité de contact de l'Américaine, elle se demandait comment prendre cette visite : amie ou ennemie ? Quand Jessica demanda des nouvelles de Louis, Gregory sauta sur l'occasion :

– Il tient une plage. Parfois, je lui donne un coup de main.

– Une plage ? Mais c'est bien ! Tu me la montres ?

Sitôt dit, sitôt fait. Gregory et Jessica s'engouffrèrent dans l'escalier, avec de grands éclats de rire, laissant Laure à sa lecture.

Caroline se disait que, dans son malheur, elle avait de la chance : Alain Dulac, l'ex-fiancé de Laure, nouveau patron de l'Ibiza-Club, lui avait envoyé des roses rouges magnifiques. Ravie de ce cadeau inattendu, Caroline avait décidé de ne rien dire à Louis, qu'elle savait jaloux de nature. Alain l'avait reçue dans son nouveau bureau : une pièce à l'écart de la piste de danse de son club. L'établissement – une boîte de nuit, un bar – était tout neuf. Décoré dans le style mauresque, il attirait tous les jeunes de Saint-Tropez, qui aimaient faire la fête. Des banquettes mauves, on apercevait la mer qui, la nuit, avait des reflets huileux. Alain, dès qu'il avait vu Caroline, s'était levé. Ce n'était pas tous les jours qu'on accueillait une star du rock à l'Ibiza-Club. Il s'ouvrit immédiatement de son projet :

– Caroline, nous ne nous connaissons pas. Mais j'aimerais que vous travailliez pour moi.

– Vous voulez me débaucher de la Plage ? Ce n'est pas très correct, ça.

Au départ, elle avait refusé. Puis elle s'était souvenue des menaces qu'un correspondant anonyme avait proférées au téléphone : « Ton Samuel, on va le massacrer ! » Tout en buvant un Perrier, elle regardait l'endroit : la sono semblait excellente, les boissons de qualité, la clientèle devait être sympathique et enthousiaste. Finalement, elle s'était ravisée. Au risque de se brouiller avec Louis, qui désormais partageait sa vie, elle avait posé ses conditions :

– Treize mille francs à raison de cinq soirs par semaine. En liquide. Pas de contrat.

Alain avait accepté. Caroline allait pouvoir aider Samuel. Après, ce serait fini pour de bon. Exit Samuel.

Maintenant, alors qu'elle entrait à l'Ibiza-Club pour sa première soirée musicale, elle commençait à douter. Avait-elle bien fait ? Pourvu que Louis n'apprenne rien ! Car Saint-Tropez était une petite ville, et les rumeurs s'y propageaient à la vitesse de l'éclair... Alain, venu l'accueillir, la prit par les mains :

– Tu es superbe ! Magnifique ! Tu es exactement dans le style du club. Je suis ravi !

Elle monta sur la scène. Alain disparut dans l'obscurité.

Une heure plus tard, elle redescendit. La salle, en délire, l'applaudissait, debout. Caroline, princesse du rock'n' roll ! Elle eut un sourire rapide. Elle allait se diriger vers sa loge quand Giacomo, le barman, lui fit un signe. Elle s'approcha, et il lui tendit le téléphone. Laure, à l'autre bout du fil, avait l'air survoltée :

– Allô ? Caroline ? C'est moi. Je voulais te dire : Gregory et Louis... Ils sont au commissariat pour coups et blessures contre Alain.

Claude Lacroix était aux quatre cents coups. Ses fils, en prison ? Pour coups et blessures ? Pour les tirer de là, il lui faudrait de l'argent, beaucoup d'argent. La Plage était décidément une source d'ennuis. Déjà, quand il avait parlé de faire travailler Isabelle, Sandra l'avait mal pris, et avait menacé de démissionner. Comme si on avait besoin de ça. Et maintenant, ce problème des deux bagarreurs qui, en apprenant le tour de chant de Caroline à l'Ibiza-Club, avaient décidé de se livrer à une expédition punitive. Louis, le premier, persuadé d'être trompé par Caroline, avait lancé le cri de guerre : « Chez les Lacroix, ça nous rend fous d'être cocus ! » Gregory lui avait emboîté le pas et, pendant que, sur la scène, Caroline chantait *Sweet rock'n' roll*, ils avaient fait irruption dans le bureau d'Alain, cassant tout, brisant des vases et des verres, et se livrant à quelques voies de fait sur le profil du propriétaire. Celui-ci, l'œil poché et la lèvre sanglante, s'était plaint à la police. Laquelle avait fait son devoir : menottes, panier à salade, cellule.

Quand Claude avait appelé Alain, celui-ci avait annoncé la couleur : il voulait trois cent vingt-huit mille francs pour retirer sa plainte. Or, cette somme, Claude ne l'avait pas. Il n'avait donc qu'une seule solution, remettre en vente la Plage. Et c'est exactement ce que voulait Alain : avec les trois cent vingt-huit mille francs, il la rachèterait. Quelle belle vengeance ! Les frères Lacroix l'avaient tabassé ? Et alors ? C'est lui qui allait gagner ! Ils verraient qui était le plus fort. Alain Dulac serait bientôt le roi de la nuit, sur la Côte ! À cette seule pensée, Claude bouillait. La veille, il avait téléphoné à Nicole, son ex-femme, pour la prévenir. Elle avait réagi avec rapidité : « J'arrive demain ! » Décidément, s'occuper de cette plage était bien difficile ! Par chance, Jessica l'Américaine avait surgi de nulle part, dans le sillage de Gregory. Pendant que les frères allaient faire justice à coups de poing, Jessica avait gentiment repris la Plage, donnant un coup de main par-ci, réglant les dépenses par-là. Claude se tourna vers elle :

– Je voulais vous remercier pour tout ce que vous faites pour la Plage, Jessica.

– Ce n'est rien, Claude. La Plage est comme une deuxième famille pour moi...

Les notaires étaient là. Serviette sous le bras, ils attendaient Alain Dulac, pour la signature des actes. Relâchés, Louis et Gregory, les dents serrées, assistaient à cette déroute. Claude, le teint blême, relisait les contrats. Caroline, derrière Louis, avait le cœur lourd. Certes, elle avait réussi à le convaincre qu'elle ne l'avait pas trompé, que l'argent était destiné à payer les dealers de Samuel, qu'elle n'avait trahi personne, mais elle se sentait coupable. Sans elle, rien de tout ça ne serait arrivé. Sandra, face à Isabelle, était renfermée. Un bruit de moteur se fit entendre. C'était Alain Dulac. Celui-ci entra comme un conquérant. Il regarda le bar, le ponton, les banquettes, comme si, déjà, tout lui appartenait.

– Rassurez-vous. Je vais très bien m'occuper de cet endroit. Et comme ça, je vais avoir un peu l'impression de faire partie de la famille !

Louis serrait les poings. Il allait l'étrangler, ce fumier ! Le notaire, Bernier, un homme digne et triste, s'avança :

– Si vous voulez bien signer... Et parapher.

Claude, les lèvres pâles, leva son stylo. Il allait le poser sur le papier quand une femme entra en courant : essoufflée, elle s'agrippa à une table, et, un peu calmée, se dirigea vers Claude. C'était Nicole.

– Maman, qu'est-ce que tu fais là ? demanda Gregory.

Elle se tourna vers lui et, d'un geste impérial, déposa une enveloppe sur le contrat :

– Voici la somme promise !

Louis était bouche bée :

– Mais... d'où vient cet argent, maman ?

– Louis, cesse de faire cette tête ! Je n'ai pas braqué une banque ! J'ai vendu mon magasin à Lyon !

Le soir, la fête fut grandiose. Tout rentrait dans l'ordre. Isabelle, la comptable de la mairie, agacée par l'arrivée de l'ex-épouse de Claude, avait disparu. D'ailleurs, devant sa réaction de princesse outragée, Claude avait pris la résolution de ne plus la revoir. Sandra, réconciliée avec la vie, avait décidé de changer d'existence. Son aventure avec Patrick Saint-Val lui avait redonné le goût des planches : décidément, elle voulait être actrice. Elle annonça à tout le monde que le lendemain, elle partait pour Paris. On lui souhaita bonne chance, de tout cœur. La nouvelle venue, Jessica, fut acclamée. « Adoptée à l'unanimité ! » criait Claude, enthousiasmé. Jessica, qui rêvait depuis longtemps de fonder une troupe de danse, relégua momentanément ses rêves pour se laisser adopter par cette escouade de joyeux lurons. Caroline et Louis, réconciliés, s'embrassaient dans la pénombre en dansant sur une salsa torride. Gregory, lui, avait un immense sourire aux lèvres. Il enlaça Laure, en lui demandant :

– Et tes examens ?

– L'écrit, très bien. L'oral, un peu moins. J'ai eu de la chance.

Il la prit par les épaules, la regardant dans les yeux, et annonça, doucement :

– J'ai trouvé du boulot. Six mois en mer. J'ai accepté.

– 5 –

Diagnostic jalousie

Pierre Olivier avait un sourire de gamin qui a fait un mauvais coup. Ravi, il passait la main dans ses cheveux gris sous l'œil complice de Blandine. Vingt-cinq ans de mariage les avaient soudés, et Laure, leur fille unique, leur avait brisé le cœur en partant avec Gregory. Mais aujourd'hui, tout était oublié ; c'était un nouveau départ pour toute la famille. Sous un soleil radieux, dans le jardin de leur propriété, Pierre et Blandine couvaient du regard leur fille adorée. Quand celle-ci arriva, en débardeur moulant, sexy et effrontée, ils eurent un soupir de tendresse. Elle aussi avait de bonnes nouvelles pour eux. Enlevant ses lunettes de soleil, elle annonça fièrement :

– J'ai quelque chose à vous dire...

Immédiatement, Pierre lui coupa la parole, avec son autorité de directeur de société :

– Ah non ! Nous d'abord !

– Mais, papa...

– Ferme les yeux, chérie... On a un petit cadeau pour toi.

Blandine renchérit :

– C'est une surprise.

Laure s'exécuta. Les yeux fermés, elle revit, furtivement, Gregory, qui était sans doute au large, sous le soleil des tropiques, à la barre de son bateau. Quand elle les rouvrit, elle vit son père, la main tendue, avec un porte-clés. Elle comprit immédiatement. Dans le parking de la propriété, elle apercevait maintenant un petit cabriolet décapotable, un vrai bijou, bleu électrique, avec des jantes chromées. Elle bondit au cou de son père :

– C'est pour moi ? Mais vous êtes fous !

Blandine, heureuse, ajouta :

– C'est moi qui ai choisi la couleur !

C'est que Laure venait de réussir brillamment ses derniers examens de médecine. Docteur Olivier, ça sonnait bien. Elle se voyait déjà en blouse blanche, donnant des consultations en Afrique centrale, ou dans une unité de recherche au CNRS... La séparation – toute momentanée – d'avec Gregory, finalement, valait la peine. Quand celui-ci lui avait annoncé qu'« il pétait les plombs » et qu'il reprenait la mer, elle avait été triste, bien sûr, mais elle avait compris. Après tout, la course ne durait que six mois, et Gregory reviendrait... À ce moment-là, Laure serait peut-être plus disponible qu'elle ne l'avait été ces derniers mois, et même les soupçons qu'elle avait conçus à l'égard de Jessica auraient disparu... Enfin, elle allait pouvoir se spécialiser dans la pédiatrie. Blandine, elle, voyait que sa fille reprenait le droit chemin. Elle avait simplement accueilli la nouvelle d'un : « Ce type est un irresponsable ! » glacial. Là-dessus, secrètement, elle avait convaincu son mari de pistonner sa fille :

– Tu te souviens, Pierre, d'Elizabeth Chouchan ?

– Oui. Je l'ai aidée à devenir chef de clinique, autrefois, au niveau des contacts...

Pierre Olivier, à l'insu de sa femme, connaissait très bien Elizabeth Chouchan. Autrefois, elle avait été sa maîtresse, avant de prendre brusquement ses distances, sans s'expliquer. Pierre avait mis cela sur le compte des lubies féminines, et était revenu dans les bras de Blandine. Ce petit écart était resté secret, et nul n'en avait plus entendu parler. Si bien qu'en suggérant de téléphoner à Elizabeth Chouchan, Blandine ne savait pas à quel point Pierre était à même de favoriser la carrière professionnelle de sa fille. Elizabeth Chouchan, désormais chef de clinique, consentit à recevoir Laure dans les plus brefs délais.

Quand Laure arriva, elle aperçut une belle femme rousse, quadragénaire séduisante, qui dégageait une énergie naturelle et, visiblement, fonctionnait avec efficacité. Le docteur Chouchan, patronne de la clinique des Lices, ne perdait pas de temps. Cinq minutes après la prise de contact, elle avait fait visiter les installations à Laure, lui avait fait rencontrer ses collaborateurs, dont Baptiste Mondino, un jeune médecin rieur et enfantin, et lui avait proposé une collaboration :

– Vous passerez dans les différents services, la recherche, les consultations. Puis, après la période de stage, si vous le désirez, vous serez intégrée à notre équipe...

En remontant dans sa décapotable toute neuve, Laure s'était vaguement demandé si le docteur Mondino était l'amant d'Elizabeth Chouchan, et, surtout, à quel bon ange elle devait un emploi si rapide. C'était comme si le ciel lui faisait un cadeau.

Caroline et Jessica remettaient en place les tables. Sur la Plage, il n'était question que des derniers événements : le prix Plage d'Or, dont les résultats devaient être annoncés le soir même. Le prix de deux cent mille francs, remis par la municipalité, était conséquent, et permettrait d'améliorer les installations, de redonner un coup de peinture au bar. Louis s'était lancé dans la compétition avec ferveur, aidé par les conseils de son père. Au fond, le seul adversaire de taille, c'était Alain Dulac, qui, avec son Ibiza-Club et son prolongement, la Plage Ibiza, risquait fort d'être l'un des finalistes importants. Mais Louis, que sa nature portait à l'optimisme, ne se faisait pas de bile : la vie était belle. Laure lui avait transmis des nouvelles de Gregory, qui envoyait régulièrement des cassettes vidéo de l'autre bout du monde, et Caroline, définitivement séparée de Samuel, poursuivait une carrière de chanteuse à succès dont la Plage Saint-Tropez bénéficiait. Jessica, chaque jour, devenait plus présente : à vrai dire, ce diable de Louis ne lui déplaisait pas... Mais on ne pique pas le boy-friend d'une copine, ça ne se fait pas. D'ailleurs, le concours était le souci numéro un de tout le monde. Quand Caroline avait évoqué, en riant, une possible victoire de l'Ibiza-Club, Louis avait répondu par une pirouette :

– Si c'est l'Ibiza qui gagne, je me tire une balle ! Arrête ! Tu ne nous imagines pas battus par ce gros pourri d'Alain Dulac... Ce serait le déshonneur de la famille Lacroix !

Caroline avait éclaté de rire. Elle revoyait la tête de Dulac quand celui-ci avait échoué dans sa tentative de rachat de la Plage... Ça valait le coup d'œil !

Dans un coin du ponton, un homme, seul, buvait son café crème. Il écrivait fébrilement quelque chose sur son bloc-notes. Jean-Pierre Chassagne, journaliste aux *Dernières Nouvelles de Saint-Tropez*, avait le regard fuyant et ses cheveux, mal coupés, tombaient sur ses oreilles. Cette allure un peu pataude le servait : au fond, les gens ne se méfiaient pas de lui, et lui faisaient des confidences parfois précieuses. Il en tirait des articles indiscrets qui lui avaient valu le prix Pierre & Vacances du meilleur reportage, une récompense très estimée. Quelques heures plus tôt, Chassagne avait rencontré le concurrent des Lacroix : le patron de l'Ibiza-Club lui avait semblé de bonne composition, avec sa cravate Armani et son beau costume couleur whisky. Alain Dulac avait immédiatement attaqué :

– En confidence, je me demande...

– Oui, monsieur Dulac ?

– Je me demande si... je n'aime pas avoir ce genre de pensées, je m'en veux toujours dans ces cas-là... Bref, je me demande si Claude Lacroix, le père de Louis, a quelque chose à voir avec la finale de la Plage d'Or... Après tout, il a de grosses responsabilités à la mairie, et c'est tentant, n'est-ce pas, de donner un coup de pouce à son fils...

Favoritisme ? Clientélisme ? Un soupçon de corruption ? Déjà, le journaliste voyait son article : « La Plage aux ripoux ». Bien sûr, la clientèle déserterait la Plage Saint-Tropez pour se rabattre sur l'Ibiza-Club... Mais, si les infos étaient bonnes, l'article serait du tonnerre. Chassagne prit note d'envoyer une caisse de champagne à Alain Dulac. Puis il regarda la Plage. Près du bar, il admira la brune et la blonde qui échangeaient des confidences. Jessica et Caroline ne lui rendirent pas son coup d'œil.

Baptiste était agacé. Cette petite brune, décidément, était insupportable. Elle était partout à la fois, faisait du zèle, et il savait pertinemment qu'elle avait été pistonnée par son père, qui avait insisté auprès d'Elizabeth Chouchan. Quels procédés ! Un jour qu'elle semblait avoir égaré le dossier d'une patiente, Baptiste avait éclaté :

– Sans l'intervention de votre père, reconnaissez-le, vous n'aviez aucune chance de travailler à la clinique des Lices !

– Mon père ? Qu'est-ce que mon père vient faire là-dedans ?

– Je désapprouve totalement le piston. Mais rassurez-vous, Laure : je garderai le silence...

Là-dessus, il était parti en claquant la porte, laissant Laure médusée. Brusquement, elle avait pris conscience de ce qui s'était passé : ce n'était pas un cadeau du ciel, cette embauche inattendue à la clinique. C'était un coup de piston de son père. Elle se demanda un instant si elle devait évoquer le sujet avec Baptiste, remettre les pendules à l'heure. Mais le jeune médecin, sans doute, avait d'autres chats à fouetter : Laure avait appris qu'il avait une liaison avec Elizabeth Chouchan, et que celle-ci, jalouse, ne voyait pas d'un bon œil l'arrivée d'une femme jeune et jolie dans son équipe. Le fameux dossier disparu, Laure le comprenait maintenant, avait été « égaré » par le docteur Chouchan, pour placer Laure dans une position délicate. Il fallait que le piston de Pierre Olivier ait été puissant, pour surmonter cette rivalité amoureuse... Car, malgré les cassettes vidéo de Gregory, Laure sentait le temps passer. L'amour à grande distance n'était-il pas un leurre ? Ce Baptiste, malgré ses grands airs, était quand même séduisant... Brusquement, Laure prit une décision. Elle descendit d'un étage, enleva sa blouse blanche, et frappa à la porte du bureau d'Elizabeth Chouchan. En entrant, elle aperçut Baptiste, qui sortait, l'air furieux, le col barbouillé de rouge à lèvres. Laure posa une enveloppe sur le bureau.

– Je voulais vous dire que voici ma démission ! Je pense que cette nouvelle va vous soulager !

– Mais...

– Non, docteur Chouchan ! Écoutez-moi. J'ignorais tout du coup de pouce de mon père... Mes parents m'ont fait croire que j'avais été choisie sur mes résultats universitaires.

Elle sortit, laissant Elizabeth Chouchan médusée. Devant la machine à café, au bout du couloir, Laure croisa Baptiste.

– Bon, voilà. Au revoir, docteur Mondino.

– J'ai été injuste avec vous. Je m'en excuse. Restez.

– J'ai des principes.

– J'ai les mêmes. Restez, Laure.

Une heure plus tard, ils étaient toujours accoudés sur la table haute en Formica, à laisser refroidir leurs gobelets de café. Quand Elizabeth Chouchan passa, l'air sombre, elle murmura quelque chose à propos de « cette petite allumeuse » et poursuivit son chemin, dans le couloir. Baptiste se pencha vers Laure, et lui glissa :

– Allez, je vous enlève.

Elle prit son sac, se sentit poussée vers la sortie. Quelques instants plus tard, au volant de sa décapotable, les cheveux au vent, elle écoutait, troublée, Baptiste Mondino lui demander :

– Vous avez un maillot de bain, Laure ?

Personne n'avait remarqué que, d'une fenêtre, Elizabeth Chouchan regardait le couple s'éloigner, le visage empreint d'une froideur inquiétante.

Les gens se pressaient sur la Plage. La remise du prix de la Plage d'Or devait avoir lieu le soir même. Les premières torchères avaient été allumées par Louis et Jessica, dans l'obscurité grandissante, et une atmosphère énervée régnait. L'article de Chassagne, dans *Les Dernières Nouvelles de Saint-Tropez*, avait fait du bruit : le favoritisme semblait évident. Claude Lacroix, lui, rongeait son frein. Même la présence de l'abbé Morin, le curé des pauvres et des sans-abri, ne lui faisait aucun bien. L'accuser, lui, Claude Lacroix, de concussion ? De népotisme ? Claude, qui avait naguère passé douze ans dans la police nationale, savait ce que ces mots voulaient dire : son honnêteté était mise en cause. On le considérait comme un escroc, voilà tout. Mais comment se sortir de ce piège ? Plus on nie, plus on semble coupable. Et si le prix allait à la Plage Saint-Tropez au lieu d'aller à l'Ibiza-Club, c'était encore pire ! Il jetait dans la même opprobre son fils Louis... Les tempes dans un étau, il vit le maire monter sur l'estrade. Le ponton était rempli de gens, qui, le verre à la main, attendaient la proclamation des résultats. Brusquement, le silence se fit : le maire, qui était aussi le président du jury, allait parler. Celui-ci prit le micro :

– Mes chers amis... Je suis ici pour remettre le prix de la meilleure plage de l'année...

Il marqua une pause.

– Un prix remporté par...

Une deuxième pause.

– ... la Plage Saint-Tropez !

Un brouhaha se fit entendre. Une partie de l'assistance, autour de Louis et de Jessica, applaudissait. Une autre huait. Les premiers étaient heureux de ce succès, mérité. Les seconds n'y voyaient que la victoire du favoritisme. Jean-Pierre Chassagne, en costume fripé, buvait du petit-lait. Non loin de lui, Alain Dulac triomphait. On lisait sur son visage des années de mauvaises pensées, de coups tordus, de sous-entendus fielleux. Gêné, le maire regarda Claude. Qu'allait-il se passer ? La municipalité ne pouvait se permettre un scandale, les élections étaient proches...

Louis bondit sur la scène. D'un geste vif, il s'empara du micro. Il demanda le silence. Chacun sentit que la minute était grave. Sous une torchère, Caroline avait les traits tirés. Louis commença :

– Je suis très fier d'avoir reçu ce prix parce qu'il couronne tous mes efforts et ceux de mon père avant moi...

Une vague de murmures parcourut l'assemblée.

– Mais je sais que dans vos esprits un doute subsistera toujours... Je me fous des ragots de bas étage, mais j'ai besoin de vivre avec l'estime de mes proches.

Les murmures s'amplifièrent.

– Aussi, pour prouver ma bonne foi, je ne vais pas accepter ce prix. Mais je vais en faire profiter quelqu'un. Quelqu'un qui en a besoin pour des enfants qui n'ont pas, comme nous, la chance de se dorer sur la plage...

Il désigna l'abbé Morin, qui, le regard pétillant, tirait sur sa barbe de vieux sage.

– Ce prix, je l'offre aux centres de l'abbé Morin, qui pourra enfin construire un terrain de sport pour ses pensionnaires...

L'abbé Morin, pâle, murmura aux journalistes qui, déjà, l'entouraient :

– Je suis pris de court, je ne sais pas quoi dire... Merci à Louis Lacroix pour sa générosité, merci à Saint-Tropez... Merci pour mes enfants !

Alain Dulac s'était éclipsé. Claude, extatique, dansait avec Jessica : « Il est bien, ton fils, Claude », murmura-t-elle. Quand Jean-Pierre Chassagne se tourna vers Louis pour recueillir ses impressions, celui-ci était déjà très occupé... Occupé à embrasser Caroline, dans une étreinte passionnée. Ses mains couraient sur le dos nu de la chanteuse... Jessica les regardait avec un air nostalgique.

Dans une petite crique de Saint-Tropez, allongée sur le sable, dans l'obscurité, Laure regardait les étoiles. La nuit était tiède et, malgré son maillot de bain mouillé, elle n'avait pas froid. De loin, elle vit les torchères de la Plage Saint-Tropez flamboyer, les applaudissements éclater. Elle se tourna vers Baptiste :

– C'est le paradis, ici...

– Personne ne doit connaître cet endroit : ça doit rester entre nous.

– Quand on s'est rencontrés, je vous détestais, Baptiste...

– Je t'ai mené la vie dure. Je te prenais pour une fille à papa...

– Baptiste, je... Tu...

Elle se leva dans le noir, et, simplement, enleva son bikini. Dans l'ombre qu'éclairaient mille feux reflétés par les vaguelettes, Baptiste regarda cette femme magnifique qui, avec tendresse, s'offrait à lui. Il posa un baiser délicat sur ses lèvres et, d'un seul coup, fut embrasé par le désir. Ils roulèrent tous deux sur la plage, alors que les torchères faisaient briller la peau douce des seins de Laure...

Le lendemain, Baptiste annonçait à tout le monde, à la clinique, son départ pour le Burkina Faso, en Afrique, où il projetait d'ouvrir une maternité dans un village. Personne n'entendit Laure chuchoter : « Je penserai à toi, Baptiste. Je penserai à toi. »

– 6 –

Un nouvel homme, un nouveau home

Louis, torse nu, se regardait dans la glace. Celle-ci lui renvoyait l'image d'un garçon joyeux, bien musclé, dynamique et un tantinet satisfait de lui-même. Derrière lui, Caroline, en body largement décolleté, portait une jupe très courte et moulante. Louis s'étira, et, juste au moment où la serviette commençait à glisser sur ses reins, la rattrapa dans un éclat de rire. Ce n'était pas le moment de faire de l'exhibitionnisme, alors que Jessica dormait dans le canapé de leur studio ! Tandis que Caroline mettait la dernière touche à son fard à paupières, elle alluma la radio. Louis se retourna vers elle, muscles bandés :

– Qu'est-ce que tu penses de la bête, franchement ?

Elle le regarda avec une moue dubitative, pour le faire enrager. Il allait se jeter sur elle pour la couvrir de baisers, quand, tout d'un coup, elle leva le doigt.

– Louis, tu entends ? C'est ma chanson... Ma chanson avec Samuel !

Immédiatement, l'atmosphère retomba. Louis haussa les épaules, toute joie disparue. Il soupira :

– On ne sera jamais débarrassé de ce mec !

Mais la musique couvrait sa voix. Le speaker eut le temps d'annoncer : « Son nom est déjà sur toutes les lèvres : Samuel Devos. C'est son premier album : *Outsider...* »

Rageur, Louis coupa la radio. Caroline le regarda, fâchée :

– Arrête ! Samuel a plein de défauts, mais ça ne l'empêche pas d'avoir du talent !

– T'as perdu la mémoire, ou quoi ? Ce type t'a frappée, humiliée. Il s'est servi de toi...

Dans le canapé, les yeux ouverts, Jessica regardait la scène, sans rien dire. De son point de vue de femme, elle voyait bien que Samuel était encore là, dans le cœur de Caroline. Elle observa Louis, qui, dans sa colère, lui sembla brusquement très séduisant. Par la fenêtre, celui-ci laissait son regard dériver dans la rue. Quand Caroline se glissa entre les voitures, il la vit s'approcher du principal magasin de disques de Saint-Tropez. Elle s'arrêta longuement devant la vitrine, où une photo montrait la jaquette du CD de Samuel Devos. Ce dernier, le visage grave, regardait l'objectif du photographe. Il tendait aussi un poing sur lequel on apercevait une bague ornée d'une tête de mort. Caroline reprit son chemin, préoccupée : son histoire d'amour avec Louis la satisfaisait, mais il lui manquait quelque chose. L'excitation de la route, peut-être, l'électricité des concerts dans les grandes villes...

Quand elle arriva à la Plage, Samuel l'attendait, l'air amusé :

– Moi, j'adore les imprévus. Pas toi ?

Le soir était tombé. La foule, nombreuse, se pressait. Dans tout Saint-Tropez, la rumeur s'était répandue comme une traînée de poudre. Même Laure, le nez plongé dans ses bouquins de médecine, n'avait pu l'ignorer. Elle avait cependant décidé de rester chez elle : les départs successifs de Gregory, puis de Baptiste, l'avaient secrètement blessée. Sur la scène, deux musiciens accordaient leurs guitares, tandis que Jessica servait les cocktails et la sangria. Louis, le regard sombre, essuyait des verres. Quand il était venu à la Plage, en fin de matinée, Caroline lui avait fait part de sa résolution : elle voulait chanter avec Trouble Vision, ce soir, d'autant plus que le succès du CD allait servir leurs intérêts en attirant du monde. Une séance de dédicaces serait, en plus, la bienvenue. Au début, Louis avait tempêté, demandant avec mépris :

– Qu'est-ce qu'il veut en échange, Samuel ?

Mais Caroline l'avait ramené à la raison. Après tout, il valait mieux faire contre mauvaise fortune bon cœur, se disait-il. Il regarda la scène. Vêtu d'un pantalon de cuir noir, le regard brillant d'un énervement malsain, Samuel avait saisi le micro. Il réclama le silence.

– Je veux vous faire une confidence, un truc qui restera entre vous et moi ! Je voudrais vous parler d'une femme, une femme qui m'a empêché de devenir une loque, une petite lumière qui s'est mise à briller dans la nuit...

D'un geste de la main, il invita Caroline à venir le rejoindre. Celle-ci, en escarpins noir et en jean moulant, monta sur scène : le public se mit à applaudir frénétiquement. Les flashes des journalistes se mirent à crépiter. Radieuse, Caroline entendit Samuel lui chuchoter, hors micro :

– C'est pour toi que je suis revenu.

Au bar, Jessica posa la main sur le bras de Louis. Il frémit. Dans son regard, on lisait des envies de meurtre. Elle lui enleva le verre de la main, et lui demanda :

– Tu as confiance en Caroline, ou pas ?

– Je ne sais plus... Je suis parano, flippé...

Le concert fut un triomphe comme jamais le bar Saint-Tropez n'en avait connu.

Allongé sur un canapé, Thierry Adam, peignoir éponge habilement drapé sur ses cuisses, regardait par la fenêtre la baie de Saint-Tropez, réellement magnifique ce jour-là. Ce styliste célèbre dans le monde entier avait décidé de présenter sa nouvelle collection ici. Dans quelques minutes, il devait se présenter en bas, pour la conférence de presse. Une pensée sombre l'assaillait : il venait de rompre avec son boy-friend, David. La séparation ne s'était pas faite sans mal, ni sans souffrance. Séduisant, un peu efféminé, Thierry Adam, au fond, était un sentimental. Il vivait dans un monde de glamour, mais rêvait d'une love story éternelle ; les tentations, dans son milieu, étaient permanentes, mais les vrais sentiments étaient rares. Son assistante, Eva, s'approcha de lui.

– Thierry, le défilé est dans deux jours, et on ne sait toujours pas où on le fait...

Le styliste laissa ses yeux dériver sur une planche à voile qui se dirigeait vers le large. Le jeune homme qui pilotait l'engin avec dextérité lui rappelait David... Il se retourna, et dit à Eva :

– Pourquoi pas une plage, tout simplement ? Je m'habille, et on y va ! Direction le bord de mer ! On ne rentre pas avant d'avoir trouvé cette plage !

C'est ainsi que, deux heures plus tard, Louis vit débarquer toute la smala : photographes, mannequins, journalistes, assistantes, stylistes. Il repensait à ce que lui avait dit Jessica : celle-ci envisageait de s'installer avec Laure, dans un nouvel endroit. Car Laure, dans son studio, attendant des nouvelles de Gregory, avait l'impression de « vivre dans un musée », et Jessica, elle, avait envie de libérer le canapé de Louis. L'idée était venue spontanément aux deux filles : « Et si on habitait ensemble, Jess ? » avait demandé Laure. Encore dans ses pensées, Louis ne vit pas Thierry s'approcher. Se dirigeant vers la resserre où il rangeait les skis nautiques, d'un geste machinal, il enleva son tee-shirt. Derrière lui, Thierry, troublé par la vue de ce dos musclé et bronzé, avança la main. Au contact, Louis réagit vivement :

– Qu'est-ce que tu me fais, là ? Arrête !

Décidément, c'était sa journée ! Caroline qui semblait s'éloigner, le chaos survenu avec la location de la Plage pour ce défilé de mode, et, en plus, voici qu'un homosexuel lui faisait des avances ! Louis, qui venait de toucher un gros, un très gros chèque pour la location de la Plage, décida d'être un peu plus aimable :

– Désolé, mais...

– Si tu veux, je t'aide à finir de ranger et, après, on reparlera de mon défilé, d'accord, Louis ?

– T'es du genre têtu, toi, Thierry !

– Quand la cause en vaut la peine, oui !

Le styliste, son foulard de soie à la main, avait eu un petit rire intimidé.

Laure était dégoûtée. Devant la boulangerie, elle venait de retrouver Jessica. Toutes les deux avaient des listes d'agences immobilières entre les mains. Jessica, la bouche pleine d'un macaron délicieux, demanda :

– Alors ?

– Rien. J'ai fait toutes les agences de Saint-Tropez. Trop cher, trop petit, ou à un kilomètre de la ville...

Elles se mirent à marcher. Brusquement, Jessica avisa une annonce, dans le journal :

– Villa superbe avec jardin et piscine, vue sur la mer... Quatre mille francs par mois ! C'est pas possible, ils ont oublié un zéro !

Laure se mit à lire.

– Uniquement sur rendez-vous. Entretien particulier avec le propriétaire exigé...

– Qu'est-ce que c'est que ce plan bizarre, Laure ?

– Bizarre, mais tentant ! Tu peux toujours essayer...

– Merci ! Vas-y toi !

C'est ainsi que Laure s'était retrouvée en minijupe ultra-sexy, échancrée, chaussée d'escarpins à talons hauts. Elle était métamorphosée. Dans la rue, les passants se retournaient sur elle. Quand elle rencontra Renaud, dans la somptueuse villa qu'elle avait envie de louer, l'effet était garanti. Celui-ci, un bel homme d'une trentaine d'années, d'une élégance raffinée, reçut Laure avec courtoisie. La villa ? Il l'avait héritée de son père, et ne s'en servait que rarement, quand il était de passage en France. Assise dans un fauteuil recouvert d'un satin de la meilleure qualité, Laure demanda :

– Je ne comprends pas. Le prix est tellement bas...

– Je n'ai pas besoin d'argent, mademoiselle...

– ... Laure.

– Je vis aux États-Unis, et je veux pouvoir confier ma maison à quelqu'un qui me soit, disons, sympathique.

– Sympathique ?

– Et réciproquement, bien sûr.

Le regard de Renaud glissa sur les jambes nues de Laure, et remonta vers son décolleté. Elle se leva :

– J'avais un peu peur... Je pensais que le propriétaire de cette villa serait...

– Un vieillard décati et concupiscent ? Vous vous êtes trompée. Je n'aime pas les femmes qui misent sur leurs charmes pour parvenir à leurs fins. Avec moi, ça ne marche pas. Je vous raccompagne.

Juste à ce moment-là, il leva une main, la porta à sa poitrine. Brusquement, il se mit à vaciller. Il n'arrivait plus à respirer. Laure l'allongea sur le canapé. Elle fouilla dans son sac, saisit un flacon de comprimés, en donna un à son hôte. Il la regarda avec étonnement :

– Vous êtes médecin ?

Dix minutes plus tard, il respirait normalement, endormi. Après l'avoir ausculté, Laure enleva ses escarpins, et s'éclipsa discrètement. Pour la villa, c'était raté. Elle murmura avec ironie :

– Merci, Jessica.

La soirée avait été une belle réussite. Les modèles avaient été applaudis à tout rompre, notamment Jessica, qui avait consenti, pour un soir, à faire le mannequin. La nouvelle ligne imaginée par Thierry Adam était à la fois élégante et sportive : les femmes avaient défilé sur le ponton, à la lumière des torches, dans une atmosphère de kermesse de luxe. Le public, mêlé, rassemblait les journalistes de la presse féminine, les notables de Saint-Tropez et les fêtards de la région. Louis avait ouvert les bouteilles de champagne et, tandis qu'il passait entre les rangées de clients, avait entendu une remarque désobligeante à l'égard de Thierry Adam :

– Moi, je m'assois pas à côté d'un pédé !

Instantanément, Louis avait réagi, comme piqué au vif :

– Pourquoi ? T'as quelque chose contre les pédés ? Il y a une soirée boxe française dehors ! La savate, tu connais ? Ça se danse à deux, et c'est moi qui guide.

La malotru avait fini par s'incliner. Moyennant quoi, Thierry était venu remercier Louis, qui avait répondu d'un simple :

– Ces mecs-là, je les supporte pas !

L'ennui, c'est que, tandis que les filles défilaient, Thierry avait pensé que le moment était bon pour pousser son avantage. Il avait choisi un instant d'isolement, dans l'une des loges, pour caresser la nuque de Louis et lui avouer :

– Ce que j'ai à te dire est difficile... Je suis amoureux de toi, Louis.

Le fils de Claude Lacroix s'était retourné, et avait saboté cette déclaration d'amour avec simplicité :

– Arrête tes conneries, Thierry.

Puis il était sorti, à la recherche de Caroline. Il croisa son père un peu plus loin, et celui-ci lui dit :

– Tiens, j'ai des nouvelles de ta cousine, Charlotte. La dernière fois qu'elle est venue, tu te souviens ? elle s'entendait bien avec Caroline...

– Elle arrive quand ?

– Dans une semaine, je crois. Tu t'occuperas d'elle, Louis ?

– Mais oui, papa !

Louis se dirigea vers le bout de la terrasse. Là, parmi les groupes d'invités conversant joyeusement, il avait remarqué, regardant la mer sombre, Laure, qui écoutait attentivement un type élégant. C'était Renaud. Celui-ci était encore gêné de sa perte de connaissance de l'autre jour, et tenait à montrer sa gratitude :

– Vous m'avez sauvé la vie, Laure.

– N'exagérons rien !

– Si, si ! Grâce au médicament que vous m'avez donné, je me suis senti mieux tout de suite !

– Ce n'était que de l'aspirine, Renaud. Vous avez eu une crise d'angoisse... Dans ce genre de cas, le simple fait d'absorber un comprimé suffit à calmer le malade...

Renaud sourit. Il connaissait son problème, qui lui avait joué des tours dans le passé. Il regarda avec tendresse cette jeune femme au caractère bien trempé, et dit :

– Je ne louerai cette maison à personne d'autre qu'à vous.

C'est ainsi que Laure et Jessica eurent droit à une villa sublime, avec piscine et jardin, un rêve. Le paradis ? Peut-être. Thierry Adam, avant de repartir pour Paris, s'avança gentiment pour remercier tout le monde. Il avait compris ce qui unissait ses nouveaux amis : la Plage, qui, depuis leur enfance, était leur univers. Au cours de la conversation, il mentionna un potin qui le faisait rire :

– Vous n'êtes pas au courant ? La nouvelle chanteuse de Trouble Vision, Terry, eh bien, elle a largué Samuel et le groupe la semaine dernière. Ils viennent de trouver une remplaçante...

Louis, saisi d'un pressentiment, enfourcha sa moto pour rentrer chez lui. Jessica le regarda partir, avec tristesse et espoir. Thierry s'en était aperçu :

– Alors, Jessica, tu es amoureuse de lui ? Comme moi ?

– Peut-être...

Avant de partir, Thierry avait embrassé Louis sur les deux joues. Puis il s'était dirigé vers Renaud qui, décidément, lui plaisait lui aussi. Les deux hommes s'en allèrent ensemble, sous le regard complice et amusé de l'assistante, Eva. Ce n'était pas la première fois qu'elle était témoin d'un coup de foudre de son patron. Là, le coup de foudre était réciproque.

L'instinct de Louis ne l'avait pas trompé : le studio était vide. Caroline était partie. Bien partie.

– 7 –

Sexe, mensonge et calomnie

Devant la télévision du bar Saint-Tropez, toute la famille était ravie. Louis, le premier, avait jailli de son fauteuil en toile pour applaudir. C'était la première fois, depuis le départ de Caroline, qu'on le voyait joyeux. Claude, transporté de joie, s'était levé de la banquette du bar, laissant tomber ses cacahuètes et son verre de jus d'orange. Jessica poussait des cris américains, ponctuant de « Go, boy ! Go ! » son enthousiasme. La voix du speaker était noyée dans ce vacarme. Laure, qui s'était jointe à ses amis, n'en croyait pas ses yeux : Gregory avait gagné le trophée Pierre & Vacances, le plus convoité, pour sa brillante course par les pôles : en début de soirée, les pronostics étaient réservés. Serait-ce Kermondec sur *Taffetas 3*, Mathilde Bergery-Signal sur *Cacao-Vanille* ou Gregory Lacroix sur l'*Orion*, qui gagnerait ? Les vents avaient tranché en faveur de Gregory. Alors que son bateau entrait au port de VitoVecchio, à Trinidad, la foule l'acclamait. On lui demandait des autographes, on lui tendait des bébés, on l'aspergeait de champagne. Des filles à peine vêtues de trois pétales de bougainvillée se pressaient contre la coque de son yacht. « Le bateau de Gregory Lacroix n'est plus qu'à quelques encablures de la ligne d'arrivée. C'est un moment très fort... » Le commentateur de TF1, pourtant aguerri, avait du mal à suivre, dans la liesse générale. Le rhum allait couler à flots, ce soir. Une minute plus tard, le premier bouchon de champagne sautait, dans la main de Claude. Louis se précipita vers Laure, la prenant dans ses bras :

– Alors, quel effet ça te fait, d'être la femme d'un héros ?

– Je suis sûre qu'il va s'adresser à nous. Il va me dire quelque chose.

Le silence se fit. Jacques Sérail, le journaliste, tendant son micro au vainqueur visiblement épuisé, lui demanda :

– Alors ? Euphorique ?

– Surtout fatigué.

Une jeune admiratrice se pressa contre Gregory, espérant rester dans le cadre. Le reporter reprit :

– Vous avez gagné de belles vacances, Gregory.

– Des vacances ? Pas question ! Je remet le cap, dès demain, sur Sydney, pour la course Nouvelle-Zélande.

Claude leva son verre. Partout, sur la Plage, des cris lui répondirent. Jessica, du coin de l'œil, guettait Laure. Celle-ci, déçue que son amoureux n'ait même pas pensé à lui faire un petit baiser télévisé, avait disparu.

Il est vrai qu'en quittant la clinique des Lices, deux heures plus tôt, elle était écartelée. D'une part, Baptiste, revenu du Burkina Faso plus tôt que prévu, l'avait revue, et avait même réclamé, en riant, un tribut qui l'avait troublée :

– Avant d'aller acclamer ton marin... Un baiser à celui qui rame dans la soute ?

D'autre part, elle avait déjeuné avec ses parents, Blandine et Pierre, et il lui avait semblé noter, dans le regard de son père, une sorte d'absence rêveuse, une interrogation qu'elle avait mise sur le compte de l'âge. Là-dessus, Elizabeth Chouchan, en sa qualité de chef de clinique, avait confié à Laure – qui était revenue sur sa démission – le suivi d'une naissance difficile, et la supervision des progrès de l'enfant. Baptiste était même intervenu personnellement pour souligner la qualité des soins prodigués par Laure. « Très bien, avait dit Elizabeth à Baptiste, mais tu en prends l'entière responsabilité. »

Dans la rue, songeuse, Laure se dirigea vers sa voiture. En ouvrant la porte de sa décapotable, elle ne remarqua pas qu'un homme passait, caché par des lunettes noires semblables à celles de Keanu Reeves dans *Matrix*. Patrick Saint-Val, de retour à Saint-Tropez, lui, n'avait qu'une envie : reprendre le chemin de la Plage Saint-Tropez, où l'attendaient quelques amis et quelques bons souvenirs.

Charlotte se trouvait assez jolie. Avec son visage arrondi, ses yeux de biche et sa jolie poitrine, elle était plutôt plus aguichante, pour une fille de quinze ans – elle se donnait trois ans de plus, officiellement –, que la plupart de ses copines. Sur la Plage, étant la cousine de Louis, elle avait été accueillie comme une princesse : seul Louis la traitait comme une gamine. Il est vrai qu'elle se comportait comme telle, se déhanchant comme Britney Spears, ou roulant des œillades terribles en direction de mouettes. Elle se jugeait irrésistible. Malheureusement, la plupart des garçons, à Saint-Tropez, épousaient le point de vue de Louis : elle était trop jeune, trop enfantine.

– Je suis pas un bébé ! criait-elle à Louis.

Celui-ci, du bar, lançait des regards désespérés à Jessica, qui arrangeait les matelas. Jessica, complice, levait les yeux au ciel : après tout, Charlotte, la petite peste sympathique, n'était là que pour huit jours, se disait-elle. Brusquement, Charlotte agrippa le bras de Louis :

– Eh, t'as vu ? C'est Patrick Saint-Val ! La star de cinéma !

Puis les choses avaient été très vite. Tandis que Louis, le dos tourné, préparait les jus de fruits pour les touristes qui viendraient l'après-midi, Charlotte s'était précipitée. Le temps que Louis revienne, la gamine était déjà assise à la table de Saint-Val, qui lui promettait un petit rôle dans l'une de ses productions. Puis il l'avait invitée à une grande fête qui, disait-il, allait avoir lieu le soir même dans une boîte de nuit. La conversation allait bon train :

– Tu as quel âge, Charlotte ?

– Dix-huit !

– Dix-huit ? Tu es sûre ?

– Oui, presque. Enfin, à la fin du mois !

– Moi, j'aurais trente-six ans dans deux jours. Le double. On est du même signe, alors ?

Patrick Saint-Val semblait attiré par cette fille impétueuse, tout en restant sur ses gardes. Ils partirent ensemble.

Claude Lacroix fut réveillé en pleine nuit par un coup de téléphone. En qualité d'adjoint au maire, il lui arrivait souvent de recevoir des appels tardifs, mais là, alors qu'il était encore bercé par le bonheur d'avoir un fils champion de voile, il sut immédiatement que quelque chose clochait.

Il avait les yeux parfaitement ouverts quand il décrocha. Il écouta un instant son interlocuteur, tandis que son visage se décomposait. Puis il jura, avec l'accent du désespoir :

– Oh, bon Dieu !

En raccrochant, il avait pris une décision : ne pas céder à la panique. Il composa le numéro de Laure. Celle-ci lui répondit immédiatement, malgré l'heure tardive. Claude se jeta à l'eau :

– Laure... C'est moi. J'ai des informations sur Greg. Je crains qu'elles ne soient pas bonnes.

– Quoi ? Il a appelé ?

– Non. Il a été pris dans une tempête. Son bateau a disparu. On est sans nouvelles de lui.

Quand elle raccrocha, Laure était perdue. D'un côté, il y avait Baptiste, de retour du Burkina Faso. De l'autre, Greg, disparu aux confins de l'océan. L'angoisse la submergea. Elle se leva pour se faire un café. Par la fenêtre de la villa, elle distinguait le jardin vide, la piscine ondoyant dans l'obscurité. Elle regarda sa montre : trois heures du matin. Tandis qu'elle prenait une tasse dans le placard, Jessica apparut dans l'encadrement de la porte. Voyant sa copine désemparée, elle demanda :

– Déjà levée ? Mais qu'est-ce qui se passe ? Tu en tires, une tête !

– Jessica, c'est Greg !

Au bord des larmes, Laure essayait de ne pas se laisser engloutir par l'émotion. Le café lui brûla les doigts.

– Claude a reçu un coup de téléphone de la capitainerie. On a perdu tout contact radio avec Greg depuis plusieurs heures. On ne sait rien.

Les deux filles se regardaient, les bras ballants. Le café

emplissait toute la maison d'une odeur de petit matin. Les premiers bruits de Saint-Tropez commençaient à se faire entendre. Une brise légère agitait les cyprès. C'est dans ce moment d'équilibre, dans ce doute des premières heures de l'aube où il semble que le monde est suspendu, que la sonnette d'entrée retentit. Jessica demanda :

– Qui ça peut bien être ?

Elle alla ouvrir la porte. Là, sur le palier, un petit sac à ses pieds, se trouvait Caroline. Les yeux cernés, le sourire triste, elle donnait l'impression d'avoir vécu dix vies. Elle entra dans le salon, et, se tournant vers ses deux copines, annonça :

– Vous savez quoi ? Je suis enceinte !

Puis elle se mit à pleurer. Était-ce de tristesse ou de joie ?

Deux heures auparavant, à l'Incubator, la nouvelle boîte de nuit de Saint-Tropez, Patrick Saint-Val faisait la vie : sur la piste, reconnu par toutes les filles de l'endroit qui lui demandaient des autographes, il dansait avec une jolie petite groupie, Charlotte. Pour fêter son retour, l'acteur avait fait ouvrir le champagne. La soirée s'était écoulée dans une agitation joyeuse. Les bouchons sautaient, les coupes débordaient, les danseuses se déhanchaient et le garde du corps de Saint-Val, tranquille, restait dans son coin. À trois heures du matin, tout le monde s'était retiré pour un dernier verre à la villa de Saint-Val. Charlotte, un peu oubliée dans toute cette agitation, avait demandé :

– Et moi, je suis invitée ?

– Toi, bébé, tu devrais être au lit, déjà !

Elle était restée, quand même, et était venue à la villa.

Là, en s'asseyant sur un canapé, elle glissa dans un demi-sommeil dû au Dom Perignon, auquel elle n'était pas habituée. Patrick Saint-Val eut le temps de la couvrir d'un châle en mohair, avant de murmurer :

– Toi, t'es collante, hein !

Quelques heures s'étaient écoulées. Le jour se levait quand Louis, ouvrant sa porte, aperçut sa cousine, la jupe déchirée, pieds nus, le tee-shirt souillé. Elle pleurait. Il la fit entrer :

– Que s'est-il passé ?

Elle expliqua. Patrick Saint-Val l'avait embrassée, elle s'était débattue, elle ne voulait pas, il l'avait forcée. Sanglotant, se tordant les mains, elle était l'image du désespoir. Dix minutes plus tard, Louis était dans la villa de Saint-Val, menaçant :

– Espèce de merde ! Faire ça à Charlotte ! C'est une môme ! La violer !

Au matin, toute la ville était au courant. La police était prévenue, les journaux aussi, les paparazzi campaient devant la pelouse. Saint-Val, terré, se remettait mal du coup de poing que lui avait asséné Louis, et qui bleuissait sa pommette. À la télé, les chroniqueurs s'en donnaient à cœur joie. Louis, rentré chez lui, rongeait son frein. C'est ainsi que Caroline, Jessica et Laure, dans l'attente toutes les trois d'un flash d'informations sur Gregory, prirent connaissance de la nouvelle : « Patrick Saint-Val accusé de viol ». Caroline, en silence, se leva :

– Je reviens.

Caroline connaissait Charlotte : elles s'étaient croisées aux précédentes vacances de Pâques, sur la Plage, et avaient sympathisé. Caroline avait néanmoins remarqué, chez l'adolescente, une fâcheuse tendance à l'affabulation : la gamine avait brodé des romans entiers sur des rencontres de hasard, et s'était inventé des liaisons torrides, alors qu'elle était encore vierge.

Quand Caroline se présenta au commissariat, elle vit d'abord deux policiers affairés, puis un gradé en train de prendre la déposition de Charlotte. Elle s'approcha avec délicatesse, et posant sa main sur l'épaule de la gamine, lui dit :

– Charlotte, dis la vérité.

Charlotte, une seconde, sembla perdre le souffle. Puis elle expira comme un ballon de baudruche crevé, et chuchota :

– Je ne voulais pas aller si loin...

Puis elle fondit en larmes.

Rétrospectivement, Louis pensait que les choses auraient pu être pires. Il avait présenté ses excuses à Patrick Saint-Val et, stupéfait du retour inopiné de Caroline, avait de surcroît appris qu'elle était enceinte de Samuel Devos. Partagé entre le soulagement et l'agacement, il avait entendu la confession de Charlotte :

– Pour Patrick Saint-Val, je n'étais qu'une gamine, une groupie comme les autres ! Ça le flattait que je m'intéresse à lui ! Mais il n'en avait rien à foutre de moi ! Je ne voulais pas qu'il m'oublie... J'ai menti !

En rentrant, Louis avait croisé les Tropéziens qui allaient au travail. Les marchands ouvraient leurs étals, les buralistes faisaient glisser leurs rideaux de fer et la mer, là-bas, donnait une image de sérénité totale. Ah, la Plage ! Il soupira. En passant devant un magasin de hi-fi, il jeta un coup d'œil sur les télés, allumées : Patrick Poivre d'Arvor annonçait la libération de Patrick Saint-Val, innocent. Dans la foulée apparut un plan de bateau. C'était l'*Orion*. Soudain scotché à l'écran, Louis vit une image de son frère, prise d'avion. Celui-ci agitait la main, et le commentaire du présentateur précisait : « On a retrouvé Gregory Lacroix sain et sauf. Il fait route vers Wellington, en Nouvelle-Zélande. » Louis fit un saut, de bonheur. Jamais il n'avait été aussi heureux ! Son frère, vivant ! Il acheta des croissants et, pour partager la nouvelle, alla les apporter aux filles. Caroline était sortie, Laure était chez ses parents et Jessica, seule, lui ouvrit la porte :

– Des croissants, Louis ? C'est gentil.

Une vague de tendresse envahit Louis. Il regarda Jessica, mince et séduisante dans son tee-shirt fripé de la nuit, et sentit la même tendresse monter dans les yeux de Jessica. Pendant une minute, ils restèrent ainsi, impuissants, immobiles. Puis un immense élan de désir les embrasa. Tandis qu'ils roulaient sur le tapis du salon, dans la lumière du matin, en s'embrassant avec fièvre, Louis entendit Jessica murmurer, avec son charmant accent californien :

– Oh ! Louis... J'ai tellement attendu ce moment...

Laure, abattue par les émotions de la nuit, regardait le café dans son bol. Sa mère semblait distante. Son père était déjà parti à son bureau. En quelques heures, Gregory avait été donné pour mort, puis était ressuscité. Les hauts et les bas étaient trop forts : la vie était donc une succession de montagnes russes ? Blandine, regardant sa fille, essayait de la consoler. Mais le cœur n'y était pas. Laure se décida à parler :

– Tu sais, maman, je crois que je vais me séparer de Gregory. C'est trop dur de vivre comme ça.

Sa mère ne répondit pas. Elle buvait son café à petites lampées, pour éviter de se brûler.

– Je sais que ça t'est égal, maman. Tu n'as jamais aimé Gregory. D'ailleurs, qu'est-ce que tu peux comprendre à la souffrance d'une séparation ? Tu as toujours été mariée !

Blandine posa son bol, et leva des yeux fatigués sur Laure. Elle rejeta sur ses épaules ses longs cheveux blonds, qui blanchissaient sur les tempes. Cette femme qui n'avait jamais travaillé de sa vie, cette bourgeoise pour laquelle la pire tragédie était une mauvaise donne au bridge du mercredi, cette mère qui, en vingt-cinq ans de mariage avec Pierre Olivier, n'avait connu de la vie que des vaguelettes, stupéfia sa fille. Elle dit simplement :

– Ton père a une maîtresse. Je vais divorcer.

– 8 –

Cœurs piégés

Jessica, en se réveillant près de Louis, dans sa chambre de la villa, eut juste le temps de regarder la poitrine nue de son compagnon. Elle se pencha pour poser un baiser léger sur son mamelon gauche – le plus près du cœur, se dit-elle – et, saisie d'une vague de tendresse, allait poser sa main sur son ventre, quand le téléphone sonna. Louis ouvrit les yeux :

– Réponds pas, Jessica !

Ainsi, il ne dormait pas ! Ah, le tendre hypocrite ! Elle faillit se jeter sur lui. Depuis sa séparation d'avec Caroline, Louis avait retrouvé le sourire. Avec Jessica, il avait rencontré une amie, une confidente, et, qui sait, une amoureuse. Mais, en bonne Américaine, Jessica savait qu'une liaison, si joyeuse fût-elle, n'était pas forcément une love story éternelle. Elle décrocha :

– Allô ? Maman ? À Paris ? Tu arrives quand ? Ah, Jack est là aussi ? OK, on vient vous chercher.

La bonne humeur du matin s'était soudain évaporée. Visiblement, quelque chose, dans cette nouvelle, tracassait Jessica. Pourtant, Louis savait qu'elle adorait sa mère, même si elles ne se voyaient pas souvent. Il tenta d'en savoir plus :

– T'as des soucis ?

– Non, non...

– Je te connais, Jess ! Y a un truc qui cloche ! C'est la venue de ta mère qui...

– Non. Je suis ravie de voir ma mère... Mais à l'idée que mon beau-père va être là, ça gâche tout !

Louis s'était redressé sur l'oreiller. Il gardait un silence respectueux, sachant qu'une confidence douloureuse était sur le point de sortir. Il regarda le soleil par la fenêtre. La Plage attendrait.

Jessica commença :

– Je n'ai jamais raconté cette histoire à personne... Mais c'est à cause de Jack que je suis partie des États-Unis. À cause de lui que je ne peux plus regarder ma mère en face... Au début, Jack était gentil. Puis un jour, il est rentré dans ma salle de bains pendant que je me brossais les dents. Puis il a recommencé... Une nuit, il a débarqué dans ma chambre, il me faisait mal partout, j'ai réussi à m'enfuir... Le lendemain, j'ai fait ma valise et je suis partie.

– Et ta mère, comment a-t-elle réagi ?

– Je n'ai jamais eu le courage de lui dire...

– Et ton père ?

– Oh ! lui, il a disparu depuis longtemps. J'étais toute petite. Il fait des affaires véreuses, m'a-t-on dit, quelque part en Floride... Mais je ne le connais pas.

Cécile, la maman de Jessica, adora tout de suite la Plage : dès son arrivée, elle s'installa, face au soleil, releva ses lunettes sur ses cheveux et, les yeux fermés, laissa les rayons la caresser. Louis, le sourire un peu contraint, était au bar, s'activant sur la machine à expresso, avec Caroline.

De loin, il regardait Cécile, belle quadragénaire brune, et son compagnon, Jack. Il y avait quelque chose de séduisant chez ce bel avocat américain, sportif et aisé, mais aussi un rictus fuyant dans la bouche. Il essayait de faire la conversation à Jessica, dont la gêne était évidente. Lorsque Cécile se leva pour chercher une crème solaire à haut indice de protection, Jack se pencha vers Jessica :

– J'ai bien remarqué que tu n'étais pas à l'aise avec moi.

– Tu ne devines pas pourquoi ?

– J'aime ta mère, Jessica, et elle m'aime aussi. Elle est heureuse. Je ne veux pas briser son bonheur... Toi non plus, j'en suis sûr.

Jessica se leva, constatant que Caroline avait du mal à assurer le service : les clients arrivaient. Elle aperçut Louis, assis sur une banquette, en grande conversation avec Cécile. Celle-ci, tenant son tube de crème solaire à la main, écoutait avec attention Louis, et secouait la tête en signe de dénégation. Visiblement, Louis, avec sa fougue, était en train de lui dire quelque chose que Cécile avait du mal à accepter. Jessica se dirigea vers les vestiaires où elle laissait ses vêtements pour la journée. Brusquement, derrière elle, la porte s'ouvrit. Jack apparut, le visage déformé par la colère et le désir. Le séduisant avocat du barreau de Los Angeles était transformé :

– Surtout, ne dis rien à ta mère !

Il posa les mains sur les épaules de Jessica, lui faisant face. Celle-ci sentit l'une de ses mains glisser vers la bretelle de son débardeur. Ce seul contact la révulsait. Elle fit un pas en arrière. Il reprit :

– Jessica, je te désire ! Si tu ne cèdes pas, je m'arrangerai pour que tu ne revoies jamais ta mère ! Elle me croira, moi ! Je vais te faire passer pour une allumeuse ! Je dirai que c'est toi qui m'as provoqué !

– Menteur !

Jessica sentait que Jack se rapprochait. Dans ses yeux, elle lisait une flamme de désir fou, cette même flamme qu'elle avait aperçue une nuit, en Floride. Elle reprit, effrayée :

– Je vais raconter ce qui s'est passé autrefois ! Je vais dire à ma mère que, dès qu'elle tournait le dos, tu venais mettre tes sales pattes sur moi ! Comme tu le fais aujourd'hui !

La respiration de Jack s'était accélérée. Il se pencha sur Jessica pour l'embrasser, tandis que, d'une main, il essayait de lui caresser les seins. Il allait la renverser, là, sur le banc...

La porte s'ouvrit. La voix de Cécile, autoritaire, retentit :

– Jack !!!

Celui-ci se figea. Il comprit instantanément que la partie était perdue. Cécile, prenant sa fille par les épaules, manifestait un dégoût immense. Elle jeta :

– Jack, je ne veux plus te voir. Va-t'en !

Et, tandis que Jack pesait le pour et le contre, se disant qu'il pourrait peut-être rattraper le coup, il entendit la voix de Louis, définitive :

– Casse-toi, Jack, ou je te jure que je t'éclate la tête !

Après tout, Louis avait autre chose à faire que de s'occuper de ce personnage douteux. Ce soir, il y avait bal costumé à la Plage ! Il l'avait presque oublié.

Sur la Plage Ibiza, les invités étaient répartis par petits groupes, et le champagne coulait à flots. En cette fin de matinée de samedi, les cloches de Saint-Tropez retentissaient, au loin, tandis qu'Alain Dulac, en costume élégant, faisait la tournée de ses amis. Ce mariage était un événement mondain de première importance, et son union avec Élise de Talence, la fille de son associé Hubert de Talence, était le sujet de toutes les gazettes mondaines. Même Jean-Pierre Chassagne, le reporter des *Dernières Nouvelles de Saint-Tropez*, était là. Des coupes débordaient de fleurs blanches, des plats somptueux attendaient à l'office, et, sous l'œil attentif d'Hubert, tout était réglé comme du papier à musique. Même la mer semblait au garde-à-vous. Hubert de Talence était un financier d'envergure dont la réputation, malgré ses cheveux blancs, était sulfureuse. On murmurait qu'il avait réussi dans la vie grâce à des pratiques impitoyables, et, depuis son veuvage qui l'avait contraint à élever Élise tout seul, il montait une garde vigilante autour de sa fille. Quand il avait pris une importante participation dans l'Ibiza-Club, Talence avait été le bienvenu : Alain Dulac avait besoin d'une injection de cash. La pièce montée, en forme de tour Eiffel, était spectaculaire. La fête, selon les mots d'Hubert, promettait d'être « inoubliable ».

Quand Alain Dulac aperçut la silhouette de Laure, il en éprouva un immense trouble. Il savait que son ex-fiancée avait pris ses distances avec Gregory Lacroix, son rival, et qu'elle traversait un moment délicat, prise entre son travail à la clinique des Lices et son attirance pour l'un des médecins, Baptiste Mondino. Il but rapidement coup sur coup deux verres de champagne, malgré l'heure encore matinale, et se dirigea vers Laure. Il sentait son cœur battre de plus en plus fort. Ainsi, elle était venue ? Derrière elle, il aperçut une silhouette décontractée : c'était Baptiste. Il en éprouva une sorte de déception froide. Au même moment, Hubert de Talence levait son verre et déclarait à la cantonade :

– Je marie ma fille à un garçon dont j'ai fait mon associé !

Il regarda l'assistance d'un air satisfait. Il reprit :

– Je lui donne ma fille, mais je garde le contrôle de son compte en banque !

Les rires fusèrent, gênés. Élise de Talence, une gentille fille coiffée comme Jeanne d'Arc, la frange sur le front, était en robe de mariée. Elle avait l'air suspendue aux mots de son père. Alain jeta un coup d'œil sur sa nouvelle femme : leur union avait été bénie par l'abbé Morin, le prêtre le plus respecté de Saint-Tropez. Le passage à la mairie, sous les pétales de roses, avait été un enchantement. Élise ne se préoccupait que de la disposition de son voile, et de la couleur des assiettes du déjeuner. L'aimait-elle ? En tout cas, Alain Dulac, lui, aimait encore Laure. Absente, plongée dans ses pensées, celle-ci avait besoin de solitude pour réfléchir à ce que sa mère lui avait dit : elle divorçait. Avisant Laure qui se tenait près du bosquet de bougainvillées, une coupe à la main, Alain s'approcha d'elle en douceur, alors que tout le monde écoutait le beau-père. Il murmura :

– Laure, j'ai besoin de te parler !

Ils étaient isolés. Légèrement éméché, Alain vacillait au soleil. Il essaya de l'embrasser dans le cou. Elle recula :

– Qu'est-ce qui te prend ? Alain ! C'est du passé ! C'est fini ! Fini !

– Pour moi, ça ne sera jamais fini, je t'aime toujours, Laure, tu entends !

Pris dans ses mensonges, la tête tournée par le champagne, il chercha à l'agripper par le coude.

– Laure, ce mariage, je le vomis ! Élise, je...

– Ne dis pas ça. Élise est ta femme, maintenant !

– Ma vie est foutue, Laure. Je ne connaîtrai plus jamais l'amour...

Émue pendant une seconde, Laure posa sa main sur le bras d'Alain. Il reprit :

– C'est toi, Laure, qui devrais être à la place d'Élise, aujourd'hui ! Laure...

Comme un noyé qui se raccroche à une bouée, il l'étreignit.

– Laure, dis-moi que tu m'aimes, même un tout petit peu...

C'est à ce moment que, du bosquet de bougainvillées, jaillit un grand cri. C'était Élise. Elle avait aperçu le couple enlacé, avait surpris les derniers mots. Blessée, désespérée, elle se mit à courir vers la mer, sa longue traîne blanche flottant derrière elle, dans la brise matinale.

Patrick Saint-Val venait d'acheter un gros bouquet de fleurs. C'était bien le moins qu'il pouvait faire : après tout, Caroline lui avait sauvé la mise. Elle était revenue mal en point, enceinte de Samuel, dégoûtée par les frasques de ce dernier qui n'avait pas abandonné la drogue, contrairement à ses promesses, et, aussitôt, elle avait tenu à rectifier les déclarations de Charlotte. L'accusation de viol avait disparu, mais Saint-Val comprenait à quel point le boulet était passé près. Il passa à la Plage, pour déposer les fleurs, et repartit, après avoir salué Claude Lacroix, qui s'absentait et donnait des consignes à Jessica :

– Voici le chéquier de la Plage. Je t'ai signé une procuration...

Dans un coin, personne n'avait remarqué un play-boy, chapeau blanc sur les genoux, chemise mexicaine blanche déboutonnée, qui observait la scène. Vincent Legal était un aventurier. Il se disait chasseur de trésors sous-marins, mais tout ce qu'il chassait, c'était les filles faciles et, de préférence, crédules. Ses yeux verts en amande et sa voix de baroudeur lui assuraient le succès, dans la plupart des cas. Il disparaissait ensuite, les poches pleines, laissant un cœur vide. Claude reparti, il s'approcha du bar et, avisant Jessica, lui glissa langoureusement :

– Je m'appelle Vincent.

Dix minutes plus tard, ils étaient assis, ensemble, au bout du ponton. Il reprit :

– Regarder la mer, je ne m'en lasserai jamais...

Et il lui donna un pendentif : une pièce de monnaie mycénienne, en or, encastrée dans un anneau :

– Deux mille ans. On l'a retrouvé dans le ventre d'une baleine. On dîne ensemble ?

Au même moment, à cinquante mètres de là, Louis donnait un cours de windsurf à une jeune fille bronzée. Autant Jessica était mince, autant la nouvelle venue était potelée, avec des formes appétissantes. De passage à Saint-Tropez pour quelques jours, Sabrina craquait pour ce jeune instructeur, beau et sympathique, qui l'accompagnait sur l'eau. Elle avait deviné que Jessica était la copine de Louis, mais ne désespérait pas de le séduire. Elle fit semblant de tomber de sa planche : par pur réflexe, Louis tendit les bras. Quand Sabrina se retrouva collée contre le corps de Louis, il sentit son souffle brûlant sur sa bouche. Quand elle l'embrassa, il ne résista guère.

Caroline s'était éclipsée. Recevant les fleurs de Patrick Saint-Val, elle avait lu le petit mot qui les accompagnait : une invitation à prendre un verre chez Sénéquier, sur le port. Elle s'y rendit. La grossesse n'était pas encore apparente, et elle se sentait bien. Seuls ses seins avaient un peu grossi, donnant un arrondi agréable à sa poitrine. Elle repéra Saint-Val, assis à la terrasse, et s'assit près de lui. Brusquement, elle se sentait en confiance, décontractée, loin des tracas des concerts de rock, loin des ennuis de Samuel. Elle renversa la tête et, dans un mouvement séduisant, se tourna vers Patrick. Il lui demanda :

– Qu'est-ce que tu vois ?

– Je vois un homme riche, célèbre, attirant.

– Mais qui a besoin de quelqu'un pour partager tout ça avec lui...

Il regarda pensivement les bateaux, sur le port, qui dansaient contre les amarres. Puis, se jetant à l'eau, il dit :

– Je suis amoureux de toi, Caroline. Je suis amoureux de toi depuis le début, et je n'ai jamais aimé aucune femme comme toi.

– Pourquoi tu m'aimes ? Je ne fais rien de bien, je rate tout, je me sens nulle...

– Mais qu'est-ce que tu racontes ! Tu chantes, tu as une voix superbe, tu as décidé d'avoir un enfant toute seule, il faut un sacré courage pour ça ! Je ne te laisserai jamais tomber. T'entends ? jamais ! Si tu savais d'où je viens...

– Qu'est-ce que tu veux dire ?

– Ma mère m'a abandonné quand j'avais neuf ans. Je ne sais pas où elle est, je ne sais pas ce qu'elle fait mais crois-moi, je la déteste. Et je suis décidé à ne jamais me comporter comme elle... Laisser tomber sa famille, c'est ce qu'il y a de plus moche.

Il reprit :

– Je t'aime, je t'aime, je t'aime.

Son téléphone portable sonna : un metteur en scène célèbre lui offrait un tournage d'enfer, un cachet colossal, un scénario assuré de la Palme d'or à Cannes. Le seul inconvénient était de taille : Patrick Saint-Val devait partir pour six mois au Vietnam.

Élise, comme une somnanbule, avait avalé une poignée de barbituriques, dans le silence du bureau d'Alain Dulac, à l'Ibiza-Club. Quelques instants auparavant, Hubert de Talence, vaguement inquiet de ne pas voir sa fille, s'était adressé à Alain :

– Ah, vous voilà enfin ! Et votre femme, où est-elle ? Vous ne l'avez pas déjà laissée s'échapper, quand même ?

– Non, elle n'est pas loin.

Pendant que les deux hommes faisaient la tournée des invités en souriant tout en cherchant Élise, Laure, non loin de la plage, songeait. Ainsi, ce mariage n'était qu'une comédie ? Comme l'union de ses parents ? Si Blandine divorçait, que pouvait-elle faire ? Travailler ? Ce serait une expérience neuve pour sa mère. Et qui était cette mystérieuse maîtresse qui s'était jetée dans les bras de son père, provoquant ainsi la crise ? Tout à ses pensées, Laure s'était éloignée de Baptiste, noyé dans la foule des invités. Elle regarda la plage, battue par les vaguelettes. Elle aperçut une silhouette : c'était...

– Élise ! Élise ! Arrête !

Laure se précipita. Élise, groggy sous l'influence des

médicaments, continua d'avancer sans paraître entendre. Alors que Laure allait la rejoindre, elle se laissa lentement couler dans la mer, comme une poupée de chiffon. Courant dans l'eau, Laure la saisit sous les bras et, ses vêtements collant à sa peau, elle parvint à tirer Élise jusqu'au rivage. Immédiatement, elle retrouva ses gestes de médecin et, appuyant son oreille sur le cœur de la jeune femme évanouie, établit un premier diagnostic. Elle commença un massage cardiaque. Accouru, Hubert de Talence trouva dans la main de sa fille une photo d'Alain Dulac, sur laquelle Élise avait griffonné un message de désespoir : « Alain, j'attendais que tu m'aides à vivre, tu m'as poussée à mourir. » Une ombre de colère passa sur le visage de l'homme d'affaires. Alors que les ambulanciers, convoqués en hâte, dépliaient une civière, il se tourna vers Alain, et lui lança, avec fureur :

– Vous n'êtes plus son mari, vous êtes son assassin !

Désormais, il allait consacrer tout son temps et son énergie à contrecarrer Alain Dulac. Il le ruinerait ! Dès qu'Élise serait rétablie, il allait mettre bon ordre à ce mariage ignoble ! Il enverrait sa fille en Suisse, dans un établissement de repos.

– Je ne vous laisserai plus jamais l'approcher. Jamais, vous m'entendez ?

– Espèce de salaud !

L'injure ne toucha guère Hubert de Talence. Les invités s'éparpillaient, cherchant leurs voitures pour rentrer chez eux. La noce était gâchée. Alain, réalisant tout d'un coup qu'il tenait à Élise, que l'alcool l'avait troublé, lui faisant dire n'importe quoi, entendit son beau-père dire :

– Élise va demander le divorce. Et je ferai tout pour qu'il soit prononcé le plus vite possible !

Alain sentit que la tête lui tournait. Il cria :

– Elle ne peut pas faire ça ! Je l'aime ! Vous ne pouvez pas comprendre, mais je l'aime !

Dégrisé, il sentait qu'il venait de perdre Élise. Il serra les poings, prêt à se battre. Mais Hubert de Talence, comme un grand seigneur outragé, avait déjà tourné les talons. La guerre était déclarée. La tour Eiffel en choux à la crème et en caramel filé s'était effondrée.

Le bal costumé était génial : Louis, en pirate des Caraïbes, menait la danse. Laure était déguisée en danseuse orientale, et, après son sauvetage mouvementé, elle se pendait amoureusement au bras de Baptiste, roulait des hanches, pour rire. Jessica, vêtue en marquise, swinguait en riant, et, sous les serpentins et les confettis, s'amusait comme une folle. Bien sûr, elle avait couché avec Vincent, aveuglée par la séduction de ses yeux verts, mais s'était aperçue très vite que l'aventurier n'avait qu'un but : mettre la main sur le chéquier de la Plage, laissé par Claude. La fameuse pièce mycénienne de deux mille ans n'était qu'un faux... Vincent, d'ailleurs, n'allait pas tarder à être arrêté à la frontière italienne, pour grivèlerie et escroquerie. Bof, se dit-elle, on se trompe parfois. Elle n'avait qu'une seule préoccupation : elle ne voulait pas que cette affaire fasse du mal à Louis. Elle avisa celui-ci en train de danser dans les bras d'une brune potelée : c'était Sabrina. La musique, un mélange de hip-hop et de rastarock, balançait bien. Tout le ponton était balayé par des projecteurs, qui révélaient des couples en train de s'embrasser, des cow-boys enlaçant des Indiennes, des fermières s'amusant avec des empereurs, des coureurs cyclistes faisant la cour à des cuisinières... L'atmosphère était festive, amicale. Quand Louis croisa Jessica, ils se regardèrent, et, sous les lampions, éclatèrent de rire : tous deux venaient de comprendre que leur histoire d'amour s'achevait dans la bonne humeur. Elle avait craqué pour un faux aventurier, il avait cédé aux avances d'une jolie élève. Pas de jalousie, pas de dégâts : ils restaient copains, pour toujours. La musique reprit, sur un rythme des Caraïbes.

Au bout de la Plage, là où l'obscurité dissimulait les émois, Caroline, la tête appuyée sur l'épaule de Patrick Saint-Val, murmurait, tendrement :

– Quand j'aurai le jour à Saint-Tropez, tu auras la nuit au Vietnam et quand je me coucherai, tu te lèveras. Mais je t'attendrai, Patrick.

Ils s'embrassèrent, dans la nuit complice.

– 9 –

Un père passe et manque

Magali était charmante, oui, charmante, se disait Pierre Olivier. Assis dans son fauteuil directorial, il pouvait voir, par la fenêtre, les bateaux pour lesquels il travaillait depuis de si longues années. Son entreprise d'ingénierie navale avait désormais pignon sur rue, et ses employés lui faisaient confiance. Ils formaient une petite tribu à Saint-Tropez, et tout changement était aussitôt vivement commenté dans les couloirs, puis aux terrasses des bistros de la ville. Souriant, Pierre regardait souvent la photo de Blandine, sa femme, et de Laure, sa fille, avec laquelle il avait failli se brouiller lorsqu'elle était tombée amoureuse de ce bon à rien de Gregory Lacroix qui, il faut bien le reconnaître, était quand même un sacré navigateur. Un rayon de soleil, entrant par l'imposte au-dessus de son bureau, le ramena à la réalité : à cause de Magali, il allait divorcer. Un mariage de vingt-cinq ans s'effondrait. Il est vrai que lorsque Pierre avait vu Magali, la première fois, son sang n'avait fait qu'un tour : la belle blonde, engagée comme assistante marketing, était particulièrement craquante. D'abord, elle avait vingt ans de moins que Pierre, et lui faisait retrouver une nouvelle jeunesse. Ensuite, elle était particulièrement sculpturale, et avait l'art de porter des pulls moulants, qui mettaient en valeur ses seins, qu'elle avait fort beaux. Dernier point, non négligeable : elle avait une petit cheveu sur la langue, qui lui procurait un délicieux zozotement. Pierre Olivier avait cédé au démon de midi.

En apprenant son infortune, Blandine avait d'abord glissé dans un laisser-aller qu'on ne lui connaissait guère : elle gardait ses longs cheveux blonds dénoués, errait dans l'appartement désert, que Pierre avait définitivement quitté après une scène particulièrement houleuse. Toutes ces absences, ces rendez-vous d'affaires inopinés, avaient fini par semer le doute dans l'esprit de Blandine. Sa fille partie, lancée dans une brillante carrière médicale, Blandine s'était mise à boire. Le soir, seule, elle se couchait avec un verre de whisky, et s'endormait devant la télé qui restait allumée toute la nuit. Puis, sur les injonctions de Laure, elle avait fini par se reprendre. Elle avait accepté un poste d'enquêtrice commerciale, et, peu à peu, avait trouvé un nouveau sens à sa vie, au grand plaisir de sa fille.

Tout en réfléchissant au tour que prenait désormais son existence, Pierre Olivier jeta un coup d'œil sur le courrier. Une lettre attira son attention. Elle commençait par ces mots : « Monsieur le Directeur, eu égard à notre vieille amitié, je vous informe qu'après avoir alerté à de nombreuses reprises votre chef comptable... » Pierre convoqua immédiatement François, le comptable désigné. Comment, les traites n'étaient plus honorées, les clients se plaignaient, les banques menaçaient de couper le crédit, et on ne lui avait rien dit ? Embarrassé, François, maigre et soumis, assura à son patron que tout cela n'était rien.

Mais le soir, dans son nouvel appartement luxueux au dernier étage de l'immeuble Pierre & Vacances le plus en vue de la ville, Pierre fut pris à partie par Magali. Celle-ci, un peu trop maquilllée, lança :

– Alors, Pierre, tu travailles même à la maison ?

– Excuse-moi, Magali, je suis préoccupé...

Elle lui proposa un bain et un massage thaïlandais, qui le réconcilièrent momentanément avec la vie.

Mais le lendemain, les nouvelles n'étaient pas meilleures. François avait préparé les livres de comptes, et, en les lisant attentivement, Pierre avait constaté de nombreuses irrégularités. Il avait immédiatement requis la présence de François. Sa secrétaire lui avait alors répondu :

– François Dubois est parti, monsieur.

– Comment ça, parti ? Vous savez quand il revient ?

– Il a dit qu'il avait des problèmes personnels. Il a pris ses affaires et il est parti, monsieur...

Pierre venait de comprendre. Le comptable était parti avec la caisse. Depuis des mois, des années peut-être, le fidèle employé avait été là, silencieux, arrangeant les chiffres, répondant au patron avec sa bouche de fouine, puis, à force de gruger la société, avait jugé que le moment était venu de mettre les voiles. Mettre les voiles... L'expression était amusante, pour une entreprise navale. Pierre Olivier se permit un petit rire sarcastique. Le soir même, il s'en ouvrit à sa fille. Laure tira immédiatement les conclusions qui s'imposaient :

– Alors, tu es au chômage ?

– Je suis en faillite, Laure. Je vais devoir vendre mes biens personnels... Je suis un homme foutu !

Il pensa à demander des nouvelles de Blandine qui, disait-on, préparait un voyage à l'étranger.

– Seule ?

Sa fille ne répondit pas. Magali, en revanche, lança :

– Je ne veux pas être mêlée à ces histoires !

Elle ajouta, de façon blessante, avec son zozotement de petite fille perverse :

– Je ne suis pas ta femme, après tout !

Puis elle claqua la porte et sortit, ses bagages à la main. Pierre resta seul, face à la ruine.

Lorsque Louis entra, Caroline et Jessica se regardèrent : il avait l'air sombre des mauvais jours. Il se laissa tomber dans l'un des canapés en satin de la villa des filles et, oublieux du luxe de l'endroit, annonça :

– J'ai reçu ça ce matin. Recommandé avec accusé de réception. J'ai vérifié, le mec s'est pas trompé d'adresse. C'est bien moi, Louis Lacroix.

Il tendit la lettre, qui le laissait perplexe. Caroline se mit à lire :

– ... testament dont vous êtes l'un des principaux légataires...

Louis la coupa :

– Le mec qui est mort ? Il s'appelle Gilles Loubet. Jamais entendu parler de cet oiseau-là !

Il n'y avait aucune raison, en effet, que Louis en ait entendu parler. Mais, pendant qu'il se posait mille questions à la villa des filles, son père discutait avec Nicole, sa mère, revenue pour l'occasion de Lyon. Claude pressait son ex-épouse :

– Il va falloir t'armer de courage pour lui parler, Nicole...

– Pourquoi moi ?

– Tu as toujours refusé que je le fasse... C'est à toi d'assumer maintenant.

Assis tous deux devant une table, sur le ponton de la Plage, les deux parents s'affrontaient du regard. Il y a des secrets qui restent enfouis longtemps, et qui, en sortant au grand jour, font du dégât... Pensifs, ils ne savaient pas comment sortir de cette impasse. Juste au moment où ils allaient s'enliser dans une nouvelle discussion interminable, Louis arriva, en moto. Il cala son engin contre l'olivier de la Plage, et, apercevant sa mère, se jeta dans ses bras :

– Maman ! Tu es arrivée quand ?

Elle éluda la question, le visage grave. Louis comprit :

– C'est à cause de ce mec qui est mort ? Il était de la famille ?

Claude prit une longue inspiration, et avala sa tasse de café. Puis, ému, il reprit :

– Voilà... Gilles Loubet était... comment dire ? C'était ton père, ton vrai père.

– Mon quoi ?

– J'ai toujours voulu te le dire, mais ta mère avait peur... Peur de ta réaction.

Assommé, incrédule, Louis baissa la tête. Nicole et Claude étaient inquiets : il était si chaud, si emporté, et, dans sa gentillesse naturelle, ne soupçonnait jamais les sombres secrets abrités par le cœur humain. Supporterait-il ce choc ? Nicole, au bord des larmes, fit le premier pas, tandis qu'au loin, une armada de voiliers passait, rappelant l'éloignement de Gregory :

– Ne juge pas, Louis. À l'époque, Claude faisait un stage à Paris... Je me sentais très seule... Entre nous, ça n'allait pas fort... Je connaissais Gilles depuis mon enfance...

Elle regarda son fils, que les émotions traversaient avec violence. Puis :

– J'ai cru que j'aimais Gilles. Mais quand Claude est revenu, je ne savais plus... Greg était encore petit, j'étais enceinte de toi et... J'ai retrouvé Claude, il m'a pardonné. Il t'a donné son nom et...

Le visage de Louis était devenu d'une dureté de pierre. Il serrait les mâchoires et les poings. Il se leva, faisant tomber son fauteuil.

– Je m'en fous de tes histoires !

Il recula de quelques pas, embrassant dans le même coup d'œil méprisant sa mère et celui qu'il avait cru être son père. Puis, révolté, furieux, perdu, il cria :

– Vous m'avez menti pendant vingt ans ! Je ne pourrai plus jamais vous croire !

Nicole tenta de le raisonner :

– Louis ! Claude t'a toujours aimé comme son fils ! Tu es son fils !

Mais, malgré les sanglots de sa mère, Louis avait déjà tourné les talons. Il sauta sur sa moto, et faisant rugir le moteur, s'enfonça dans le chemin qui menait vers la grand'route, laissant un nuage de poussière derrière lui. Lui aussi avait les larmes aux yeux.

Que faire ? Désormais, il était seul. Jessica et lui avaient mis fin à leur histoire, et Caroline, enceinte, était amoureuse de Patrick Saint-Val. Quant à Laure, son travail et ses relations avec Baptiste l'occupaient tout entière. Et voilà que ses parents... Avisant une bande de copains devant le café où, naguère, il venait boire une limonade à la fin des cours du lycée, il s'arrêta. Il y avait là d'anciens copains, Jimi, Mickey, Saurel, Luciano... En bande, ils bichonnaient leurs motos devant la terrasse du café puis, le soir, allaient semer la terreur dans les petites rues des communes avoisinantes en faisant vrombir leurs moteurs. Bagarres, drogue, menus larcins étaient leur lot quotidien. Louis leur paya un verre. Puis un deuxième. La journée passa ainsi, entre bière et whisky. Dans sa tête, Louis nageait en plein chaos. Qui était ce Loubet ? Était-il grand, petit ? Blond, brun ? Jimi lançait des dessous de bière, Mickey jouait au flipper. La nuit les surprit tous. Ils partirent, à la recherche d'un mauvais coup. Louis avait besoin de libérer ce poids qui lui opprimait le cœur.

Au petit matin, c'est Claude qui, en tant qu'adjoint au maire, vint le chercher au commissariat. Par chance, l'inspecteur Ducros était un ami, et les charges contre Louis étaient minimes : trouble de l'ordre public, bagarre, et quelques ardoises impayées. Blême, arrogant, Louis refusait de regarder Claude. Celui-ci, attristé, lui demanda :

– Tu comptes faire quoi, maintenant ? Mettre le feu à la Plage ? Dévaliser une banque ?

Provocant, Louis lui répliqua :

– Je ne sais pas encore !

Marchant dans la rue derrière lui, Claude s'essoufflait :

– Je suis fatigué, Louis. Si tu n'es même pas capable de respecter...

La réponse tomba, cinglante :

– De respecter qui ? Toi ? Un sale menteur ?

De loin, Claude regarda son fils, et, s'arrêtant, lui dit :

– Tout ce que nous avons fait, ta mère et moi, c'est d'aimer, simplement... Mais je n'ai plus envie de me battre. Tu es mon fils, et tu ne pourras jamais rien y changer. Je ne te laisserai pas tout détruire. Je ne veux plus te voir sur la Plage.

– Tu as raison. J'en ai rien à foutre de cette plage.

Ils se séparèrent sur ces mots amers, qui cachaient le trouble de leurs cœurs.

Caroline, dans la salle à manger de la villa, rangeait les assiettes. Jessica, assise dans le canapé du salon, se faisait les ongles. La journée s'annonçait belle. Tout d'un coup, Caroline se crispa. Une assiette tomba. Jessica leva les yeux. Elle vit sa copine se tordre de douleur. Caroline criait, le visage barré par une grimace de souffrance :

– Jessica ! ça y est ! J'ai des contractions ! Je crois que ça y est !

– C'est pas possible ! Tu accouches dans un mois !

– Non ! Non ! Je vais accoucher là ! Maintenant !

Les mains sur le ventre, elle se pliait en deux, prête à chuter sur le sol. Jessica sortit, traversa le jardin de la villa, et se planta sur la chaussée, les bras écartés. Une voiture s'arrêta brusquement. Jessica expliqua rapidement la situation. Elle retourna chercher Caroline et la poussa dans le véhicule. Le conducteur, un grand-père heureux de rendre service, s'écria :

– En route pour la clinique des Lices !

Laure était prête. Elle n'avait jamais accouché une femme, mais avait souvent assisté Baptiste Mondino dans cette tâche. Pour la première fois, elle devait faire face, seule. Elle reçut Caroline avec douceur. Quand elle vit le visage de sa copine, crispé de douleur, elle se livra à un examen rapide et lança à l'infirmière en chef :

– La tête est engagée ! C'est moi qui vais l'accoucher !

Quand Baptiste arriva, vingt minutes plus tard, réclamant le matériel nécessaire pour une péridurale, Elizabeth Chouchan l'accueillit avec un sourire :

– Ce n'est plus la peine ! C'est un garçon ! Un beau garçon !

Il pénétra dans la chambre en compagnie de Jessica. La première chose qu'il aperçut fut Laure, aussi fière que si elle était la mère, qui désignait un bébé tout rouge :

– Je vous présente Tom Drancourt, 2,9 kilos, 50 cm !

Baptiste la regarda, troublé :

– Ton premier accouchement et...

Il se tourna vers Caroline :

– ... ton premier bébé ! Bravo les filles !

Les premiers jours, à la clinique, furent merveilleux. Caroline, heureuse, pouponnait son nouveau-né. Tout les amis défilaient avec des fleurs, des chocolats, des journaux. La télé, pour l'instant, restait éteinte. Tom dormait gentiment. À heures fixes, il se réveillait, réclamant son repas, et se replongeait dans son activité favorite en cherchant son pouce, qu'il n'arrivait pas à trouver. Caroline, ravie de ce spectacle nouveau, souriait aux anges. Au bout de trois jours, elle se mit à feuilleter d'un regard absent un magazine people intitulé *Oh là là*. Sur la couverture une jeune chanteuse de la Star University montrait ses dents et son décolleté et, à l'intérieur, les paparazzi avaient mitraillé toutes les vedettes du monde entier. Brusquement, le regard de Caroline fut accroché par une photo pleine page : on y voyait Patrick Saint-Val, heureux, enlaçant une belle blonde aux lèvres pulpeuses. C'était Coffee Smarck, la nouvelle star de Hollywood. Métisse, elle se peroxydait les cheveux, et tournait au Vietnam avec Saint-Val dans *Les Montagnes de Khe Sanh.* L'article précisait : « L'amour pour Saint-Val ? » Caroline, le cœur serré, alluma la télé. Là, entre les nouvelles des grèves à Santiago, les prédictions de la chute prochaine du gouvernement français et les résultats du dernier match Monaco-Saint-Étienne, elle vit la même annonce : « L'amour pour Saint-Val ? »

Se tournant vers son bébé, Caroline se mit à pleurer. Elle n'avait plus qu'une seule solution : partir à Paris, laisser tout tomber, et s'installer avec sa mère et le bébé. Elle retrouverait ainsi le milieu modeste de son enfance, en banlieue, près de cette mère déséquilibrée qui faisait cependant de son mieux, et de sa sœur, Lisa, avec laquelle elle n'avait plus aucun contact. Dès qu'elle sortirait de la clinique, Caroline prendrait le train. Sa décision était irrévocable.

Blandine semblait affolée. Elle regardait Laure avec des yeux de biche effrayée. Elle reconstruisait sa vie lentement. Depuis qu'elle était séparée de Pierre et qu'elle s'était mise à travailler, petit à petit, elle avait abandonné l'alcool. Certes, son job d'enquêtrice commerciale ne la remplissait pas de joie, mais il fallait bien vivre. Laure répéta :

– C'est papa !

– Il lui est arrivé quelque chose ?

– L'entreprise dépose son bilan, il a un procès sur le dos, il est ruiné ! Il a besoin qu'on l'aide, maman.

Pierre, en effet, avait besoin d'aide. Dans son entreprise, la nouvelle s'était vite répandue de la duplicité du comptable. Magali avait fait ses bagages et avait abandonné son quinquagénaire en difficulté, en lui disant :

– J'avais confiance en toi. Mais tout le monde peut se tromper...

Sa fille partie, Blandine se mit à réfléchir. Déjà, l'affaire s'étalait dans les journaux, et les amis tournaient le dos à Pierre. D'un instant à l'autre, il serait obligé de mettre la clé sous le paillasson. Bien sûr, il avait eu la tête tournée par Magali, mais enfin, le divorce n'était pas encore prononcé et, après tout, vingt-cinq ans de vie commune, ça compte... Blandine prit son sac. Dix minutes plus tard, elle était à l'Ibiza-Club, face à Alain Dulac. Celui-ci, qui se remettait mal de son double échec matrimonial avec Laure puis avec Élise, la vit entrer avec surprise. Il s'était lié d'amitié avec Pierre, lors de ses fiançailles. Le destin en avait décidé autrement, mais, malgré son fond retors, Alain restait accessible à certains sentiments. Blandine, rapidement, lui exposa la situation. Il réagit immédiatement en sortant son chéquier :

– Le plus important, c'est de faire taire les fournisseurs ! Quand la presse met son nez dans une affaire, la machine s'emballe !

– Merci, merci du fond du cœur, Alain.

– Comment va Laure ?

– Comme une enfant dont les parents divorcent. Elle se sent impuissante.

– Dites-lui, Blandine, dites-lui que je suis de tout cœur avec elle.

En sortant, Blandine se sentait légère. Quand elle apporta le chèque à Pierre, celui-ci la regarda avec émotion, et suggéra, délicatement :

– Et si je t'invitais à dîner, ce soir ? Je suis seul, désormais.

Le bateau blanc entra dans le port. C'était une luxueuse vedette, qui attirait tous les regards. À peine était-il à quai, la passerelle fut jetée par un homme d'équipage. Patrick Saint-Val, pressé, jaillit du pont. Il se précipita vers une Mercedes noire, se frayant un chemin parmi les groupies qui lui barraient la route. En entrant dans la villa des filles, il enleva ses lunettes. Dans le salon, Caroline faisait ses bagages. Il avisa un couffin, dans lequel Tom vagissait. Dehors, dans la rue, les paparazzi, déjà, se pressaient. Saint-Val sourit :

– Ma Caro, tu vas bien ? Tu m'as tellement manqué...

– ... que tu t'es consolé dans d'autres bras !

Elle prit son sac. Le taxi attendait. Saint-Val se mit en travers de la porte :

– Attends, Caro ! Je te jure qu'il n'y a rien entre moi et Coffee !

Elle ramassa un ours en peluche et le mit sur la couverture du bébé. Elle reprit :

– Je pars chez ma mère, à Paris. J'ai besoin de me rapprocher d'elle, en ce moment. J'attendais trop, sans doute.

Son sac sur l'épaule, son fils dans les bras, elle avait l'air résolue. Pour l'aider, Saint-Val prit Tom, et, apparemment calmé, accompagna Caroline vers le portail, où le chauffeur de taxi s'impatientait et où les photographes piaffaient. Arrivés là, la chanteuse et l'acteur se regardèrent. Caroline demanda :

– Qu'est-ce qu'ils font là, les journalistes ?

– C'est moi qui leur ai demandé de venir. J'ai une déclaration à faire.

Il sourit aux photographes, et s'empara d'un micro, le bébé sur les bras :

– Si je suis revenu à Saint-Tropez, c'est d'abord pour faire taire la rumeur concernant ma liaison avec ma partenaire, Coffee Smarck, liaison qui n'a jamais existé. Surtout, je suis revenu ici pour retrouver Caroline, la femme que j'aime en secret depuis des mois...

Les flashes crépitaient, les caméras ronronnaient. Caroline, stupéfiée, essayait de suivre. Patrick Saint-Val s'approcha d'elle et annonça fièrement :

– Elle vient d'avoir un superbe fils. Auquel j'aimerais donner tout mon amour... Et mon nom.

Une seconde plus tard, Caroline se jetait à son cou. Le baiser fut long et passionné. La photo fit le tour du monde. Même le chauffeur de taxi laissa glisser une petite larme d'émotion.

Sur une table de la Plage, quelques journaux traînaient. On pouvait lire les titres. Certains avaient fait leur une sur le sauvetage de l'entreprise Olivier : le procès avait été abandonné. D'autres avaient préféré titrer sur Saint-Val. Dans le premier cas, tout s'était bien terminé : Magali avait bien tenté un retour en grâce, mais Pierre l'avait chassée sans ménagement. Où était-elle quand il avait eu besoin d'elle ? Le dîner avec Blandine s'était achevé dans un trouble croissant. Deux jours plus tard, sur les marches du palais de justice où les attendait le juge des divorces, les deux époux s'étaient retrouvés. Alors que l'huissier les invitait à entrer, saisis d'une impulsion irrésistible, ils s'étaient enfuis, la main dans la main, en riant. Depuis, ils vivaient une nouvelle lune de miel. Laure, qui passait par là dans sa voiture décapotable, avait entrevu un couple heureux. Elle décida d'aller à la Plage, pour annoncer la bonne nouvelle à tout le monde.

Juste au moment où elle garait sa voiture, elle vit une bande de voyous. Ceux-ci, arrivés en moto, commençaient à casser des verres, à chasser les clients. Claude et Jessica, effrayés, regardaient cette racaille défiler sur le ponton, vandalisant l'endroit. Les touristes s'écartaient. Le pire était à redouter. La police arriverait-elle à temps ? Mais Laure eut un choc. Car, à la tête de cette bande de loubards avinés, il y avait... Louis ! Rouge de fureur, celui-ci venait de déchirer un fauteuil de toile. Jimi et Mickey le suivaient, renversant les bouteilles et jetant les chaises à l'eau. Claude s'avança, s'adressant à Jimi :

– Dégage ! Et en vitesse !

Pour toute réponse, Jimi donna un coup de poing. Claude s'écroula, la bouche en sang. Il essayait de se remettre debout, quand Mickey s'approcha, pour le savater férocement :

– Ça te fait quel effet, d'être flic et cocu ? Tiens !

Et il lui remit un autre coup de pied. Claude retomba lourdement, grimaçant de douleur.

Louis s'était arrêté, une bouteille à la main. Il regarda Claude, vit Jessica effrayée et Laure, plus loin, qui essayait de téléphoner. Un grand froid l'envahit. Il tenta de se contrôler, malgré la rage qui montait et, agrippant Mickey par le cou, lui dit entre les dents :

– Toi, tu le laisses tranquille.

– Mais..

– Pas de « mais ». Tu le laisses tranquille.

Il y avait une lueur de meurtre dans ses yeux. Mickey recula. Jimi, irrité, tenta de ceinturer Louis. Avant même qu'il ait réussi à s'approcher, Louis lui avait fracassé une bouteille sur la tête.

– Des amateurs ?

Les autres reculaient en désordre. Ils se pressaient contre leurs motos, qu'ils faisaient démarrer, proférant d'inutiles menaces. Jimi, avec du sang dans les yeux, montra le poing :

– Je te ferai payer ça !

Claude, debout, essayait de retrouver son équilibre. Louis, le cœur battant, s'approcha :

– Ils ont pas intérêt à toucher à... mon père.

Claude, les larmes aux yeux, murmura :

– Ce que j'ai eu peur de te perdre, putain !

Le père et le fils tombèrent dans les bras l'un de l'autre. Sur la plage, un grand silence régnait, troublé par le cris de mouettes.

Quand les policiers arrivèrent, ils burent le champagne avec tout le monde. Et tentèrent de comprendre Louis, qui leur annonça fièrement :

– On vient d'avoir un bébé !

– C'est qui, on ? demanda l'un des agents, en regardant Jessica.

Jessica se précipita pour expliquer :

– Non, pas moi ! C'est l'ancienne copine de mon ex ! Enfin, le bébé n'est pas de lui, c'est de son copain d'avant... Mais comme il est pas au courant, et que le nouveau jules de ma copine n'est pas toujours là, c'est notre ex à toutes les deux qui doit...

Bouche bée, incrédule, le policier secouait la tête. Il nota :

– Il est fort, ce champagne !

– 10 –

Réparations en tous genres

Jessica admirait son œuvre. Les petits canapés au foie gras, élégamment disposés sur le bar, formaient une planche de surf et un cœur. Caroline préparait les verres, tout en notant qu'à certains endroits, il aurait été bon de redonner un coup de peinture sur les murs. Elle se promit d'en parler plus tard. En attendant, Jessica ordonna les fleurs dans le seau à champagne. Louis arriva, avec une nouvelle chemise marocaine, verte et jaune. Il ressemblait de plus en plus à un rasta, avec ses cheveux qu'il laissait repousser en dreadlocks. Il regarda ce décor de fête : la Plage était donc prête pour un mariage ? Il demanda :

– Qu'est-ce que vous fêtez ?

Jessica le poussa dans un canapé. Il insista :

– Non, mais, sérieux, vous attendez quelqu'un ?

Caroline, derrière lui, répondit :

– Baptiste.

– Baptiste, le nouveau copain de Laure ?

Après tout, Laure avait peut-être raison, de refaire sa vie. Louis se demanda ce qu'il aurait décidé lui-même. Son frère était à l'autre bout du monde : Gregory, il le savait, serait toujours entre deux ports, entre deux escales. Il ne changerait jamais. Évidemment, il aurait préféré que Laure et Gregory restent ensemble, mais on ne pouvait pas demander à une belle fille comme Laure de passer ses plus belles années à tricoter le soir, en revenant de la clinique ! Il se résigna.

Au même moment, Baptiste se faisait gentiment rabrouer par Laure : il n'était pas sûr d'être bien accueilli par la tribu de la Plage, et ces présentations officielles le gênaient un tantinet. Il décida, néanmoins, de faire contre mauvaise fortune bon cœur. Ensemble, ils descendirent l'escalier qui, de la plage, menait au bar. Laure se tourna vers Baptiste, et, lui désignant Louis, commença :

– Baptiste, je te présente...

Celui-ci, gêné, enchaîna immédiatement. Son naturel charmant reprenait le dessus :

– Louis, je suppose ? Ravi de te connaître ! Depuis le temps que j'entends parler de cette plage... C'est superbe, ici !

Il était déjà venu, évidemment, mais en touriste, en anonyme. Cette fois-ci, c'était différent. Jessica jouait à la maîtresse des lieux, désignait la mer, nommait la baie des Rascasses, pointait la direction du clocher de Saint-Tropez, qu'on ne voyait pas. Restée en arrière, Laure se retrouva en tête à tête avec Louis. Celui-ci lui sourit :

– T'arrêtes pas d'être belle, toi !

– C'est parce que je suis heureuse, Louis !

– Avec lui ?

– Avec lui. Ça t'étonne ?

– Ça m'étonne pas, ça me fait bizarre, Laure.

Ils évoquèrent Gregory. Quand Louis se mit à regretter son frère, elle mit les points sur les *i*.

– Avec Greg, finito ! Et ce n'est pas la faute de Baptiste. Il n'y est pour rien.

Ils se mirent à trinquer. Le champagne coulait à flots, les canapés au foie gras défilaient, l'humeur était badine. Louis, parfois, s'inquiétait de savoir ce qu'il avait hérité de ce fameux père qu'il n'avait jamais connu, et des pensées fugaces de trésors enfouis lui traversaient l'esprit. Après s'être réconcilié avec sa mère et son père, il avait fait amende honorable, en travaillant deux fois plus à la Plage. Être le seul homme d'une équipe de femmes n'avait pas que des avantages ! D'ailleurs, à ce sujet, Jessica râlait parfois, suggérant une légère augmentation de salaire, que Louis écartait d'un revers de la main. De toute façon, il n'avait pas les moyens d'augmenter qui que ce soit, même pas lui-même. À ses moments libres, il ne pouvait pas faire des petits boulots : il y avait le petit Tom à surveiller ! Toute la tribu contribuait à l'éducation du gamin, en attendant que Patrick Saint-Val, retenu par le tournage des *Montagnes de Khe Sanh* au Vietnam, revienne définitivement. Baptiste venait d'ouvrir une nouvelle bouteille de champagne :

– Allez, tchin !

Louis se pencha vers Laure et, complice, lui murmura :

– J'ai fait l'effort pour toi mais ça va, Baptiste il est cool.

Au moment même où il mettait l'accent sur le dernier mot, on entendit, dans le brouhaha joyeux, s'élever une voix familière :

– Alors, patron, on se la coule douce pendant que les femmes travaillent ?

C'était Gregory. Il était revenu. L'ambiance retomba,

dans une gêne malaisée. Seul Louis lui sauta au cou, en criant : « Mon frère ! Mon frère ! »

Dix minutes plus tard, tout le monde s'était égaillé. Baptiste était reparti vers la clinique, Jessica rangeait les tables, et Caroline devait acheter du lait maternisé. Restés seuls, Laure et Gregory se regardaient. Il sentait quelque chose, il devinait que la situation n'était plus la même. Il commença :

– Tu m'as manqué, putain, qu'est-ce que t'as pu me manquer !

– Tu n'as pas eu mon message ?

– Si, si, Laure. Mais tu sais, j'ai changé, j'ai vieilli, j'ai d'autres choses dans la tête. Ce que je veux, maintenant, c'est rester ici. Avec toi.

Il regarda les coupes de champagne vides. Et reprit :

– Quand j'ai eu ton message, c'était comme une obsession pour moi. Je ne pensais qu'à toi. J'ai essayé de vivre sans toi, mais je n'y arrive pas. Je n'y arrive pas.

– Je t'en ai voulu, si tu savais !

– Chut...

Il l'embrassa. D'abord réticente, elle céda peu à peu. Quand elle sentit ses mains brûlantes sur ses seins, elle se laissa aller, les sens en émoi, la peau en feu. Au risque de se faire surprendre par un touriste, ils firent l'amour là, sur la banquette.

Ce jour-là, ne voyant pas Laure rentrer de la Plage, Baptiste fit la tournée des bars. Ivre de mauvais vin et de whisky industriel, il s'écroula dans son lit, le cœur chaviré, l'estomac au bord des dents.

Jessica, assise sur le port, regardait les bateaux. Avec Louis, elle bavardait en mangeant une glace au citron. Elle avait l'air rêveuse :

– Je m'inquiète pour la Plage, Louis.

– Y a vraiment pas de quoi ! Un ponton qui s'affaisse, quelques factures en retard, un banquier sur les nerfs ! On est passés par des moments plus difficiles, non ?

Il avait raison. N'empêche : depuis quelque temps, avec l'arrière-saison, les clients étaient un peu plus rares, les échéances plus difficiles à affronter. L'urgence, c'était le ponton. Bientôt, ils allaient être obligés de le fermer, pour la sécurité. Une idée lui vint : et si... ? Il se leva pour téléphoner au notaire, et se mit à marcher, laissant Jessica à sa glace au citron et à ses rêvasseries.

Un mois plus tôt, quand Louis avait été convoqué chez le notaire pour la succession Loubet, dont il était le seul bénéficiaire, il ne s'attendait pas à grand-chose. Bien sûr, il avait fantasmé sur un trésor caché, un compte en banque secret en Suisse ou un coffre de bijoux, mais il savait que les miracles, dans la vie quotidienne, étaient rares. Si bien que c'est sans rien attendre qu'il avait écouté le notaire lire le testament de ce père inconnu, jadis aimé par sa mère. Ce passé, finalement, ne lui appartenait pas. C'est donc avec la plus grande surprise qu'il avait écouté maître Blachas lui décrire son héritage : un mas provençal du XVIIIe siècle, caché dans l'arrière-pays, où dix hectares de vignes donnaient un vin soyeux et gorgé de soleil. Louis, d'abord, avait été estomaqué. La vigne, il n'y connaissait rien ! Il avait demandé au notaire si quelqu'un s'occupait de l'endroit. Un métayer, en effet, y habitait depuis toujours : Aristide Vichou, aidé de sa fille Nina. La valeur de l'ensemble était élevée. Au fond, Louis ne savait que faire de cet héritage.

Brusquement, il savait : tout en marchant, il calculait les besoins de la Plage. Il fallait pas mal d'argent pour les réparations. Il sonna à l'étude de maître Blachas. Il fut introduit par une secrétaire qui ressemblait à une souris. Maître Blachas, le teint couperosé et la mine paternelle, entra dans le vif du sujet :

– Allons droit au but : que fait-on avec votre domaine ? On vend, ou on ne vend pas ?

Louis hésita. Puis il dit :

– C'est pour cela que je voulais vous voir... J'ai un besoin urgent d'argent.

– J'ai appris que la dernière tempête avait endommagé votre plage, c'est terrible !

– Les nouvelles vont vite, maître !

– Rassurez-vous : j'ai là une offre splendide pour votre vigne. Je vais vous montrer le projet, vous allez être emballé...

Maître Blachas déroulait déjà les plans, les devis. Il s'agissait de l'établissement d'une zone industrielle. Les vignes allaient être arrachées, le terrain remblayé, les oliviers abattus, la route nivelée. Les investisseurs se pressaient au portillon. En confidence, le notaire confia qu'un supermarché, même, était intéressé...

Quand Louis sortit, il avait la tête tournée. Tous ces chiffres, ces plans... Et, surtout, tout cet argent possible. Il n'en revenait pas. Il décida tout de même d'aller jeter un coup d'œil sur ses biens. Ses biens ! Le terme lui-même le faisait sourire.

En arrivant au mas, il engagea sa moto dans une longue allée bordée d'arbres centenaires. L'ombre douce lui caressait le visage et la vue, de là, était splendide. Il ralentit, et vit, derrière le coude du chemin, une bâtisse provençale typique. Les murs, anciens, étaient couverts de fleurs grimpantes, et la cour, pavée à l'ancienne, laissait entrevoir des poignées d'herbes folles. Il cala sa moto, enleva son casque et respira l'air à pleins poumons. Bon Dieu ! Ce que la lavande sentait bon ! Brusquement, une voix de femme s'éleva :

– C'est une propriété privée !

Il se retourna ; une jeune femme à cheval le toisait.

– Vous n'êtes pas chez vous, ici !

Un homme d'un certain âge, les tempes blanchies et le visage carré, les joues sillonnées de deux rides verticales, sortit. Il s'adressa à la cavalière :

– Je crois que tu te trompes, Nina. Ce monsieur est chez lui... Louis Lacroix, c'est ça ?

Louis, un peu surpris, serra la main qu'on lui offrait.

– Euh, oui. On se connaît ?

– Non, pas encore. Mais vous ressemblez tellement à votre père, Gilles Loubet ! C'est triste qu'il ne soit plus là pour vous recevoir. Je m'appelle Aristide Vichou. Et voici ma fille...

– ... Nina ?

Le premier contact, rugueux, était pris. Louis eut droit à la visite des lieux : vignes, bâtisses, arbres, exploitation, chemins, surface, viabilité. Il essayait d'imaginer une zone industrielle, mais n'y arrivait pas. Un supermarché ? Pas plus. Quand Nina et Aristide, le soir venu, l'invitèrent à dîner, il accepta avec simplicité. Le soleil couchant dorait les vignes.

Aristide présenta, avec une fierté évidente, la « cuvée de la maison », et insista sur le goût de terre et de romarin. Nina, elle, plus lointaine, faisait l'éloge de Gilles Loubet. Elle invita Louis à passer dans la pièce d'à côté, où elle serrait toutes les coupures de presse sur le domaine et sur Loubet. Tandis que les rayons du soleil entraient encore par la fenêtre, dans un dernier éclat avant la nuit, Louis observa Nina : un profil méditerranéen, des bras potelés, une silhouette toute en courbes, et un caractère bien trempé. Il y avait quelque chose, chez cette fille... Elle se mit face à lui.

– Vous allez vendre le domaine ?

– Je ne sais pas. Vous vous êtes mis dans la tête que je suis vraiment un salaud, c'est ça ?

– Je me méfie, c'est tout.

Il eut une idée :

– Pourquoi vous ne viendriez pas à la Plage pour discuter de tout ça ? Venez passer une journée !

– C'est ça ! Vous me voyez, déguisée en vacancière ? Je supporte pas la frime et les gens qui font semblant d'être heureux parce qu'ils se baladent en maillot de bain !

Quand il repartit, la tête pleine de soleil et du chant des cigales, il ne savait plus ce qu'il fallait faire ; il ne savait plus qui il était.

Lorsqu'il arriva à la Plage, la soirée battait son plein. Il se mit à servir, avec Jessica et Caroline. Celle-ci nota son air bizarre :

– Qu'est-ce que t'as ?

– C'est des affaires de mon père, mon vrai père. Regarde.

Il lui montra une photo du domaine. Elle s'exclama :

– Mais c'est sublime !

Elle en profita pour lui annoncer :

– Tu sais que je vais m'installer chez Patrick Saint-Val ?

Et elle repartit servir des gin tonics et des Coca-rhum aux touristes, qui riaient fort en regardant la mer sombre. Au loin, un paquebot illuminé passait lentement.

Baptiste était irrité. Tout en vidant son gobelet de café, à la clinique, il regarda Laure. À cette heure-là, il y avait toujours une accalmie dans le travail. À les voir tous les deux, en blouse blanche, on aurait pu croire qu'ils discutaient de problèmes médicaux. C'était loin d'être le cas. Baptiste ouvrit le feu :

– Pourquoi ne m'avoir pas dit que Gregory revenait ?

– Je te jure que je ne savais pas ! Et puis, je lui ai parlé de nous...

– Tu es libre, Laure... Je ne veux pas te perdre, mais je ne veux pas te retenir, non plus. Tu vas le revoir ?

– Tout à l'heure, à la Plage...

Baptiste regardait le fond de son gobelet avec attention, tandis que Laure regagnait sa voiture, et prenait la direction de la mer.

Gregory l'attendait déjà. Assis près de la chaîne qui interdisait l'accès du ponton branlant, il avait l'air souriant. C'était son air commercial : depuis quelques jours, sur la suggestion de son père, il organisait des balades pour les touristes, sur son bateau. Il fit bon accueil à Laure :

– Tu vis, me dit-on, avec ce médecin, Baptiste... Comment il est ? Beau mec ?

– Arrête, Greg !

– Tu sais, je suis prêt à beaucoup de choses, pour toi, Laure !

– J'ai besoin de temps, Greg. Je ne peux pas le quitter comme ça ! Il n'y est pour rien...

Il vit rouge. Une sombre colère se dessina en lui, et il explosa :

– Remarque, c'est pas mal d'avoir deux mecs ! Ça peut durer longtemps ! Seulement, faut pas se planter ! Tu veux vivre ça comment ? Moi d'abord, lui après ? Vas-y, explique !

– Arrête, t'es en train de tout gâcher, Greg !

La gifle partit sans qu'il ait eu le temps de s'en rendre compte. Sur la joue de Laure, on distinguait les cinq doigts de Gregory, une trace rouge qui allait en s'imprimant plus fort. Laure, choquée, ouvrit de grands yeux. Elle se leva, tremblante. D'un seul coup, elle voyait en Gregory un étranger : passionné, coléreux, possessif. Elle partit en courant. Gregory, resté seul, jura avec violence :

– Merde !

Laure, la tête au soleil, laissait sa petite voiture suivre les méandres de la route, entre les pins et les cistes. Elle allait retrouver Baptiste. Il saurait bien la guérir, lui. Après tout, il était médecin. Elle partit d'un rire de gorge nerveux. Comme disait Baptiste, quelquefois : « Je suis sûr qu'à nous deux, on pourra faire des miracles ! »

Au fond, Caroline n'aimait pas la vie de la ville. Poser pour les photographes avec Patrick Saint-Val l'ennuyait. Voir la presse défiler, à longueur de journée, devant la villa de Patrick, où elle s'était installée avec Tom, l'agaçait. Ce soir-là, Patrick la prévint :

– Réception demain ! Je veux te présenter à tout le monde !

– C'est qui, tout le monde ?

– Des amis ! Quelques producteurs, un ou deux metteurs en scène...

– Je vais détester ça !

Elle était mal dans sa peau. Être une star, passe encore ! Mais vivre aux côtés d'une star, c'était l'enfer ! Et toutes ces baby-sitters qui défilaient, sans qu'on en connaisse jamais une ! Elle avait même demandé à Patrick, alors qu'il l'embrassait tendrement :

– Ça va être comme ça tous les soirs ? Je ne vais pas tenir le rythme !

C'est à ce moment-là que Louis débarqua. Il s'adressa à Patrick :

– Tu peux me déposer ? Ma moto est en panne... Je dois aller au mas...

– C'est quoi, ce mas ?

Caroline expliqua :

– Un domaine magnifique, calme, isolé... Le genre d'endroit où tu peux faire trois pas sans récolter une invitation à un cocktail !

Devant l'air étonnée de Patrick, Caroline se leva :

– Je vais te déposer, Louis. Ça me fera du bien de prendre un bol d'air !

Elle le déposa devant l'allée d'oliviers. Louis, la tête incertaine, se mit à marcher. Quand il arriva au mas, il pensait qu'il n'avait pas le choix. Il fallait vendre. Nina, tout sourire, l'accueillit. Il lui fit part de sa décision. Elle prit une mine grave, le prit par la main, et l'emmena vers un carré de terre dissimulé derrière le potager. Là, elle lui désigna une pierre tombale :

– C'est là que maman a voulu être enterrée. Je ne l'ai pratiquement pas connue, elle est morte quand j'avais deux ans. Si on part d'ici, c'est pas seulement des pieds de vigne qu'on laisse. C'est un bout de notre vie.

Pensif, Louis vacillait. Il demanda :

– Tu ferais quoi, à ma place ?

– Honnêtement, je ne sais pas.

Dans la douceur tiède de cette fin d'après-midi, ils se regardaient avec un air de défi et, sous-jacente, il y avait comme une mélodie de tendresse entre eux. Louis s'approcha. Un minute passa ainsi. Puis ils redescendirent vers la cour pavée.

Le lendemain matin, Louis se présentait chez Patrick Saint-Val. Caroline étant sortie, ils s'assirent tous les deux près de la piscine. Patrick vit la gêne inscrite sur le visage de Louis. Il comprit immédiatement que l'instant était grave. Louis commença :

– Je voulais te parler d'un truc... Mais c'est difficile...

– Quelque chose à voir avec Caroline ?

– Non, non...

– Vas-y, raconte, Louis.

– On a eu des dégâts à la Plage à cause de la tempête. Je suis en train de faire réparer le ponton. Mais ça tombe mal, j'ai des problèmes de trésorerie.

– Il te manque beaucoup ?

– Pas mal, oui. La banque ne veut plus suivre, l'entrepreneur a stoppé les travaux...

– Tu as besoin de combien ?

Les chiffres étaient importants. La somme demandée n'était guère négligeable. Patrick Saint-Val se pencha sur le couffin où le petit Tom, tranquillement endormi, rêvait à son prochain biberon.

Il regarda Louis :

– Je dois réfléchir. Mais je crois que j'ai une idée...

Depuis que Gregory proposait aux touristes des promenades en voilier, l'affaire tournait rond : pour une somme modique, les vacanciers pouvaient visiter la côte, sous les voiles blanches du yacht piloté par Gregory. Certaines touristes s'intéressaient de plus près à ce skipper séduisant, et parfois, Gregory craquait, dans sa solitude. Il avait même eu une aventure amusante avec une belle brune sculpturale que les scrupules ne semblaient pas étouffer, Valentine. En le quittant, au bout de trois jours, Valentine avait donné à Gregory un petit cœur avec une inscription : « À Gregory, pour la vie ». Ils avaient bien ri tous les deux. Puis Gregory avait repris son job de guide pour touristes.

Ce jour-là, une jeune femme blonde, dans un bikini bien rempli, se présenta :

– Je suis une amie de Laure. Je m'appelle Fanny.

Avec son accent provençal, elle était forcément de la région. Gregory lui demanda :

– Vous êtes sa copine de classe, c'est ça ?

– Oui. On se connaît depuis longtemps. En ce moment, j'habite chez Laure et Baptiste. D'ailleurs, je dois dîner avec eux ce soir...

Elle était aguichante, avec son bronzage cuivré. Gregory se décida en une seconde : si Laure ne voulait plus de lui, qui sait ? Peut-être qu'une pointe de jalousie lui ferait du bien...

Il sourit à Fanny :

– J'annule mon excursion avec les Italiens. Je t'emmène en bateau. OK ?

Elle n'était pas farouche. Il la regarda dans les yeux, et

largua les amarres. Prenant de la vitesse, le bateau s'élança vers la haute mer. Sous la brise vivifiante, Fanny s'approcha pour essayer de tenir la barre. Elle tentait encore d'ajuster ses mains sur cette roue vernie, quand Gregory lui souffla dans le cou :

– Pas comme ça...

Elle se retourna, et ils s'embrassèrent. Seules quelques mouettes furent témoins de la suite, lorsque le bikini de Fanny tomba sur les lattes de teck du pont.

Après l'amour, Fanny, allongée sur la banquette, nue, se tourna vers Gregory. L'un de ses seins touchait la main de son compagnon. Gregory la retira. Brusquement, il semblait avoir honte de ce qu'il avait fait. Pour Fanny, c'était le début d'une histoire. Pour lui, c'était une passade. Blessée, Fanny se releva, les larmes aux yeux :

– Tu ne m'aimes pas !

Gregory demeura silencieux, les yeux sur l'horizon. Il parla sans la regarder :

– C'est Laure que j'aime. J'arrive pas à aimer quelqu'un d'autre.

La vérité fondit sur Fanny, qui cacha sa poitrine avec ses mains :

– Tu t'es servi de moi ! Tu t'es servi de moi pour la rendre jalouse ! Tu es un monstre !

En larmes, elle remonta sur le pont. Puis elle enjamba le bastingage et plongea dans la nuit.

Au matin, toutes les embarcations de gendarmerie étaient à l'eau. La radio lançait des appels, les journaux publiaient la photo de la jeune femme. Baptiste, en se levant, écouta les nouvelles. Il réveilla Laure :

– C'est Fanny. Elle a disparu. Elle s'est disputée avec Gregory. Elle a plongé du bateau...

Puis il partit pour la clinique. Quand Gregory frappa à la porte, Laure lui ouvrit, déjà maquillée et vêtue. Gregory était défait. Il pleurait presque :

– Je ne veux pas te perdre, Laure !

Elle le toisa, sarcastique :

– Tu n'aurais peut-être pas dû coucher avec ma meilleure amie !

– Je t'aime, Laure !

Laure hésita, puis se serra un instant contre Gregory. Il était si perdu, si... Il lui prit le visage pour l'embrasser sur les lèvres. Elle résista une nanoseconde, puis s'abandonna. Leurs lèvres chaudes se mêlaient, leurs pensées étaient les mêmes, ils étaient revenus au temps où leur couple était fusionnel. Quand ils se séparèrent, Laure baissa la tête. Gregory réussit à dire :

– Excuse-moi...

Laure releva le menton, et prit sa décision :

– J'aime Baptiste, Gregory.

Quand on retrouva Fanny, transie sur la plage, elle ne fournit qu'une seule explication :

– J'ai voulu lui faire du mal autant qu'il m'a fait du mal.

Le lendemain, elle prenait l'avion pour Paris, tandis que Baptiste, qui l'avait accompagnée à l'aéroport de Nice, serrait Laure dans ses bras. Celle-ci se blottit en regardant l'Airbus décoller, et murmura :

– Je t'aime, Baptiste !

Quand Aristide vit la voiture de Patrick Saint-Val s'arrêter dans la cour, il comprit que Louis avait pris une décision. Avait-il vendu aux promoteurs ? Nina, les sourcils froncés, descendit de cheval. Caroline sortit de la limousine, avec Patrick et Louis. Celui-ci présenta tout le monde, en ajoutant :

– Derrière, la jeune fille qui ne sait pas si elle va dire bonjour ou tirer un coup de fusil, c'est Nina, la fille d'Aristide !

Devant l'air anxieux de celle-ci, il prit une inspiration :

– Je suis venu vous annoncer que je n'ai pas vendu le domaine à n'importe qui.

Les mines s'allongèrent.

– Attendez ! Ce n'est pas ce que vous croyez ! J'ai vendu à Patrick ! Rien ne sera rasé !

Patrick Saint-Val prit la parole :

– On continue à exploiter. Avec votre aide, bien entendu.

Nina mit son grain de sel :

– Alors, la zone industrielle, c'est du passé, Louis ?

– Aux oubliettes, Nina ! À l'heure qu'il est, maître Blachas doit sillonner la ville pour me faire la peau ! Je vais pouvoir réparer le ponton, repeindre le bar... Et augmenter Jessica !

Louis, tendrement, prit Nina par les épaules. Tous se tournèrent vers les vignes qui, au soleil, verdoyaient à perte de vue. Patrick reprit :

– Caroline et le bébé vont s'installer ici ! Moi aussi ! Vous avez devant vous un amoureux du vin qui a décidé de prendre un peu de temps... Pour apprendre la vigne.

Il embrassa Caroline.

– Et la vie de famille !

Quand le soleil tomba derrière l'horizon, on entendait des éclats de rire, dans le mas, et des verres qui tintaient joyeusement.

– 11 –

L’amour à risque

Le jeune homme hésita une seconde. Bien qu’originaire de la région, il n’était jamais venu à la Plage Saint-Tropez, et tout ce soleil le rendait groggy. Avec ses petites lunettes de docteur et son profil qui faisait vaguement penser à Brad Pitt, il ressemblait à un play-boy intellectuel égaré. Un air de grande douceur se dégageait de lui. « Allons ! » murmura-t-il. Il descendit vers le bar, faisant attention à ne pas glisser sur les marches que la rosée du matin rendait luisantes. Il aperçut Louis qui demandait à la cantonade :

– T’as mis le champagne au frigo ?

Deux marches de plus, et le visiteur aperçut Jessica. Juste au moment où il allait poser le pied dans le bar, Louis le reconnut :

– Antoine ! Ça fait cent ans qu’on s’est pas vus !

Jessica jeta un coup d’œil distrait au visiteur, et continua à compter les caisses de champagne, d’un doigt énergique. Depuis que le bar avait été repeint, le ponton refait à neuf, les clients affluaient tôt. Louis reprit :

– Tu vas l’adorer, tu vas voir ! Antoine, c’est le mec le

plus cinglé que je connaisse ! Les conneries qu'on a pu faire ensemble ! Laure se souvient bien ! Tu lui demanderas !

Jessica se redressa.

– J'ose pas imaginer !

Louis se jeta dans les bras d'Antoine. Celui-ci, un peu surpris, se laissa faire avec le sourire. Tandis que Louis faisait l'éloge du nouveau venu – bosseur, une super-tête, un tombeur comme pas deux – Jessica murmura pour elle-même, en levant les yeux au plafond :

– Je le crois pas, encore un dragueur !

Louis avait entendu. Il mit les choses au point :

– Plus maintenant ! Il est maqué, et pour la vie ! Tu risques rien !

Immédiatement, Louis prit la décision d'organiser une fête le soir même, pour le retour du fils prodigue. Avec Laure, évidemment, qu'il convoqua séance tenante au téléphone. Jessica ramassa les factures, en fit une pile bien nette, et s'éclipsa. Restés seuls, Antoine et Louis s'assirent, heureux de se revoir après tout ce temps. Il remarqua la mine sombre de son ami.

– C'est quoi, cette tête ? C'est l'air de la mer qui ne te réussit pas ? Elle t'a largué, c'est ça ?

Adèle Berteau, la fiancée d'Antoine, venait d'avoir vingt ans. Quand ils s'étaient rencontrés, trois ans auparavant, le coup de foudre avait été immédiat. Étudiants tous les deux, ils avaient été amenés à se séparer momentanément, sans que leurs sentiments en aient été affectés. Puis ils étaient retombés dans les bras l'un de l'autre, au grand étonnement de la bande de copains, pour lesquels l'amour-toujours se limitait à deux week-ends. Antoine essuya ses petites lunettes.

– Ouais... Enfin, c'est pire... Un vrai mystère... Elle est partie du jour au lendemain, sans explication. Je ne sais pas où elle est. J'arrive pas à avoir des nouvelles...

– C'est d'Adèle dont tu parles, Antoine ? Allez, t'inquiète ! On va faire une nouba du tonnerre, ce soir ! En ton honneur ! T'as un endroit pour crécher ?

– Non.

Louis, voyant la tristesse de son copain, se mit en quatre. Il lui servit un café, lui proposa un croissant et appela Jessica. Pouvait-elle l'héberger ? Oui. Et si, pour l'occuper, il travaillait au bar, ça lui changerait les idées ? Oui. Louis résuma la situation, ravi :

– Tu t'en occupes la nuit, Jessica, et moi, la journée !

– T'as dit quoi, là, Louis ?

– Mais non, je rigole ! Encore que... Une petite idylle entre vous deux, c'est pas mal comme remède !

Jessica, en riant, brandit un parasol.

– Disparais avant que je t'assomme !

Le soir même, Antoine s'installait. Il est vrai que la villa, pour l'instant, était déserte, et que la place ne manquait pas. Caroline était au mas, avec Tom ; Louis filait dans ses vignes de plus en plus souvent, pour retrouver Nina. Et Laure passait le plus clair de son temps dans les bras de Baptiste ou à la clinique. Jessica fit donc les honneurs de la villa à ce nouveau pensionnaire.

– Tout cet espace, pour moi toute seule !

Laure, au même moment, regardait Baptiste. À la clinique, dans le cabinet de consultation, ils relisaient le dossier d'une patiente, Adèle Berteau. Fallait-il la faire hospitaliser ? La jeune fille, à vingt ans, était séropositive.

Toute à la tristesse de voir une aussi jeune vie menacée, Laure, n'écoutant que son bon cœur, se mit à rêver d'une médecine sociale, ouverte aux plus démunis, en prise directe avec la réalité du pays. Quand elle ouvrit les yeux, Baptiste la regardait drôlement. Laure se reprit :

– Baptiste ! Comment elle s'appelle, déjà ?

– Berteau. Adèle Berteau.

Laure sentit un courant d'air froid. Elle redemanda :

– Comment ?

– Berteau.

Puis elle s'assit, effondrée. Elle connaissait la gravité de l'état de la malade, et l'évolution du sida qui, malgré les trithérapies, restait une maladie mortelle. Devant l'air inquisiteur de Baptiste, elle expliqua :

– Je connais son ex, Antoine. C'est un copain de longue date. Il vient d'arriver chez Jessica, déboussolé. Il vivait depuis deux ans avec cette fille, Adèle, très amoureux... Il a sûrement été contaminé...

– Tant qu'il n'a pas fait de test, il ne peut pas savoir !

– Mais pourquoi en ferait-il un, Baptiste ? Il ne sait pas qu'elle est séropositive ! Elle l'a quitté, et il est désespéré !

– Je suis désolé, Laure... Ce n'est pas à toi de lui dire. Le secret médical est une obligation !

Elle baissa la tête. Baptiste avait raison. Le serment d'Hippocrate, exigé de chaque médecin, imposait le secret total, absolu. Mais Laure regarda Baptiste, prise d'une interrogation terrible.

– Il habite avec Jessica...

– Ils sortent ensemble ?

– Non, mais...

Sous le soleil de l'après-midi, la jeune fille, vêtue d'une robe moulante et décolletée, avait l'air perdue. Dans la rue piétonne de Saint-Tropez, un touriste alléché se précipita sur elle.

– Je peux vous aider, mademoiselle ?

– Merci, je me débrouille très bien toute seule...

– Toute seule ? Une jolie fille comme vous ?

– Il faut se méfier des jolies filles... Elles peuvent être très dangereuses !

En arrivant devant la porte de Baptiste, elle hésita une seconde, puis sonna. Baptiste lui ouvrit la porte : « Vous êtes... », dit-il en admirant sa silhouette. Elle répondit :

– Anita.

Il s'effaça :

– Je vous en prie, Anita, entrez. Laure ne va pas tarder...

La jeune fille s'expliqua, assise dans le canapé du salon. Elle était la cousine de Laure, et avait décidé de passer par Saint-Tropez en coup de vent. Les deux filles ne se voyaient que rarement. Il se dégageait de ce visage angélique quelque chose de malicieux, voire de pervers. Plus jeune que Laure, Anita n'avait pas sa maturité. Elle regarda autour d'elle, feuilleta les livres de médecine, demanda des nouvelles. Avec obligeance, Baptiste fit la conversation. Elle était là, comprit-il, pour quelques jours. « Je comptais squatter chez ma cousine, dit-elle, mais... »

Quand Laure arriva, une heure plus tard, sa surprise fut totale. Anita, souriante et amusée, demanda :

– Combien ça fait ?

Laure, sèchement, répondit :

– Qu'on ne se voit plus ? Cinq ans et six mois !

Finalement, l'affaire fut réglée en cinq minutes : Anita dormirait dans le canapé du salon.

Le lendemain matin, Laure semblait de mauvaise humeur. Elle cherchait sa brosse à cheveux. Baptiste, gentiment, vint aux nouvelles :

– Laure, il y a un problème ? C'est Anita ?

– Tu ne t'es pas demandé pourquoi je ne t'ai jamais parlé d'elle ? On n'a jamais été intimes.

– Qu'est-ce qu'elle t'a fait, Laure ?

– Moi... J'ai pas mal souffert à cause d'elle... Elle a toujours été jalouse de moi et... un jour elle me l'a fait payer...

Quand elle partit pour la clinique, Baptiste, resté seul, avait compris : Anita avait sans cesse tenté de séduire les boy-friends de Laure, avait constamment essayé de la supplanter dans l'amitié de ses camarades. Bref, c'était une fille toxique. Il se promit, intérieurement, de rester sur ses gardes. Ce n'est pas une jeunette qui le ferait tourner en bourrique !

Il alla dans la cuisine, pour se servir un café. Anita, qui s'était levée tard, était en train de s'en verser une tasse. Il demanda :

– Bien dormi ?

– Je suis un animal nocturne, la nuit je ne dors pas... Je fantasme.

Déjà, elle commençait à jouer avec lui. La journée s'écoula tranquillement. Baptiste lisait une revue médicale dans le salon quand Anita, brusquement, fondit en larmes. Inquiet, il lui demanda :

– Que se passe-t-il ?

Elle lui expliqua : elle devait partir en Italie avec un boy-friend, le voyage promettait d'être passionnant, et il l'avait laissée tomber.

– Il m'a quittée !

Baptiste essaya de la consoler. Les yeux rougis, la mine défaite, elle lui demanda :

– On peut faire un tour ?

Il avait du travail. Mais la voyant si seule, si jeune, si désemparée, il se décida en une seconde :

– Mon boulot, ça peut attendre ! Allez, viens ! Je t'accompagne !

Ils firent la tournée du port, puis des plages. Le soleil, en cette arrière-saison, tapait encore fort. L'atmosphère était celle d'un collège qui aurait fait l'école buissonnière. Quand, finalement, ils s'arrêtèrent loin de la ville, face à la mer, Anita se mit à réfléchir à voix haute :

– Je voudrais tellement rencontrer enfin un homme qui me prenne en charge... Mais il faut croire que les hommes, je leur fais peur...

Ils sortirent de la voiture, prenant le petit chemin qui conduisait à une crique isolée. Anita prit le bras de Baptiste. Quand ils posèrent leurs affaires sur le sable fin, rien ne troublait le paysage. Un voilier, au loin, passait. Peut-être était-ce celui de Gregory ? Ils avaient l'impression d'être au bout du monde, seuls, sur une île déserte. Anita se leva, et laissa glisser sa robe, lentement. Au début, ses épaules bronzées apparurent, puis ses seins, dressés par le désir. Quand la robe toucha le sol, Baptiste ne pouvait détourner les yeux : Anita était là, devant lui, nue, avec les reflets des vaguelettes jouant sur son ventre qu'un fin duvet blond ombrait. Elle s'agenouilla et, se penchant sur Baptiste, lui murmura :

– Embrasse-moi...

Caroline était débordée. Le bébé, qui faisait ses dents, pleurait souvent. Malgré son amour immense pour Tom, il lui arrivait d'avoir besoin d'un bol d'air ; elle descendait alors de la bastide, quittait momentanément Nina et Aristide, et revenait vers la Plage. Au fond, sans qu'elle se l'avoue, la scène lui manquait. Patrick, à peine revenu du Vietnam, avait replongé dans la vie frénétique d'une star : il avait des rendez-vous à Cassis, des déjeuners à Cannes, des photos à faire à Bandol... Il parvenait quand même à venir au mas, pour repartir aussi vite qu'il était venu. Son affection était intacte : mais était-ce de l'amour ? Il reportait sur Caroline et Tom tous les sentiments que sa mère absente ne lui avait pas donnés. Enfant solitaire, il s'était débrouillé seul dans le monde, dès l'âge de neuf ans, et ne souhaitait pas pareil destin au petit Tom. En conséquence, Patrick Saint-Val faisait de son mieux pour concilier son travail et sa vie privée qui, comme celle de toute vedette, ne l'était pas tellement. Un après-midi, alors que Caroline était venue aider Jessica, elle reçut un coup de téléphone. Le groupe Noir Désert, qui devait passer le soir même à la Plage, se décommandait. Louis, apprenant la nouvelle, piqua l'une de ses célèbres colères.

– Tout le monde attend cette soirée ! Si on annule, on va passer pour des caves !

En trois minutes, il avait trouvé des musiciens libres. Il se tourna vers Caroline :

– Viens chanter, Caro. Tu vas faire un tabac, comme avant !

Elle hésitait :

– J'ai changé de vie ! La chanteuse de rock, elle fait chauffer les biberons, maintenant ! Tu comprends ?

Jessica s'en mêla :

– Tu peux pas la forcer !

Dès ce moment, la cause était entendue. Par pur esprit de contradiction, mais aussi parce qu'elle en avait une envie folle, Caroline accepta.

– OK ! Je saute dans le vide ! S'il y a de la casse, c'est vous qui recollerez les morceaux !

Nina, qui bouchonnait son cheval, aperçut son père. Elle lui demanda :

– Louis est venu ?

– Oui, pour une caisse de vin... Avec son frère, ils veulent fêter l'anniversaire de leur père. Il reviendra...

Elle décida de descendre à Saint-Tropez. Sur le port, elle se dirigea vers l'*Orion*. Le bateau de Gregory était à quai. Quand celui-ci aperçut Nina, il s'approcha. Elle se présenta. Un immense sourire barra le visage de Gregory qui la coupa :

– Tu es la fille d'Aristide, c'est ça ? Tu habites le mas dont Louis a hérité ?

Nina acquiesça. Assis sur le pont, ils partagèrent un petit café. La matinée tirait à sa fin. Gregory eut une idée :

– Tu as déjà navigué ?

– Jamais ! J'ai jamais mis les pieds sur un bateau !

Il se dressa :

– On va réparer ça ! Baptême marin immédiat !

Ils partirent. Tandis que Gregory virait de bord, elle l'observait du coin de l'œil. Les deux frères, décidément, étaient totalement différents. Autant Louis était impétueux et chaleureux, autant Gregory était séduisant et solitaire. Quand ils repérèrent une petite crique isolée pour déjeuner, Gregory confia la barre à Nina.

– Tu vas prendre ma place cinq minutes...

– T'es malade ! Je ne saurai jamais !

Elle céda pourtant. Tandis qu'elle avait les mains sur le gouvernail, il la frôla. Visiblement sous le charme, il déposa un rapide baiser sur ses cheveux et s'éloigna vers la cabine, pour préparer le déjeuner. Elle le suivit des yeux.

Quand ils débarquèrent, les mains pleines, le soleil était au zénith. Près d'un cyprès centenaire, ils mangèrent leurs sandwichs avec appétit. Elle le questionna, juste avant le café, qu'il avait apporté dans une Thermos. Il lui répondit avec franchise :

– Contrairement à ce que tu peux penser, il n'y a pas eu beaucoup de filles, dans ma vie... Une seule a vraiment compté.

– Laure, je sais. Louis m'en a parlé.

– Mais je crois qu'il est temps de tourner la page... Et toi, Nina ? Avec Louis, c'est quoi exactement ?

Elle eut un petit rire amer.

– En fait, c'est rien. J'ai cru que je lui plaisais, mais je me suis fait des idées. Il drague par habitude, ou par jeu.

Quand il lui tendit la main pour la relever, Nina s'y accrocha. Ils se retrouvèrent l'un contre l'autre, dans une seconde de trouble. Gregory prit doucement son visage entre ses mains, et l'embrassa. Nina le laissa faire au début, puis elle se dégagea et, se détournant, dit :

– Allez, on lève l'ancre.

Quand ils accostèrent à Saint-Tropez, Louis, appuyé sur sa moto, les attendait ; il avait l'air furieux. Il se précipita sur Gregory, l'attrapant par son tee-shirt.

– Qu'est-ce que t'as foutu avec elle ? Tu lui as sorti le

grand jeu de l'aventurier ? Et elle est tombée dans tes bras ?

Gregory, éberlué, regardait ce grand gaillard qui lui faisait une scène.

– Tu me fais quoi, là ? Une crise de jalousie ?

Ils étaient là, face à face, comme deux jeunes chiens aboyant pour un os. Louis serrait les poings, enragé de ne pouvoir taper sur cet adversaire. Gregory, plus conciliant, fit retomber la tension :

– De toute façon, c'est pas la peine de se battre ! C'est elle qui choisira.

Laure, assise sur la plage, discutait avec Jessica. L'affaire avec Antoine la tracassait. Il fallait savoir où elle en était. Jessica, simplement, se confia à sa copine : elle avait envie, depuis toujours, de faire de la danse, et la pratique de son art lui manquait. La vie à la Plage était chaleureuse, mais Jessica avait un problème, qu'elle connaissait bien : ses histoires d'amour échouaient toutes. Elle avait l'art de choisir des hommes qui n'étaient pas pour elle. Depuis qu'elle était seule, l'ennui, par moments, la saisissait, et la présence d'Antoine, avec son allure d'étudiant, lui remontait le moral. Elle avait l'impression de faire la nounou. Quand Laure lui demanda comment elle considérait ce nouveau locataire, Jessica répondit :

– C'est troublant, comme il souffre !

Ce soir-là, Jessica dîna en tête à tête avec Antoine. Lui, rêveur, la regardait servir et desservir, en donnant un coup de main. Elle, intimidée, lui racontait ses années de danse aux États-Unis. Il remarqua :

– La maîtresse de maison est très belle, ce soir !

Elle se retourna, pour lui faire face. D'abord gênée, puis s'abandonnant, elle l'embrassa doucement. Alors que leur étreinte devenait plus fougueuse, et que le dessert attendait, le téléphone se mit à sonner. Jessica n'eut pas le courage d'étendre la main pour le décrocher. Elle entendit simplement la voix de Laure, à travers le haut-parleur : « C'est Laure. Je voulais parler à Antoine. Peux-tu passer à la clinique, Antoine, demain matin ? C'est au sujet d'Adèle... »

Antoine se redressa, l'air désemparé. Le moment magique était passé. Jessica partit se coucher, laissant la vaisselle sur la table.

Le lendemain, à la clinique des Lices, Antoine, assis en face de Laure, écoutait avec attention, et une terreur sans nom s'inscrivait sur son visage. Brisant le secret médical, Laure l'avait mis au courant : Adèle était séropositive et, sans doute, lui aussi. Elle lui recommanda un test. Effondré, il l'écouta :

– Inutile de te conseiller de te protéger...

– T'inquiète pas ! Je suis plus près de toucher une nana !

En revenant à la villa, il remarqua que la vaisselle de la veille avait été ramassée. Jessica l'observait. Elle semblait deviner quelque chose. Antoine se lança à l'eau :

– Je suis malade, Jessica. Et dangereux.

Il n'avait aucune certitude médicale, juste la conviction intime d'être atteint par le virus. Bouleversée par cet aveu, les larmes aux yeux, Jessica s'assit à côté de lui, et, lui prenant le visage entre les mains, l'attira vers elle :

– Tais-toi... Tu es vivant ! Je t'aime ! Embrasse-moi...

Ainsi, elle avait tout deviné. Peut-être avait-elle même parlé avec Laure... Antoine hésita, ferma les yeux et, se laissant aller à un baiser fougueux, émit une dernière protestation :

– Jessica...

Sans cesser de l'embrasser, celle-ci sortit un préservatif de sa poche.

– C'est ça que tu cherches ?

Ils roulèrent sur le canapé, dans une étreinte passionnée.

Baptiste, évidemment, regrettait. Il regarda Anita, assise à la terrasse de Sénéquier, et lui demanda crûment :

– Tu avais envie de moi, ou de prendre l'amant de Laure ?

– Fifty-fifty. Entre Laure et moi, la guérilla dure depuis des siècles...

– Et là-dedans, Anita, je suis l'otage ?

– Disons que tu es l'agent double.

Elle se leva pour passer un coup de téléphone. Puis, calme, elle revint à leur table. Ils allaient se séparer. Anita, ses bagages posés à ses pieds, s'apprêtait à reprendre le train pour Paris. Bourrelé de remords, mal à l'aise, Baptiste la regardait avec impatience : si seulement cet après-midi n'avait pas eu lieu ! Si seulement il n'avait pas trompé Laure ! Il avait l'impression d'être un jeûneur qui s'est laissé aller à manger un gros gâteau au chocolat. Anita, perverse jusqu'au bout, rit :

– Mais ne t'inquiète pas, Baptiste ! Tu vas la retrouver, ta petite femme ! Je vais partir...

– Je te souhaite de rencontrer le grand amour, Anita...

– Avec toi, je ne jouais pas. Embrasse-moi, Baptiste... Ne me laisse pas partir comme ça...

Il céda. Après tout, une dernière fois, est-ce que ça

comptait ? Il l'embrasserait une dernière fois, et elle disparaîtrait à jamais, comme par magie. Il posa froidement ses lèvres sur celles de la jeune fille. Elle le força à un baiser de roman : fougueux, passionné, brûlant. Quand il releva la tête, il vit Laure, au volant de sa voiture, de l'autre côté de la rue. Celle-ci venait de recevoir un coup de téléphone qui l'avait attirée là.

Quand il rentra à l'appartement, Laure était en train de faire ses bagages. Baptiste essaya de la retenir, désespéré :

– Écoute-moi ! Laisse-moi t'expliquer ! Tout ça n'était qu'une mise en scène ! Je t'aime, Laure !

– Justement ! L'amour a un sens ! Et Anita, c'est pas n'importe quelle fille ! Tu l'as aidée à me faire du mal !

– Je ne savais pas qu'elle voulait...

– Tu sais rien, tu vois rien, Baptiste ! Tu mens, tu oublies même que tu mens ! Pour toi, tout ça n'a aucune importance !

Elle éclata en sanglots.

– Je te quitte, Baptiste ! Tu comprends ?

Elle le bouscula et s'enfuit, claquant la porte derrière elle. Seul, Baptiste regarda longtemps le vide.

L'anniversaire de Claude fut réussi. Le vin du mas, généreux, coulait à flots, les invités riaient, et toutes les tables étaient occupées. Caroline chanta, applaudie par tout le monde : elle avait décidé de reprendre contact avec les planches. La scène lui manquait trop. Profitant d'une accalmie, Claude s'approcha de Gregory. Avec délicatesse, il glissa :

– Cette histoire avec Nina... Ton frère souffre beaucoup. Il l'aime vraiment, tu sais.

Gregory hocha la tête. Il réalisait qu'il faisait fausse route. Traumatisé par l'éloignement de Laure, il ne savait pas vers quelle femme se tourner. Nina était passée par là, au hasard, et il s'était cru amoureux. Il comprenant maintenant qu'entre Louis et Nina, il y a avait quelque chose de profond. Il embrassa son père, et remonta sur le ponton. Là, Caroline riait avec ses amis, et Jessica, enlacée par Antoine, se promenait sur le sable. Les invités lançaient des serpentins. Un peu plus loin, Nina regardait la mer. Gregory la rejoignit.

– J'ai réfléchi, Nina.

– Moi aussi, Greg. Louis a un caractère de cochon. Il est excessif, frimeur, immature ! Mais quand il n'est pas là, je me sens... terriblement seule !

– Je sais. Je connais ce sentiment-là. On appelle ça l'amour !

Le silence tomba entre eux. Les bruits de la fête, la musique, leur parvenaient étouffés. Ils restaient là, muets, sous un ciel étoilé. Gregory reprit la parole :

– Il a de la chance, ce con !

Le lendemain, Gregory repartait en voyage, vers d'autres horizons. Antoine, ayant obtenu les résultats de ses tests qui le révélaient séronégatif, criait au miracle. Il avait reçu une lettre d'Adèle. Au moment où il se préparait à partir en week-end avec Jessica, sa vie passée le rattrapait ! Adèle lui demandait de l'aider : elle entrait à l'hôpital à Marseille. Il prit le premier train du matin. Laure, apprenant que Baptiste était « en réunion avec le docteur Elizabeth Chouchan », son ancienne maîtresse, remit une nouvelle fois sa lettre de démission à la chef de clinique, avec une remarque fielleuse :

– Je vous laisse les mains libres pour consoler votre petit Baptiste. Quel gâchis !

En apprenant que Gregory appareillait, elle se précipita vers le port.

Le seul qui tira son épingle du jeu, dans cette déroute généralisée, cette Berezina des sentiments, fut Louis. Il se rendit en moto à la bastide, sûr de lui-même, en paix avec le monde entier. Il aperçut Nina, qui descendait de cheval. Elle se dirigea vers lui, alors qu'Aristide, pudiquement, emmenait l'animal vers l'écurie. Là, dans l'ombre des grands oliviers, ils échangèrent un baiser de feu.

– 12 –

Un pas en avant, un pas en arrière

Par la fenêtre, Caroline contemplait les coteaux, les vignes, les arbres centenaires, l'horizon provençal. Des nuages paresseux défilaient lentement, poussés par un reste de mistral. Les cigales faisaient leur concert habituel. Au loin, Aristide Vichou conduisait son tracteur, aspergeant les ceps de produits contre le phylloxéra, qui, autrefois, avait décimé toutes les vignes de Provence. Nina, sans doute, était descendue vers la Plage Saint-Tropez, où Louis avait besoin d'un coup de main ; d'ailleurs, il ne désespérait pas de convertir Nina aux plaisirs de la mer... Sous une tonnelle, Patrick Saint-Val, revenu de ses obligations professionnelles à Cassis, poussait le landau de Tom, qui gazouillait gaiement. La paix, la douce paix du Midi, envahissait le paysage et la vie de Caroline ; celle-ci, pourtant, n'était pas satisfaite : elle se retourna vers son synthétiseur, devant lequel elle venait de passer deux heures frustrantes, et coupa l'alimentation du clavier. La chanson venait mal. À vrai dire, elle ne venait pas du tout. Caroline descendit, et rejoignit Patrick. Celui-ci, tendre et paternel, lui sourit :

– Tom est le plus beau cadeau qu'on m'ait jamais fait...

– Maintenant, son père, c'est toi.

Assis à l'ombre des grands feuillages, ils rêvaient. Une grande famille, une vie calme, une éternité de douceur...

Mais le destin n'en avait pas décidé ainsi. Tandis que le couple s'abandonnait à l'illusion d'une existence sereine, un luxueux yacht entrait dans le port de Saint-Tropez. Samuel Devos, vêtu d'une redingote noire, regardait le quai s'approcher, derrière ses lunettes noires. Il se tourna vers son guitariste, Costa.

– Je vais revoir Caroline, Costa. Tu peux pas savoir l'effet que ça me fait !

Le guitariste haussa les épaules. Il s'en foutait, de l'effet. Une nana de plus ou de moins, quelle importance ? La tournée avait été un triomphe, et, désormais, Trouble Vision était numéro un dans les charts. Samuel était propulsé au sommet des hit-parades. Costa essayait de le mettre en garde :

– Tu vas te faire du mal. Caroline a un enfant, maintenant elle est avec Saint-Val. T'as aucune chance de la récupérer...

– C'est dans ces moments-là que j'écris mes plus belles chansons !

Quand le téléphone sonna au mas, Caroline décrocha, puis raccrocha sans un mot. Elle avait pâli.

– C'était qui ? demanda Patrick.

– Une erreur, lui répondit-elle.

Son regard dériva sur la robe qu'elle préparait pour le soir, puis vers Tom, endormi. Pensivement, elle dit :

– Un jour, Tom nous quittera peut-être pour connaître son père...

– Ça ne me fait pas peur.

Patrick Saint-Val, pour l'amour de Caroline, semblait prêt à tout affronter. Elle le savait. L'ennui, c'est que cette vie commençait à peser : Caroline était née pour le mouvement et le rythme, voici qu'elle s'abandonnait à une tranquillité bourgeoise. Sa mère adorerait ça, sûrement ! Quant à sa sœur, Lisa, comment réagirait-elle ? Elle reprit :

– Tu ne connais pas Samuel. Rien ne l'arrête, quand il veut quelque chose. Il est violent, possessif...

– C'est le père de Tom. Il a le droit de savoir qu'il a un fils.

– Et s'il veut nous le reprendre ?

C'est en montant sur scène, ce soir-là, qu'elle apprit la nouvelle, de la bouche de Jessica :

– Samuel est à Saint-Tropez.

– Je ne lui ai jamais dit que j'étais enceinte...

– Tu lui dois la vérité, Caro.

Caroline haussa les épaules.

– Qu'est-ce que ça changerait ? Samuel, il ne fait que passer.

Pour une fois, Caroline se trompait. Lourdement.

Dans la rue, Élise semblait un peu perdue. Tant de mois s'étaient écoulés... Quand elle avait fait sa tentative de suicide, le jour de son mariage, son monde s'était écroulé. Son père, Hubert de Talence, avait tenté de recoller les morceaux en l'envoyant en Suisse se refaire une santé, et, malgré les regrets d'Alain, avait maintenu une saine distance entre les deux époux. Au fond, il ne considérait plus qu'Élise se nommait Mme Alain Dulac. Il était à la fois protecteur et oppressant. Élise, revenue à Saint-Tropez, était comme une voyageuse qui a égaré sa boussole. Devant la boulangerie, elle bouscula inopinément une passante. Celle-ci se retourna :

– Élise !

C'était Laure, qui avait sauvé la vie d'Élise, ce jour fatal. Elles s'embrassèrent avec chaleur. Laure demanda :

– Tu est revenue depuis longtemps ?

– Non, deux jours seulement. Alain ne sait pas que je suis de retour. S'il te plaît, ne lui en parle pas...

Un jeune homme, élancé et brun, sortit de la boulangerie. Il ressemblait à un champion de tennis. Élise fit les présentations :

– Arnaud. Laure. J'organise une petite fête pour mon retour. Ça me ferait plaisir que tu viennes...

En arrivant chez sa mère Laure aperçut un visiteur : c'était Alain, justement, qui venait d'apprendre la nouvelle. Comment était-il au courant ? La rumeur, la toute-puissante rumeur, à Saint-Tropez, était plus virulente que n'importe quelle chaîne de télé. Excité, électrique, il annonça à Laure :

– Élise est en ville ! Je prends sur moi, mais je suis stressé ! Si ça ne tenait qu'à moi, je l'embarquerais illico jusqu'au bout du monde !

– Ne précipite pas trop les choses, Alain. Tu as beaucoup à te faire pardonner !

Mais Alain n'entendait rien. Tout à la joie de savoir sa femme non loin de lui, il semblait voguer sur un petit nuage. Après que, le jour de son mariage, il eut précipité le drame, il s'était rendu compte de sa folie. Plus tard, il avait compris qu'il aimait réellement Élise de Talence, d'un amour sincère et profond. Mais, à ce moment-là, celle-ci était déjà loin. Et le redoutable Hubert de Talence était sur sa route, transformé en chien de garde... Celui-ci voulait désormais la peau d'Alain, qu'il considérait comme son ennemi personnel, malgré leur association dans le capital de l'Ibiza-Club.

C'est à l'Ibiza qu'eut lieu la rencontre entre les deux époux, qui n'avaient encore jamais passé une nuit ensemble. Alain, dont le visage habituellement bronzé avait pâli, s'exclama :

– Je suis tellement heureux de te revoir. Tu es... Tu es magnifique !

L'émotion lui brouillait la bouche. La certitude que sa femme revenait pour lui était émouvante. Il allait donc enfin connaître les joies du mariage ? Son espoir fut de courte durée. Élise, froidement, lui annonça :

– Alain, je veux divorcer.

Il réagit en homme blessé :

– Dis-moi la vérité : ce n'est pas toi, c'est ton père qui veut ce divorce, n'est ce pas ?

– Non. C'est moi.

Gregory, finalement, était revenu après une course de deux mois. Ses relations avec Laure s'étaient enlisées dans un no man's land : ils n'étaient ni amants ni amis, mais, dans les intermittences du cœur, hésitaient entre les deux. Gregory ne pardonnait pas à Laure son histoire d'amour avec Baptiste, qui, pourtant, était finie ; Laure n'excusait pas Gregory de son comportement d'adolescent prompt à fuir la terre ferme. Il s'était installé dans la villa, où la chambre de Caroline était libre, puisque celle-ci vivait désormais là-haut, dans le mas des vignes. Toutes les tentatives de Gregory étaient vouées à l'échec : ainsi, quand

Laure, en s'habillant, lui demandait de fermer sa robe et qu'il tentait de l'embrasser dans le cou, elle répondait : « Allons, Gregory », comme si elle tançait un gamin mal élevé. Elle sortait avec des amis, revenait tôt parce que « c'était d'un ennui à mourir », hésitait, cherchait quelque chose sans savoir le nommer. Un soir, alors qu'elle venait de rentrer d'un dîner sans intérêt, Gregory sortit une bouteille de champagne. Le moment était venu d'avoir une discussion franche. Elle commença en douceur :

– Je suis désolée, je ne suis pas très gaie en ce moment...

– C'est à cause de Baptiste ?

– Baptiste et moi, c'est fini, Gregory.

– On est tout seuls toi et moi, alors...

Il lui caressa les cheveux. Le champagne lui montait à la tête, l'amour lui montait au cœur. Elle le regarda, plongeant son regard dans le sien et, sentant que le moment était fragile, résolut de l'écarter :

– En ce moment, j'ai besoin d'être seule, j'ai besoin de réfléchir...

Il tenta sa chance :

– T'es belle, Laure... T'es belle, et tu réfléchis trop...

Elle vida sa coupe, se leva et se dégagea gentiment.

– J'ai sommeil, je vais me coucher.

Quand une fille vous dit qu'elle a sommeil, pensa Gregory, c'est que les choses n'ont pas vraiment fonctionné. Resté seul dans le salon, il termina la bouteille de Veuve Cliquot.

Le lendemain, il était sur son bateau, en train de briquer le pont. Des touristes italiens voulaient faire un tour dans la baie de Saint-Tropez, mais il leur répondit : « Chiuso, fermé. » En levant la tête, il aperçut Laure, sur le quai. Elle s'approcha :

– C'est trop bête, Greg...

– Qu'est-ce qui est trop bête ? T'as ta vie, j'ai la mienne, il vaut mieux qu'on soit chacun de son côté.

– Tu sais... je pensais que, tous les deux, on pouvait oublier le mal qu'on s'est fait...

Elle hésita. Et finit sa phrase :

– ... Et tout recommencer.

Il posa son éponge, et s'assit sur le bastingage.

– L'amour, c'est comme ça. On souffre, on se quitte... Et on s'aperçoit que finalement, souffrir, c'était bon.

Il se pencha sur elle pour l'embrasser légèrement sur les lèvres. Elle baissa la tête, incertaine. Puis elle se laissa aller. Ils rentrèrent dans la cabine, et, fougueusement enlacés, tombèrent sur la couchette. Gregory passa sa main sous la chemise de Laure : il sentait les pointes de ses seins, les effleura de la paume, puis chercha l'attache du soutien-gorge... Une voix se fit entendre :

– Y a quelqu'un ?

C'était une touriste, Lydia, qui venait pour son cours de voile. Laure se leva, se rajusta et, les larmes aux yeux, partit en courant. L'après-midi même, elle repartait vivre chez sa mère. Au moins, avec Blandine, pensait Laure, elle aurait la paix. En revenant à la villa prendre ses affaires, elle tomba sur Gregory. Il leva le menton :

– C'est fini, alors ? J'ai plus aucune chance ?

– On me propose de participer à une mission humanitaire. Ils vont m'envoyer à l'étranger...

Blandine elle-même n'en croyait rien. Sa fille, partir au bout du monde ? En Afrique, en Amérique du Sud, Dieu sait où ? Chez les sauvages ? Pour elle, ce n'était pas un départ, c'était une fuite. Elle n'avait pas tort. Laure essayait tout simplement d'oublier Gregory. Finalement, elle reçut son ordre de mission : la destination était Lima, au Pérou. Quand il l'apprit, Gregory réagit avec désespoir : il descendit en ville, pour faire la tournée des bars. Les marins à terre ont l'habitude de boire et de fréquenter les femmes de petite vertu. C'est ce qu'il allait faire. Il entra au Sérail, un bar louche. Au premier verre, il se sentit mieux. Au deuxième, moins bien. Au troisième, une charmante strip-teaseuse, Marie, venait lui proposer de la compagnie, avant de faire son numéro sur les planches. Au vingtième, il se faisait virer sans ménagement par Besançon, le maquereau en chef : Gregory était soûl comme un Polonais. Quand il roula dans la rue, éjecté par le videur, il sentit des mains de femme qui le relevaient. Il reconnut vaguement Marie. Quand il s'écroula dans son lit, dans la villa, il s'aperçut à peine que la strip-teaseuse était là, nue. Il n'était plus en état de lui parler, ni même de la regarder. Il sombra dans un sommeil peuplé de cauchemars. Il ne pouvait pas savoir qu'au même moment, à l'issue d'une discussion emportée avec sa mère, Laure venait de décider d'annuler son départ pour Lima, et de rester à Saint-Tropez.

Louis était écartelé. Entre la bastide et la Plage, son cœur balançait. Là-haut, avec Aristide et Nina, il vivait plus près du ciel. En bas, avec Jessica, Claude et les copains, il était près de la mer. Jessica se plaignait de ses absences, Nina estimait qu'elle ne le voyait pas assez. Un samedi – la journée la plus chargée –, alors que Louis arrivait une fois de plus en retard, il affronta la colère de Jessica avec une idée : Nina allait venir les aider. D'une part, elle les dépannerait, ainsi ; et d'autre part, elle prendrait peut-être goût à leur style de vie. Très vite, Nina se heurta aux clients, malgré sa bonne volonté. Cette fille solitaire, qui vivait dans les vignes avec son cheval, n'avait pas l'habitude de recevoir des ordres, si bien que des remarques mal venues, comme « J'ignorais que pour poser trois feuilles de salade dans une assiette, il fallait une formation de longue durée ! » étaient très mal acceptées par elle. Il faut dire que certains clients étaient carrément insupportables. De plus, quand Louis s'absentait pour donner un cours de windsurf à une jolie touriste, Nina regardait avec agacement son boy-friend disparaître. Au bout de quelques jours, n'y tenant plus, elle explosa. Elle s'en prit à Louis :

– Je suis venue pour bosser ici pour toi, Louis, pour t'aider, pour te voir, mais je suis libre ! T'entends ? Libre !

– Libre de traiter mes clients de cons et mes élèves de pouffes, je sais.

– Parfaitement. Libre de trouver que l'ambiance est pourrie. Et je vais pas perdre mon temps à servir les frimeurs qui zonent par ici !

Elle remonta l'escalier du bar en courant. Louis donna un coup de poing rageur au distributeur de cacahuètes, qui tomba sur le sol. Il eut le temps d'entendre Nina lui crier :

– Continue à te la jouer devant tes baigneuses ! Moi, je préfère mes vignes et ma solitude !

Pour Louis, le temps des choix était venu. Il ramassa les cacahuètes.

Les applaudissements se prolongeaient. Caroline, ravie, se laissait aller au plaisir du succès : la soirée spéciale, au bar Saint-Tropez, s'était bien déroulée, et Caroline retrouvait sa musique avec ferveur. Brusquement, en regagnant sa loge, elle se figea : elle venait de reconnaître Samuel. Celui-ci, looké en joueur de beach-volley, casquette à l'envers, lunettes noires, se dirigeait vers elle. Les photographes mitraillaient. D'un seul coup, le passé rattrapait Caroline. Elle se sentit le feu aux joues, le cœur battant :

– Tiens, un revenant...

– J'ai jamais été mort !

Il tenait une bouteille de champagne à la main. Il écarta une caméra de télévision, et se pencha pour embrasser Caroline sur la joue. Le speaker commentait, enthousiaste : « L'arrivée impromptue de Samuel Devos, la star du rock, débarqué inopinément à Saint-Tropez, semble avoir troublé la chanteuse. Caroline et Samuel nous offriront-ils ce soir un duo d'enfer comme au temps de leur liaison tumultueuse ? »

Devant son poste de télé, chez lui, Patrick Saint-Val eut une expression d'angoisse.

Caroline, voyant que Samuel allait l'attendre dans sa loge, se faufila dans la foule. Elle avait pris la décision de s'esquiver. Après tout, pourquoi remettrait-elle en péril le bonheur tranquille qui l'attendait au mas ? Quoique... Elle commençait à s'ennuyer, là-haut, dans les vignes. Elle fila par la porte de secours. Seul dans la loge, Samuel patienta. Puis, voyant qu'elle ne viendrait plus, il sortit pour parler avec Jessica :

– Pourquoi elle veut pas me voir, Jess ? Qu'est-ce que je lui ai fait ?

– Tu le sais mieux que moi, non ?

La foule s'écoulait, encore sous le charme de la soirée. Des bougies, allumées sur les tables, donnaient une lumière tamisée. La Méditerranée, calme et sombre, était enveloppée de nuit. Samuel reprit :

– Elle m'en veut encore pour mon aventure avec Terry ? C'est ça ?

– Elle vit avec quelqu'un maintenant, elle a un enfant, elle est heureuse, laisse-la tranquille !

– J'ai un cadeau pour mon fils. Tu pourras lui donner de ma part ?

En un éclair, Jessica réalisa. Samuel savait qu'il avait un fils. Comment l'avait-il appris ? Au fond, peu importait.

Déjà, Samuel changeait tout : il annulait sa tournée, contre les protestations de Costa, le guitariste, et décidait d'aller voir Caroline, là-haut, dans les vignes. Le lendemain, il était chez elle. Saint-Val était à Cannes, pour le MIP-TV. Ils étaient là, tous deux, à se regarder avec émotion. Caroline se souvenait des années de galère, des périodes de dope, des enregistrements pirates... Les larmes aux yeux, elle lui dit :

– Quand j'ai su que j'attendais Tom, j'ai cru qu'on allait être heureux tous les deux... À l'époque, je t'aurais suivi n'importe où... Mais tu es parti avec Terry... J'ai passé un sale moment... Maintenant, je sais que c'est mieux comme ça. Tu n'étais pas mûr pour être père...

Silencieux, la tête baisée, Samuel ne disait rien. Il regardait Tom. Il dit :

– Tout ce que je demande, c'est de voir mon fils...

La journée se passa ainsi, en regards furtifs, en sous-entendus, en regrets. Ils allèrent sur une plage déserte, marcher côte à côte, promenant Tom dans sa poussette. Comme ces vagues sans cesse recommencées, leur amour connaissait des retours, des flammes, des étincelles. Ils s'allongèrent sur le sable, et Caroline, fatiguée, s'endormit au soleil.

Quand elle se réveilla, le soleil était bas. Samuel, un carnet à la main, griffonnait quelque chose. Le bébé, tranquille, le regardait. Samuel montra son carnet à Caroline.

– J'ai écrit une chanson. Mon cadeau d'amour pour Tom. *Tom Song*, ça s'appelle. Tu la chanteras ?

Caroline, la tête lourde de sommeil et les yeux embués, acquiesça de la tête. La baie de Saint-Tropez disparaissait dans la brume du soir.

Hubert de Talence tenait sa vengeance. Campé sur ses deux jambes, les mains dans les poches, il regardait le soleil s'enfoncer dans les flots, par la fenêtre de l'Ibiza-Club. Derrière lui, Giacomo, le barman, essuyait les verres, et Alain Dulac, intrigué, se versait un whisky serré. Hubert de Talence se retourna, faisant face à Alain. Il attaqua immédiatement :

– Tu ne veux pas divorcer de ma fille ? Très bien ! Mais je te signale que tout ce que tu vois autour de toi, c'est à moi !

– La moitié, Hubert ! La moitié seulement ! J'ai des parts, ici !

– C'est vrai, j'oubliais... Tu as les parts que j'ai bien voulu te laisser quand tu as épousé Élise... Mais tu as des dettes, aussi... Tu me dois beaucoup d'argent, Alain... Cet argent, j'aimerais le récupérer très vite... Et j'aimerais aussi vendre mes parts dans ce club... Des parts, bien sûr, que tu n'as pas les moyens de racheter... J'espère que tu me suis ?

– Très bien ! Vous me faites du chantage, c'est ça ?

– Tout de suite les grands mots ! Non, je te propose un marché : tu renonces à ma fille et tu continues à faire joujou ici... ou tu t'obstines, et... je te liquide ! Alors, ta réponse ?

Sur le visage d'Alain, on pouvait lire la fureur. Ce jeune homme attaché à l'apparence, aux valeurs visibles, n'hésitant pas devant un coup de poker en affaires, retrouvait brusquement une volonté de bien faire. La colère lui rougit le front, et il éclata :

– Allez vous faire foutre !

Hubert de Talence sortit, avec un sourire cruel. Giacomo versa encore un verre à Alain, avant de s'en aller. Le barman savait que la partie était finie. Une fois seul, Alain murmura :

– Bientôt ruiné !

Il eut un ricanement amer. En se levant, il regarda le club pour la dernière fois, sans doute, et sortit dans la rue, noyé dans ses pensées. Dix minutes plus tard, il gisait sur le pavé, renversé par une voiture. Il eut juste le temps de dire : « Élise... Élise de Talence » au chauffeur catastrophé qui essayait de le secourir. Puis Alain Dulac fut englouti pas les ténèbres.

Quand il se réveilla sur une banquette de café, il nota tout de suite l'attelle qui lui maintenait le bras gauche. Près de lui, Élise, folle d'angoisse, le regardait. Elle l'embrassa :

– Il paraît que tu as dit mon nom, avant de t'évanouir ?

– Oui. Je t'aime, Élise.

Elle lui expliqua, là, dans le café, pendant que les gens se pressaient autour de la victime, et que la police recueillait le témoignage du chauffeur : elle avait eu une violente dispute avec Arnaud, son prétendant, qui lui avait raconté le chantage exercé par Hubert de Talence sur Alain. Folle de rage, elle avait fait face à son père, lui interdisant, à l'avenir, de se mêler de ses affaires : « Je suis libre ! Personne n'agira à ma place ! » avait-elle crié. Hubert de Talence avait cédé, de peur de perdre sa fille. Arnaud était parti, comprenant que la partie était perdue. Quand Alain se leva, avec une grimace de douleur, elle se blottit contre lui. Il se crispa. Elle demanda :

– Je t'ai fait mal ?

– Au contraire... Tu ne peux pas savoir le bien que tu me fais...

Ensemble, ils se dirigèrent vers la voiture d'Élise, qui dit :

– Direction ? La plage !

C'est là, après tout, que tout avait débuté. Et c'est là que tout devait repartir. Devant la mer, toujours recommencée.

Marie sortait de la douche, nue, quand elle s'arrêta. Une jeune femme se penchait sur Gregory. Laure, surprise par cette inconnue dans le plus simple appareil, dévisagea Marie. Brusquement, tout s'écroulait. Elle s'enfuit en larmes, se précipitant vers sa voiture. Finalement, oui, elle partirait pour Lima, à l'autre bout de la galaxie, s'il le fallait ! Marie, saisissant une serviette pour se couvrir, essaya de la rattraper.

– C'est pas ce que vous croyez !

Dans le jardin de la villa, elle réussit à lui prendre le coude. Laure, qui pleurait toujours, s'arrêta. Marie en profita pour s'envelopper dans la serviette, et demanda :

– Laure ?

Laure, en colère, fit un geste pour se débarrasser de cette gêneuse. Celle-ci reprit :

– Écoutez-moi ! Vous vous trompez ! J'ai ramené Greg chez lui parce qu'il était soûl comme une vache à cause de vous ! Il n'y a rien entre nous, je le jure ! Et même si je le voulais, il ne me ferait rien, il vous aime comme un perdu ! Toute la soirée, il n'a parlé que de vous ! Vous m'entendez ?

Laure ne savait plus à quel saint se vouer. Elle restait là, troublée. Marie reprit :

– Gâchez pas tout, Laure, Greg est foutu sans vous !

Juste à ce moment, les deux filles avisèrent une silhouette sur le toit de la villa. Gregory, à peine vêtu, encore vacillant à cause de sa gueule de bois, était là, les bras écartés, le nez au vent, comme sur le pont de son bateau. Il ferma les yeux, et se mit à crier de toute sa puissance :

– JE T'AIME, LAURE OLIVIER ! JE POURRAI PLUS ME PASSER DE TOI ! JE VEUX QUE TU SOIS MA FEMME, QU'ON SE MARIE, QU'ON FASSE PLEIN D'ENFANTS ET QU'ON RESTE TOUJOURS ENSEMBLE !

Marie, rieuse, alla s'asseoir près de la piscine. Elle devenait la spectatrice d'un feuilleton génial, qui se terminait bien. La petite strip-teaseuse était, pour une fois, dans le public. Et elle appréciait. À sa gauche, sur le toit, Gregory. À sa droite, sur la pelouse, Laure.

Cette dernière, émue, ouvrit à son tour les bras, et cria :

– MOI AUSSI JE T'AIME, GREGORY LACROIX, ET JE RÊVE DE ME MARIER AVEC TOI !

Quand Gregory descendit, il y eut un instant de silence. Sur la pelouse, il demanda, timidement :

– Tu acceptes de m'épouser ?

– Oui.

Ils s'embrassèrent, longuement, au soleil. Marie, qui savait reconnaître un happy ending quand elle en voyait un, se mit à applaudir de tout son cœur.

Dès sa mise sur les ondes, la chanson avait fait un tabac : *Tom Song* était en passe de devenir un tube international. Ce soir-là, Patrick Saint-Val avait apporté la cafetière près de la cheminée. Caroline, assise sur le bord du canapé, semblait tendue. Il se risqua :

– Caro, tu veux qu'on parle ? Je vois que tu traverses une mauvaise période en ce moment...

– C'est pas ça, Patrick, je...

– Laisse-moi finir. Tu sais combien je tiens à toi, combien je suis heureux de la petite famille que nous formons avec Tom et... Je crois qu'il est temps pour nous... Voilà : J'aimerais beaucoup qu'on fasse un enfant tous les deux.

– Je peux pas, Patrick, c'est pas possible.

– Mais pourquoi ?

Regardant le café fumant dans les tasses, Caroline se laissa aller, et, triste, asséna la vérité :

– Je ne t'aime plus, Patrick.

Quand elle partit, le lendemain, Caroline, retrouvant Samuel, lui tendit le couffin. Il était ému :

– Tu es venue !

– Bien sûr que je suis venue !

– Pour tout t'avouer, Caro, je n'y croyais plus.

– Ça n'a pas été facile, tu sais.

Samuel, enlevant ses lunettes noires, regarda le bébé, en chantonnant les premières mesures de *Tom Song*. Il reprit :

– Qu'est-ce que tu crois, Caroline ? L'amour, c'est tout, sauf facile.

Dans la cour pavée du mas, Nina étreignait Louis. Finalement, celui-ci avait pris sa décision : il ne pouvait plus rester écartelé entre la Plage et le mas, entre la mer et Nina. Il avait choisi la vigne. Nina l'embrassa dans le cou :

– Je suis sûre que tu vas te plaire à la bastide. On va faire des trucs formidables. Au fond, à la Plage, tu n'étais pas épanoui...

– Chut ! Arrête ! La Plage, c'était mon rêve... Un grand rêve. On n'y touche pas.

Le regard chargé d'émotion, il se tourna vers elle pour l'embrasser, très fort.

Au premier étage, Patrick Saint-Val, seul, regardait un berceau vide.

– 13 –

Oui ou non ?

La Plage serait toujours la Plage. Même sable, même mer, même soleil. Décidément, se disait Louis, c'était un endroit magique. Assis sur le bout du ponton, au petit matin, il regardait les mouettes jouer, et se remémorait toutes les joies d'enfants que lui, son frère et ses copains avaient eues, ici. Oui, cet endroit était un paradis. Il sentit la main de Jessica sur son épaule.

– Alors ? L'assassin revient sur les lieux de son crime ?

Sa voix était enjouée. Depuis que Louis était parti avec Nina, là-haut dans les vignes, la Plage n'était plus tout à fait la même. Les clients demandaient des nouvelles de Louis, et lui, parfois, revenait ici pour « se regonfler », disait-il. Jessica s'assit, et demanda, la main sur l'avant-bras de Louis :

– Qu'est-ce qui ne va pas ? Ça ne colle plus avec Nina ?

– Pas avec Nina ! Avec elle, c'est différent ! Je suis complètement amoureux !

Il ferma les yeux en poussant un gros soupir. Et demanda :

– Ça te ferait quoi, si tu devais quitter la Plage ?

Il remonta sur sa moto, pour aller au mas. Les factures l'attendaient, les comptes d'exploitation, des dizaines de détails qu'une bonne gestion devait considérer. Aristide Vichou pouvait être un excellent exploitant et Nina, une très bonne petite main, mais il lui revenait de surveiller l'ensemble : après tout, Louis avait hérité de cet endroit, et, selon les termes du contrat passé avec Patrick Saint-Val, il se devait de garder l'exploitation à flot. Quand il franchit la porte de la bastide, Nina l'attendait, impatiente :

– T'en as mis du temps, à faire trois courses ! J'ai une grande nouvelle. Patrick veut prendre un associé.

– Un associé ?

– Tu le connais ?

– Oui, et je l'adore. Louis ! L'associé, c'est toi ! Finies les tâches de bureaucrate. Tu vas connaître le vrai travail de la vigne !

– Mais j'ai rien demandé, Nina. Le vin, j'y connais rien, moi !

Elle le prit par le coude pour l'emmener vers les chais, pour une séance de dégustation. Pour elle, un vin était comme un être humain, il fallait l'approcher doucement. Il commença par déguster les blancs, les rouges, les rosés. Elle lui demanda de sentir le tanin, de regarder la robe. Il s'exaspérait, trouvant le temps long. Peu à peu, confondant le degré d'alcool avec la densité de sucre, le goût de boisé avec la flamme, il commença à bouillir. Finalement, il jeta son tablier, un petit peu soûl, jurant qu'« il s'en foutait, de tout ça ! ». Nina le regarda dans les yeux :

– Tu n'as aucune ambition, donc ?

– Toi, de l'ambition, t'en as pour les autres !

Elle fit un pas en arrière, regarda son verre encore plein, le posa.

– T'es un môme, Louis. T'engager vraiment, ça te fait peur, voilà la vérité !

Alors, la colère de Louis ne connut plus de limites. Il cria :

– La vérité, tu la veux vraiment ? OK ? Alors le mas, la vigne, le pinard, je m'en fous, d'accord ? Ça sera jamais mon univers !

– Ton seul univers, c'est l'enfance ! La plage de papa ! Eh bien, si c'est ça, t'as qu'à y retourner !

Louis se précipita, rageur, sur sa moto. Sans même prendre le temps de mettre son casque, il descendit à toute allure vers la mer. Là, calmé, il s'arrêta pour regarder les vagues et les planches à voile qui passaient au loin. Au fond, Nina avait raison. Il ne pouvait pas continuer comme ça, entre deux eaux. Il pensa à son père qui, parvenu à la croisée des chemins, avait eu les mêmes choix à faire : Claude avait abandonné sa carrière de policier, parce que sa famille se délitait, que sa femme était partie, et qu'il fallait élever les enfants. De même, le grand-père Lacroix, petit instituteur, avait affronté l'occupant nazi, malgré les risques, et l'avait payé de sa vie. Maintenant, c'était au tour de Louis de s'engager. Il ne savait pas quoi faire. Il fila vers la Plage. Quand Jessica le trouva le matin, recroquevillé sur une banquette, elle lui demanda :

– T'as dormi là toute la nuit ? C'est par romantisme ? Tu es courant que ton frère se marie, Louis ? Que tu dois lui donner un coup de main ?

– Oui, oui...

– Ton père s'inquiète pour la Plage. Et moi aussi...

– Ce que j'aimerais, c'est qu'on me laisse respirer, Jessica... Nina, c'est peut-être pas une femme pour moi... Je suis pas un mec sérieux. Je sais pas ce que je veux...

Son regard balayait la Plage. Une mouette semblait se moquer de lui.

Danny Besançon, un sourire satisfait aux lèvres, regardait Marie faire son strip-tease. Son patron, Forzani, le caïd des nuits de Saint-Tropez, allait être content. Le public du Sérail, enthousiaste, applaudissait, sifflait, criait. Les consommations allaient bon train. Du bar, où il était accoudé, Besançon contemplait la scène avec le plaisir d'un connaisseur de la nuit tropézienne. Marie, en faisant tomber le haut de son bikini en latex, suscita des sifflets excités d'un groupe d'Italiens. Quand elle quitta la scène, l'assistance était en ébullition. La musique s'arrêta, pour enchaîner sur un rythme de salsa pour le prochain numéro. Dans sa loge, Marie se changeait en vitesse. Elle eut juste le temps de passer un tee-shirt et une jupe, et s'apprêtait à s'en aller rapidement, quand Besançon entra. Il vit le tableau :

– Qu'est-ce que tu fous ? Où vas-tu ?

Marie le défia du regard :

– Je m'en vais. Je quitte tout, Danny. Je t'avais prévenu... C'était mon dernier spectacle.

Elle avait réfléchi. Déjà, depuis longtemps, elle envisageait de quitter le Sérail, et sa rencontre avec Laure et Gregory avait concrétisé cette décision. Mais Danny Besançon, visage en lame de couteau, cheveux plaqués en arrière, boucle d'or accrochée à l'oreille, avait des idées différentes : cette fille, pour lui, c'était un investissement. Il ricana :

– Tu vas me planter ? Et tu vas faire quoi ? Hein ? À part ôter tes fringues, t'as jamais rien fait de ta vie !

– C'est pas ton problème !

Elle sortit en claquant la porte. Dès qu'elle fut dehors, les difficultés l'attendaient.

Le lendemain, elle téléphona à Laure. Après tout, si Gregory et Laure allaient se marier, c'était un peu grâce à elle ! Apprenant que Marie cherchait un appartement, Laure lui conseilla de parler à Claude qui, en tant qu'adjoint du maire, saurait lui fournir des pistes.

Claude Lacroix, le nez dans les dossiers du centre culturel, travaillait. On parlait de lui pour un fauteuil au conseil régional, bien mérité après la sanglante défaite de la majorité sortante. Il avait donné rendez-vous à Marie Dunaud, qui arriva dans une robe stricte, sobrement coiffée. Ne sachant rien de cette jeune femme, il l'écouta avec attention : il se dégageait d'elle une chaleur méridionale, une sorte de complicité amicale, à laquelle il était sensible. Malheureusement, les conditions d'aide de la mairie étaient très administratives : il fallait des fiches de paie, des papiers, toutes choses que cette serveuse – c'est le métier qu'elle avait déclaré exercer – n'avait pas. Voyant le désespoir se peindre sur le visage de sa visiteuse, Claude se leva :

– Vous voulez que je vous raccompagne ?

– Non, même pas. Je n'ai pas de chez moi. Justement, je cherche un hôtel dans mes prix.

– En pleine saison, vous allez avoir du mal...

Il réfléchit, en s'installant au volant de sa voiture. Cette fille lui inspirait confiance :

– Je peux vous héberger pour cette nuit, si vous voulez.

Immédiatement sur la défensive, elle refusa. Et, cynique, elle répondit :

– Vous avez sûrement un immense appartement et vous n'aimez pas dormir seul...

– Détrompez-vous : la villa est plutôt modeste, je ne déteste pas dormir tout seul... Et j'ai des fils qui ont votre âge, Marie. Mais si vous préférez la Plage ?

Elle accepta. C'est ainsi que Claude Lacroix se retrouva sur un chemin qui allait changer sa vie. Mais il ne le savait pas encore. Le lendemain, Marie avait trouvé du travail comme serveuse chez Lepage, le restaurant face à la mairie, et ramenait une bouteille de rosé à Claude. Le soir, ils mangèrent du poulet basquaise. Au dessert, ils se tutoyaient.

Gregory était extatique. Déjà, il prévoyait le voyage de noces : deux jours à Barcelone, puis cap sur Gibraltar. Le Maroc serait l'étape suivante... Dans la folie qui précédait le mariage, les choses semblaient chaotiques. Laure cherchait sa liste d'invités, Blandine venait proposer une aide souvent inutile, Pierre avait envie de chouchouter sa fille et Louis passait en coup de vent, préoccupé par Nina. Bref, la vie devenait fiévreuse. Il fallait mettre de l'ordre là-dedans. En voulant ranger les tiroirs, Laure tomba sur un petit bijou qu'elle ne connaissait pas. C'était un cœur gravé : « À Gregory pour la vie ». On aurait dit un pendentif de la Foire du Trône, un de ces bijoux qu'on gagne à la pêche miraculeuse. Laure demanda :

– On peut savoir d'où ça vient ?

Gregory, le nez dans ses cartes marines, marmonna :

– Une nana. À moitié folle.

– Folle de toi ?

– Je me souviens pas très bien. À cette époque-là, tu vivais avec Baptiste et moi, j'étais seul...

D'un commun accord, ils décidèrent de se retrouver pour déjeuner à la Plage, pour arrêter les derniers détails du mariage.

Au même moment, une jeune femme descendait les marches du bar Saint-Tropez. En s'asseyant sur l'un des tabourets, elle demanda à Jessica si Gregory Lacroix était là. Jessica se fit un plaisir de lui annoncer que celui-ci allait arriver, et qu'il allait se marier dans quelques jours. Laissant la visiteuse à son jus d'orange, Jessica remonta servir les clients. Gregory entra, et, apercevant la jolie fille au bar, l'embrassa sur les deux joues :

– Valentine ! Je te croyais au bout du monde !

Les yeux pétillants, la mine malicieuse, Valentine se serra contre lui :

– Greg, tu m'as manqué, tu sais. J'avais vraiment besoin de te revoir !

Il sentait la pointe de son sein contre son bras. Gregory recula imperceptiblement. Valentine descendit de son tabouret de bar et, aguicheuse, désigna une banquette. Il essaya d'échapper au tête-à-tête qui s'annonçait :

– Écoute, Valentine, je suis pressé, là...

Elle coupa. Son instinct de prédatrice prenait le dessus. Valentine avait un grave défaut : elle ne supportait pas qu'un homme lui échappe. Le visage dur, elle annonça :

– Je viens de chez le médecin. Je suis enceinte... Enceinte de toi.

Gregory, le visage pâle, s'assit. Il était en état de choc. Valentine, secrètement ravie du coup qu'elle venait de lui porter, s'installa face à lui. Elle jouissait de le voir ainsi décomposé, de voir que cette nouvelle faisait du dégât. Finalement, au bout d'une longue minute, Gregory demanda :

– Mais... Il n'y a jamais eu rien de sérieux entre nous... On s'est vus quoi... deux, trois jours peut-être...

– Ça n'a pas d'importance, Greg. Ce qui compte c'est l'intensité ! J'avais jamais vécu ça avant, je croyais même pas que c'était possible !

– Mais c'est fini, ce temps-là ! Je me marie ! Je ne sais pas ce que tu comptes faire...

Elle le regardait, l'air brillant, la mine d'un chat qui aurait croqué une souris. Dans un sourire cruel, elle dit :

– Enfin, t'as pas compris ? Cet enfant, nous le gardons !

Défait, Gregory sembla sombrer dans la banquette. Des touristes qui entraient virent ce garçon effondré, lugubre, et ressortirent au soleil. Gregory ne savait plus quoi penser. Ce « nous » l'avait achevé.

Samuel caressait les cheveux de Tom. Celui-ci, heureux bébé vedette d'un tube planétaire, commençait à s'asseoir. Quand il entendait *Tom Song* à la radio, il souriait aux anges, pour le plus grand bonheur de son père et de sa mère. Caroline voyait sa carrière de chanteuse reprendre. Berman, le producteur de Samuel, manageait leurs carrières respectives avec dynamisme : il supervisait les photos, les couvertures de pochettes de disques, les apparitions, les interviews. De plus, il était d'accord pour donner quelques chansons à Caroline sur le nouveau disque, dont il réclamait la maquette dans quinze jours au plus tard. Pressé par le temps, Samuel essayait de calmer

Caroline, qui, au bord de la piscine de leur nouvelle villa, s'angoissait. Il lui lança :

– Flippe pas ! Tout va bien se passer ! Je suis sûr que tu vas assurer ! Comme d'hab ! T'es pas heureuse ?

– Bien sûr que si. Mais j'arrive pas à y croire. C'est tellement génial !

Sorti des griffes de la drogue, Samuel semblait maître de lui, en pleine possession de ses moyens. Restait la question de temps : la maquette devait avancer rapidement. Brusquement, Samuel eut une idée :

– Jerry ! Il me faut Jerry ! C'est le meilleur arrangeur que je connaisse ! Je l'appelle ! Faut qu'on se mette au travail tout de suite !

Le lendemain, celui-ci arrivait. Grand, avec une queue de cheval et des yeux légèrement bridés, il ressemblait à un cow-boy égaré à Saint-Tropez. Pour un peu, on aurait cherché son cheval. Immédiatement, il se mit au travail avec Caroline. Il la faisait répéter, corrigeait ses intonations, relevait une note, arrangeait une mélodie. Pendant que Samuel jetait sur le papier des idées, Jerry s'activait. Une fois, par dérision, Samuel lui lança :

– Alors, tu dragues ma nana ?

Mais l'autre était dans son monde, fait de notes et de synthétiseurs. Jerry se contenta de sourire d'un air absent. Les heures passaient vite. Le deuxième jour, Samuel commença à montrer des signes de nervosité. Le troisième jour, il était stressé. Le quatrième, il était sur les dents. Caroline s'absentait-elle pour s'occuper de Tom ? Samuel explosait. Prenait-elle du retard ? Il criait. Quand elle chantait devant la table de mixage, il n'était pas satisfait. Au bout d'une semaine, Caroline s'octroya une matinée de vacances, et descendit à la Plage. Là, Jessica lui tendit un jus de carottes :

– Tiens, ça requinque !

Puis elle vit le stress sur le visage de sa copine. Elle demanda :

– T'es nerveuse ?

– Je savais que ça se passerait comme ça. Samuel est complètement sur les nerfs ! Il me fait chanter cinquante fois la même phrase !

– Pourquoi tu le laisses faire, Caro ?

– Parce que je crois en lui. Parce que je l'aime et que j'ai envie que ça marche. Tu sais, on a beaucoup galéré, nous deux. Samuel, il est tout pour moi : ma famille, mon homme et le père de mon enfant. Aujourd'hui, on est ensemble, et je me sens assez forte pour tout supporter.

Mais ces belles paroles étaient démenties l'après-midi même. Brutal, nerveux, Samuel commençait à crier :

– Tu le fais exprès, de saboter mon boulot ?

Elle, au bord des larmes, répliqua :

– Je commence à en avoir marre de tes insultes, Sam !

– Regarde-moi ça ! Tu vas pas pleurer, non plus ! Tu fais chier ! Casse-toi !

Le soir, en l'absence de Samuel parti à Toulon chercher des bandes magnétiques, Caroline dînait avec Jerry. Celui-ci, calme et talentueux, confia :

– Je t'ai écrit une chanson, Caro.

Ils passèrent la nuit ensemble, dans le studio d'enregistrement. Au petit matin, fatiguée, Caroline regarda Jerry. Elle n'avait plus de doute : la chanson était magnifique, et son auteur était amoureux d'elle. Elle ne pouvait pas se mentir à elle-même : elle aussi était attirée par Jerry.

Marie commençait à prendre goût à la vie avec Claude. Une estime réciproque s'était installée, et chacun dormait dans sa chambre, en tout bien tout honneur. Elle n'avait cependant pas trouvé le courage de lui avouer sa profession. Dans son nouveau job, au restaurant Lepage, face à la mairie, quelques employés qui fréquentaient en douce le Sérail l'avaient reconnue, mais se gardaient bien d'en dire mot à qui que ce soit. Maurelet, l'assistant de Claude, un petit homme bedonnant et sympathique, était dans ce cas. Ce mercredi, quand le coup de feu fut passé, Marie se mit à débarrasser les tables. Un dernier client l'interpella : c'était Danny Besançon, avec sa tête des mauvais jours. Elle eut peur. Il sourit :

– On va faire vite, Marie. Un, t'es la meilleure strip-teaseuse de la Côte. Deux, j'ai besoin de toi pour remonter la boîte. Trois, tu couches avec l'adjoint du maire.

– C'est faux !

– Je m'en fous ! J'ai un petit copain journaliste, Jean-Pierre Chassagne. Demain, si je veux, tout le monde pensera que c'est vrai !

– T'es un salaud...

– Ou bien tu reviens, ou bien il est coulé !

Il se leva lentement, jeta quelques billets sur la table, et partit avec nonchalance. Marie, perdue, ne savait que faire.

Claude, en revenant de Toulon où il était allé pour l'audition des comptes, rentra tôt au bureau. Là, il vit Maurelet, la veste ouverte, l'air préoccupé. Son fidèle assistant décomposé ? Il demanda :

– Qu'est-ce qui se passe ?

Maurelet, gêné, se tortilla sur sa chaise. Il prit son courage à deux mains.

Je voudrais pas insister mais... La fille avec qui je t'ai vu hier...

– Quelle fille ? Marie ?

– Elle est strip-teaseuse. Me dis pas que tu savais pas...

– Strip-teaseuse ?

– Ben oui... Elle se met à poil si tu préfères. En général, elle travaille à côté du port... C'est une belle fille, remarque. Mais à ta place, j'en ferais pas une habitude... On te le pardonnera pas !

Le soir même, Marie était sur scène. Sur une musique envoûtante, elle enleva ses gants, sous les applaudissements des spectateurs, alléchés par sa silhouette parfaite. Adossée à un tube métallique, elle enroulait les jambes autour de lui, puis se suspendait, le lâchant d'un seul coup pour retomber debout, jambes largement écartées. Quand elle enleva son short en latex, laissant apparaître un string luisant, les sifflets redoublèrent. Elle faisait face au public, dans l'éclat des projecteurs. Elle jeta une jambe en l'air, renversa la tête, et son soutien-gorge tomba : Marie avait des seins magnifiques. Les spectateurs étaient survoltés. Brusquement, elle se figea. Là, dans l'ombre, elle venait d'apercevoir un visage connu... Était-ce possible ? Claude Lacroix ? C'était bien lui. Il se leva pour se diriger vers les loges. Paniquée, Marie laissa tout tomber, pour courir vers les coulisses. Sur son chemin, elle trouva Besançon :

– Tu retournes en scène ! Et vite !

– Lâche-la ! Fumier !

C'était Claude, les poings serrés, prêt à se battre. Il avait été flic, après tout, et le sens de la justice ne s'était pas évaporé en lui. Voyant son regard décidé, Besançon fit un pas en arrière. Puis, la haine aux lèvres, il cracha :

– Tu peux dire adieu à ta respectabilité, Lacroix ! Espèce de connard ! Ta carrière est foutue !

Jetant un peignoir sur les épaules de Marie, Claude la fit sortir dans la rue, où sa voiture attendait. Là, dans l'obscurité complice, elle craqua :

– Si tu savais comme je m'en veux ! Tout est de ma faute ! J'ai gâché ta vie...

– Écoute, Marie, personne ne m'a forcé à venir. Je suis venu parce que je ne veux pas te perdre.

Elle releva les yeux sur lui, et posa un regard limpide :

– Moi non plus, Claude.

Les rares passants qui se faufilaient dans la ruelle eurent droit au spectacle rare et étonnant d'un adjoint du maire embrassant une jolie fille en peignoir, dans la rue.

Le lendemain, Claude Lacroix démissionnait de tous ses mandats. Une nouvelle vie l'attendait. Pour commencer, il allait vendre la Plage, et s'installer ailleurs. Avec Marie.

Louis, fin soûl, errait dans les rues. Il était perdu. À cette heure-ci de la nuit – ou du matin ? Il ne savait plus – la ville semblait déserte. Les boulangers n'avaient pas encore ouvert leurs boutiques, et les boîtes de nuit venaient de fermer. Louis, en proie à un mal de tête lancinant, remonta sur sa moto. C'était imprudent, il en avait vaguement conscience, mais... Enclenchant la première vitesse, il se dirigea, lentement, vers les vignes, tout en roulant en zigzag. Par chance, il n'y avait pas de voitures sur la route.

En arrivant au mas, il était dégrisé : le vent avait chassé ses dernières mauvaises idées. Nina, l'air inquiet, l'attendait sur le banc, dehors. En l'apercevant, elle se leva. Honteux, il baissa la tête, et avoua :

– Nina... Je suis un vrai con ! Tu sais, j'ai réfléchi... Tu peux dire à Patrick que je suis d'accord !

Elle lui mit la main sur la bouche. Ils roulèrent dans l'herbe, et firent l'amour alors que les premiers oiseaux du matin commençaient leur sérénade.

Quelques heures plus tard, en costume-cravate, Louis débarquait au Crédit méditerranéen d'escompte, sa banque. Il avait rendez-vous avec le directeur. Nina avait raison : il fallait qu'il prenne ses responsabilités. Qu'il s'investisse à fond dans quelque chose. Quand il sortit de là, il avait un visage heureux. Mais aussi, dans ses yeux, il y avait une lueur de défi. Le destin allait enfin lui sourire. En attendant, il devait s'habiller pour la cérémonie. Son frère allait se marier.

Laure, au bras de son père, avait fière allure. La voilette sur sa tête lui faisait une couronne, et, dans l'air de la Plage, elle semblait entourée d'un halo. Les amis, la famille commençaient à se rassembler. Des coupes de champagne circulaient, et Jessica les remplissait le sourire aux lèvres. Louis, vêtu d'un costume sérieux, semblait engoncé dans un habit de carton. Blandine et Pierre voletaient à droite, à gauche, pour rétablir l'ordre, redresser une nappe, corriger la disposition d'un plat. Il règnait sur la Plage une atmosphère à la fois bon enfant et sérieuse. Tom, avec un petit nœud papillon, gazouillait dans son couffin. Caroline, très sexy en costume blanc, regardait sa copine avec envie. Le temps pris sur l'enregistrement du disque n'allait-il pas provoquer la colère de Samuel ? Baptiste était reparti vers les confins de l'univers, au Burkina Faso. Gregory, adossé contre la balustrade du ponton, savourait son bonheur.

Quand tous les invités furent arrivés, la cérémonie commença. Au dernier rang, Elizabeth Chouchan tendait le cou pour apercevoir Laure et Pierre. Quand ses yeux se posaient sur ce dernier, une lueur de tendresse passait dans son regard.

Au moment où le maire, tout rouge, terminait son discours :

– Voici le moment tant attendu. Mes chers amis...

... Un taxi s'arrêta devant le sentier qui menait à la Plage. Une fille en sortit en hâte et se dirigea vers le ponton. Tous se tournèrent vers elle. C'était Valentine. Elle traversa la plage en courant, mais c'était trop tard. Le maire, soufflant et ému, avait eu le temps de prononcer la formule rituelle :

– Laure et Gregory Lacroix, je vous déclare unis par les liens du mariage.

Valentine ralentit. Elle attendrait son heure.

La noce fut superbe. Les langues allaient bon train, les plats circulaient, les vœux étaient échangés. Caroline chanta une chanson, et Claude lui emboîta le pas. Un couple se mit à danser une lambada, un autre enchaîna, et tout le monde se mit à rire. Les gens perdaient leurs inhibitions, s'embrassaient, vidaient des bouteilles de champagne. Un premier invité, en smoking blanc, avait piqué une tête dans l'eau. D'autres enfilaient des maillots de bain. Laure, ravie, cherchait Gregory, englouti par ses amis. Valentine profita de ce moment d'accalmie. Elle s'approcha de Laure.

– Je m'appelle Valentine. Je suis enceinte, Laure... Greg et moi allons avoir un bébé dans six mois exactement.

– C'est impossible. C'est une blague. Une blague idiote...

La voyant, Greg arriva, pâle, rageur. Valentine s'esquiva, profitant de la foule pour lui échapper. De quoi avait-elle peur ? Elle reprit le chemin de terre, et courut vers la route, sans regarder. Dans un crissement de freins, on entendit l'accident. Quand le chauffeur descendit, il avait l'air hébété :

– Elle a bondi comme une folle...

Laure fut la première sur les lieux pour l'examiner. Elle avait l'air désespérée.

Gregory, la tête basse, reprit le chemin du port. Le mariage était foutu...

Finalement, Jerry n'avait pas craqué. Après tout, Samuel était son copain. Malgré l'attirance qu'il éprouvait pour Caroline, il savait que les circonstances étaient peu naturelles. La tension, le stress, pouvaient créer des relations qu'on regretterait plus tard. En revanche, il avait tout mis dans sa chanson. Il avait simplement constaté, avec son humour de cow-boy :

– La vie est mal bricolée. Je t'aime et je te repousse.

Quand Samuel avait entendu la chanson de Jerry, il avait compris. Il était passé très près d'une catastrophe, il le savait, à cause de son attitude caractérielle. Par chance, la musique avait réconcilié tout le monde. Et Berman, le producteur, s'était rendu aux arguments de Samuel, qui avait demandé deux mois de délai :

– Pourquoi ? Parce que je suis en train de perdre la femme de ma vie, Berman ! Comme vous dites, une histoire de nana ! Mais cette nana, elle est spéciale, elle est belle, elle a du talent, et je l'aime comme un malade...

Finalement, constatait Caroline, la semaine s'achevait plutôt bien. Laure, en soignant Valentine qui n'était que superficiellement blessée, avait constaté que celle-ci n'était pas enceinte, qu'elle vivait dans un mensonge pour se venger. Stupéfaite d'une pareille méchanceté, elle avait entendu sa rivale lui dire, sur son lit à la clinique :

– J'ai réussi à vous séparer ! Greg est parti ! Je l'ai perdu, oui, mais toi aussi !

Dix minutes plus tard, assise dans un Zodiac de location, Laure se dirigeait à toute allure vers le grand large, où le bateau de Gregory prenait de la vitesse peu à peu. Quand elle bondit sur le pont, elle passa l'alliance qu'elle avait enlevée de son doigt. Enlacés, fous de bonheur, les deux jeunes mariés partirent vers un destin sans nuages. Ou presque...

Claude Lacroix, lui, avait tout liquidé : son appartement, son job, ses projets repris par Maurelet. Il repartait de zéro avec Marie. Quand il arriva à l'étude de maître Blachas, tout le monde était prêt. La vente de la Plage s'effectua sans encombres. Louis l'avait achetée, le cœur battant, avec la bénédiction de Nina, avant de partir en vacances en Italie avec elle. La gorge serrée, Claude contemplait son fils, ému aux larmes. Jessica, alors, fit rire tout le monde. Elle demanda à Louis :

– La serveuse, tu la gardes ?

– La serveuse ? Y aura un entretien d'embauche. Et une période d'essai. Faut voir.

Dans une explosion de joie, Jessica embrassa Louis, Claude, Marie, et tout le monde. Dans le soleil de cette fin d'après-midi, les cloches de Saint-Tropez se mirent à sonner.

Et, comme un grand bonheur n'arrive jamais seul, on apprit par le journal qu'un souteneur connu des services de police, Danny Besançon, s'était fait descendre par un inconnu. Apparemment, le caïd, Forzani, n'avait pas apprécié la gestion de l'affaire par son voyou. Louis, en Italie, sabla le champagne.

– 14 –

Cœurs brisés

– Comment se remet ta femme ?

La question n'était pas innocente. Pierre Olivier la posait à Alain avec une double intention : détourner la conversation des dettes qu'il avait contractées envers Alain, et distraire l'attention de celui-ci de ses propres problèmes financiers. En effet, malgré l'intervention d'Alain Dulac qui avait consenti à avancer de l'argent à Blandine, écartant le soupçon d'une faillite frauduleuse, la société de Pierre continuait à battre de l'aile. L'ingénierie navale était un secteur difficile, depuis l'arrivée massive des produits taïwanais sur le marché. La disparition du comptable de l'entreprise avec les fonds qui lui avaient été confiés avait porté un coup fatal. Depuis, Pierre passait des jours et de nuits penchés sur les comptes, essayant de redresser l'affaire qui, malgré ses efforts, était sur le fil.

Pierre avait appris qu'Élise de Talence, revenue avec Alain, avait affronté son propre père pour sauver son mari : elle avait ensuite subi une grossesse extra-utérine, qui s'était terminée par la perte du bébé. Élise en était restée traumatisée, persuadée, au fond, qu'elle allait d'échec en échec. Son éducation ne l'avait pas préparée à une vie aussi heurtée, où les malheurs se succédaient avec tant de constance. Sous le soleil de Saint-Tropez, elle essayait de se remettre, en se promenant vers La Madrague, la maison de Brigitte Bardot, et en comptant sur le temps pour tout cicatriser. Alain, lui, essayait d'éponger la somme qu'il avait été obligé d'emprunter pour racheter les parts de l'Ibiza-Club qui appartenaient à Hubert de Talence.

Les deux hommes, aux abois, se regardaient.

– Elle se remet, merci. Ça a été très pénible. Son père m'a piégé. Il m'a vendu les parts très cher, le double de ce qu'elles valaient. Une vengeance un peu sordide.

– Tu vas t'en sortir, Alain. Tu es un battant, toi. Tu es un gagneur.

Pierre Olivier, ne pouvant pas honorer ses engagements, distribuait les encouragements. Ils ne coûtaient rien, eux. Mais il n'en pensait pas un mot.

Une fois Alain Dulac parti, Pierre reprit son souffle. Dans vingt-quatre heures, il avait rendez-vous avec un investisseur potentiel, Sutton. Il se regarda dans le miroir près de son bureau : ses cheveux étaient défaits, il avait la mine grise. Quand sa secrétaire entra, lui présentant un troisième chèque refusé, il sortit de ses gonds :

– Bon Dieu, ils vont me lâcher ! Je ne suis pas fou ! Ils devaient me couvrir jusqu'à la fin du mois ! Je les appelle, ils vont...

Il tapait du poing sur son bureau, semblait prêt à tuer le directeur de la banque et ses sbires. Brusquement, il s'arrêta de respirer, tirant sur le col de sa chemise avec violence. Il se leva à demi de son fauteuil, la bouche ouverte, les yeux écarquillés, le visage violet, et retomba lourdement, à moitié sur le fauteuil, à moitié dans le vide. Puis il glissa sur le sol. La secrétaire, effrayée, regardait sans comprendre, répétant : « Oh monsieur, oh monsieur, oh monsieur ! » Quand Pierre Olivier agrippa sa poitrine de ses deux mains, elle sembla frappée de mutisme. Elle savait ce qui se passait : on l'avait expliqué mille fois à *Santé, santé*, une émission de TF1 qu'elle regardait religieusement tous les matins. Pierre Olivier était victime d'une crise cardiaque.

Quand Blandine vint le voir à la clinique, elle était affolée. Le médecin de garde la rassura :

– Votre mari a fait un infarctus, mais l'alerte est passée. Tout va bien, maintenant.

Pierre Olivier devait rester alité, sous surveillance, une quinzaine de jours. En repartant, égarée, soucieuse, Blandine murmurait, toute seule :

– Laure... J'aimerais tellement que tu sois là.

Dans la rue, les gens regardaient cette femme blonde, décoiffée, qui semblait ne pas savoir où elle allait. À Saint-Tropez, les visages sont en général plus gais.

Élise, assise à une table, regardait la mer. Le ponton de la Plage était quasi désert : à cette heure matinale, les touristes n'étaient pas encore levés. Jessica, l'apercevant, vint demander des nouvelles :

– Ça n'a pas l'air d'aller, toi. Qu'est-ce qui t'arrive ?

– Rien. Un peu de fatigue, c'est tout.

– J'ai ce qu'il te faut pour te redonner la pêche : un petit cocktail de jus de fruits maison... Du spécial Jessica. Ça marche à tous les coups.

Élise se dirigea, pensive, vers les matelas, pour profiter du soleil, encore pas trop chaud. Elle était entre deux eaux : elle voyait qu'Alain avait des problèmes. Quand elle lui avait offert cette montre coûteuse pour son anniversaire, il avait tiqué sur le prix de cet achat. Quand elle lui proposait une partie de tennis, il avait d'autres engagements, des négociations financières, des chèques à signer. Elle y voyait le signe d'un éloignement progressif, qu'elle n'avait pas mérité. Toute son enfance, elle avait été choyée par son père, et elle ne connaissait rien d'autre qu'une existence oisive. Elle n'envisageait rien d'autre.

Alors qu'elle s'allongeait sur le sable, Alain, lui, était en rendez-vous avec son comptable. Les huissiers, en l'absence d'Élise, étaient déjà passés pour relever la liste des biens, et le banquier envisageait l'exécution de la saisie dans les plus brefs délais. Si bien que le soir même, quand Élise lui proposa d'aller à une soirée, il lui opposa un visage fermé. Elle lui dit :

– J'ai envie d'aller à cette soirée, Alain. De voir des gens, de m'amuser...

– Si tu y tiens tant, vas-y ! Mais sans moi ! Je ne suis pas d'humeur à faire des mondanités !

Elle ne comprenait pas, elle ne comprendrait jamais. Dans la bulle que lui avait construite son père, Élise de Talence ne savait pas qu'à l'extérieur, il y avait des problèmes, des soucis. Elle reprit, fâchée :

– C'est toujours pareil ! Tu disparais toute la journée...

Elle claqua la porte. Tant pis, elle irait seule ! À peine était-elle sortie, le téléphone sonna : c'était Blandine. Elle s'y perdait, dans les dossiers. Elle ignorait même la signification du mot « goniomètre », qui était l'un des appareils fabriqués par la société de son mari. Elle demanda à Alain une aide précise :

– Demain, je dois recevoir le plus gros client de mon mari. Je dois le convaincre d'investir dans l'entreprise.

Alain leva les sourcils :

– Blandine... Vous ne pouvez pas remplacer Pierre. Le client...

– Je n'ai pas le choix, Alain ! Il faut que tu me formes. Comptabilité, finances, etc.

– En une soirée ?

Pendant qu'Alain donnait un cours-minute à Blandine, son épouse arrivait à la galerie Abécassis-Matzal. Décolletée, radieuse, elle prit un verre de champagne et se dirigea vers une grande toile moderne, qui s'intitulait : *Aube épanouie en Ligurie.* Perplexe, elle essayait de comprendre, quand une voix, derrière elle, se fit entendre :

– On dirait plutôt « Deux clous sur une fesse », non ?

Elle éclata de rire. En se retournant, elle vit l'auteur de cette boutade : Arnaud, son ancien fiancé.

À la Plage, les événements se précipitaient. Tout d'abord une folle excitée, qui avait lancé sa carte de visite sur la table – « Colette Manzani, immobilier et nuit » – avait fait son apparition. C'était une quinquagénaire bien conservée, qui devait dépenser des sommes folles dans les instituts de beauté pour entretenir son bronzage, son lifting, sa taille fine et ses faux seins. Night-clubbeuse connue – d'où la mention « nuit » sur sa carte –, elle écumait la Côte d'Azur pour aller de play-boy en play-boy, mais aussi pour réperer les affaires juteuses. Elle avait même envisagé de racheter La Madrague pour en faire une boîte de nuit. Arrivée sur le ponton de la Plage, elle avait fait une offre pour tout racheter. En l'absence de Louis, qui se promenait du côté de Florence en mangeant des spaghetti, Jessica avait répondu par la négative.

Le deuxième événement était la présence quasi quotidienne d'Élise de Talence avec Arnaud, qui venait lui donner des cours de plongée sous-marine. Mais Jessica, à la Plage, en avait vu de ces couples qui se faisaient et se défaisaient, et elle ne disait rien. Elle était comme un médecin du cœur, et la Plage était son royaume : le secret médical s'imposait. La magie de la Plage, c'était aussi son isolement.

Le troisième événement était le retour de Valentine. Celle-ci, toujours battante, s'était bien remise de son accident, et était apparue sur le ponton, un jour, avec des remords.

– Je regrette ce que j'ai fait. C'était nul d'essayer de détruire leur couple comme ça. J'ai perdu la tête parce que j'aimais Gregory, je l'aimais vraiment.

Jessica l'avait écoutée avec étonnement. Après tout, c'était rare, un tel acte de contrition. Peu à peu, Valentine avait commencé à aider aux menus travaux de la Plage : en l'absence de Louis, Jessica appréciait ce coup de main inattendu. Les garçons de la Plage la regardaient avec plaisir : elle était appétissante, et portait un air de défiance qui la rendait sexy. On la sentait prête à faire front, prête à s'engager, aussi, et elle était disponible. Aguicheuse, elle avait même tourné la tête d'un copain de Jessica, Benoît, qui s'était révélé être coureur de jupons. Finalement, Jessica l'avait embauchée : Valentine, incontestablement, plaisait. Mais Jessica ne savait pas que la passion, l'obsession, le plaisir de Valentine, c'était la destruction des couples. Elle s'installait dans leur intimité, comme un coucou, et faisait tout exploser. Quand Valentine chercha à rencontrer Samuel, Jessica n'y vit pas malice. Pourtant, la torpille était lancée.

Blandine, armée des quelques notions que lui avait inculquées Alain, reçut M. Sutton avec les honneurs. Elle avait même ressorti son plus bel accent anglais pour l'occasion :

– I am Blandine Olivier. Please, come in. How do you do ? My husband is not in France...

Elle avait trouvé cette excuse : son mari était en voyage au Brésil. Intérieurement, elle pensait : « En voyage à la clinique, oui. » Sutton avait examiné les comptes de la société, avait noté une recapitalisation – montant 75 000 euros –, avait écouté Blandine défendre le ratio d'autonomie financière et décortiquer le niveau d'endettement. Tout en prenant des notes, il avait suggéré à Blandine de terminer cette conversation... devant un dîner. Plus tard, elle résuma leur entretien à Pierre, qui était un peu étonné de la tournure des événements :

– Dis-moi au moins, Blandine, ce que tu lui as raconté !

– Eh bien, je lui ai donné les documents et on a papoté de choses et d'autres.

Blême, encore sous le coup de son infarctus, Pierre décela autre chose :

– Blandine... Sutton est un homme d'affaires remarquable... Le Brésil ? Comment peux-tu imaginer une seconde qu'il ait cru à ton histoire ?

Sur ce, Pierre entreprit de faire l'éducation de son épouse. Il lui expliqua ce qu'était un radio-guidage, une optique à drosse, un jalon opto-informatique, un azimut virtuel de reconnaissance des fonds. Elle écouta, tout sourire. Puis elle partit dîner.

Le lendemain, alors que Pierre faisait ses premiers pas dans le jardin de la clinique, il demanda :

– Alors ?

– Alors tout a bien marché. Il buvait mes paroles. Remarque, il posait des questions qui n'étaient pas idiotes !

– Oui, le contraire m'aurait étonné, Blandine. Et pas un instant, il ne s'est dit...

– Pas du tout. Disons que j'ai utilisé un tiers d'arguments financiers et deux tiers de séduction.

Pierre se figea sur place. Comme tous les hommes qui ont quelque chose à se reprocher, il était d'une jalousie féroce. Son aventure avec Magali était finie depuis longtemps, et sa liaison avec Elizabeth Chouchan n'était qu'un souvenir, mais il n'aimait pas voir sa femme dans ces situations de séduction. Il reprit :

– Séduction ? C'est-à-dire ?

Faussement innocente, Blandine lui répondit :

– La séduction, c'est l'arme naturelle des femmes chefs d'entreprise, non ?

Là-dessus, l'affaire conclue, le couple apprit l'arrivée imminente de Laure, qui avait interrompu sa lune de miel aux Caraïbes pour se précipiter au chevet de son père malade. À l'aéroport, Jessica l'avait accueillie, la mettant au courant des derniers événements. Puis Jessica avait demandé :

– Et Greg ?

– Il n'était pas très heureux de me voir partir, mais on se retrouve dans quelques jours à Cuba. Il a une proposition pour un super job. Une croisière du côté de Trinidad...

Dès son arrivée à la clinique, Laure mit la main à la pâte, redressant un oreiller, exigeant de fermer les fenêtres, demandant à son père de prendre un peu d'exercice. Ce dernier, grognon malgré le succès de Blandine qui assurait la survie de sa société, était rétif. La maladie l'avait vieilli. Il se plaignait : la tête lui tournait, il avait besoin d'une canne, bref, il faisait le malade. Il essayait de dessiner, disait qu'il n'était plus bon à rien, et assurait que son avenir, désormais, s'arrêtait aux haies de dahlias qui bordaient les pelouses de la clinique. Mais peu à peu, il allait mieux. Le jour où Laure lui parla de Gregory, qu'elle voulait rejoindre aux Antilles, Pierre hocha la tête, en signe de compréhension.

Le lendemain, il était encore plus malade. Il redevenait un petit garçon, capricieux, boudeur et entêté. Il régressait à vue d'œil.

Pour garder Élise, dont il sentait bien qu'elle lui échappait de plus en plus, Alain avait pris une décision : il avait été voir Jessica, pour prendre les coordonnées de Colette Manzani, « immobilier et nuit », et avait expliqué sa ligne de conduite. Il voulait vendre l'Ibiza-Club, avec sa plage.

– La vente du club me permettra d'offrir à Élise la vie qu'elle avait avant. Mais c'est très dur. J'ai tellement investi d'énergie, d'espoir dans cette boîte...

En attendant ces jours meilleurs, Élise s'amusait. Arnaud, élégant et désinvolte, l'attirait à nouveau. Alain n'avait rien dit à sa femme : quand Colette Manzani était venue visiter les lieux, l'affaire était restée secrète. Ni la presse ni Élise ne devaient rien savoir avant la conclusion. Les négociations furent dures. Après avoir examiné les livres de comptes, discuté le prix de vente, évalué le coût du matériel, Colette Manzani leva la tête :

– J'ai besoin de réfléchir. Ça ne s'achète pas comme un paquet de sucettes.

– Écoutez, madame Manzani...

– Colette.

– Écoutez, Colette. Demain, ce club sera en vente dans toutes les agences de la région. Je suis pressé. Je vendrai au premier venu.

Colette Manzani rajusta ses lunettes, alluma une cigarette et, la voix posée, lâcha :

– J'achète.

Là-dessus, les deux complices trinquèrent au champagne. En levant sa coupe, Colette Manzani décréta :

– Je me donne trois mois pour provoquer un embouteillage de Rolls sur le parking ! Trois mois. Et vous, Alain, qu'est-ce que vous allez faire ?

Tandis que le champagne, en moussant, débordait et lui mouillait les doigts, Alain Dulac répondit simplement :

– Je vais essayer de rendre ma femme heureuse.

Il en était loin. Pendant qu'il vendait, Élise, à la maison, avait organisé un petit cocktail avec le gratin de Saint-Tropez. Il y avait là un banquier célèbre, un publicitaire renommé, un bon à rien un peu gigolo, et la sœur de Patrick Bruel. Des épouses en robes d'après-midi s'amusaient à cancaner, et quelques maîtresses attitrées allaient de l'un à l'autre, cherchant une façon de se faire remarquer. Élise de Talence, dans ce monde-là, était à son aise. C'était un monde où il fallait avoir le dernier gadget, les nouvelles sandales, le porte-clés le plus moderne. C'était un monde où être à la mode, c'était être différent... comme tous les autres en même temps ! Arnaud, accompagnant officiellement l'épouse d'un diplomate, couvait Élise des yeux. La fête battait son plein, les rires fusaient, les femmes étaient légèrement soûles de champagne et de plaisir. On frappa à la porte. Élise alla ouvrir : c'étaient les huissiers.

Pendant qu'ils se mettaient à déménager les meubles, les invités, avec un regard compatissant, commencèrent à s'éclipser. Élise de Talence resta là, sur le seuil, le rouge aux joues, humiliée comme jamais elle ne l'avait été.

Valentine n'en perdait pas une miette. Au bout du ponton, une séance photos avait lieu. Des assistants pressés couraient d'un projecteur à l'autre, rechargeaient les appareils du photographe, ajustaient le maquillage de la star ou regardaient le ciel, d'un bleu parfait. Samuel Devos, vêtu de noir, comme d'habitude, posait avec une nonchalance feinte. Un grand magazine féminin avait demandé un reportage sur lui, et Samuel faisait semblant d'être blasé. En tant que rocker, il aurait été mal vu de montrer sa satisfaction, qui, pourtant, était réelle. Valentine observait cette agitation, tout en aidant Caroline, qui sortait les cartons de champagne, pour la fête du soir. Il s'agissait de marquer le coup : le disque de Samuel et de Caroline sortait, avec beaucoup de bruit. Samuel, entre deux flashes, répondait à l'interviewer. Celui-ci, qui n'était autre que Jean-Pierre Chassagne, demanda :

– Parlez-nous de l'avenir... Vous l'envisagez... ?

– Comme vous voyez ! À trois, et pour la vie.

En alignant les bouteilles, Valentine eut un sourire sarcastique.

Quelques minutes plus tard, l'artiste décréta une pause. Les assistants se dispersèrent, et Samuel, seul, s'attabla en attendant la deuxième vague de photos. Chassagne, dans un coin, remettait de l'ordre dans ses notes. Valentine s'approcha. Samuel leva la tête, aperçut cette jolie brune aux courbes affolantes, et dit :

– Tu es la nouvelle serveuse, Valentine, c'est ça ?

– C'est ça. Celle qui a la réputation de faire beaucoup de dégâts.

– Les jolies femmes font toujours beaucoup de dégâts...

Sur un geste de Samuel, elle s'assit. Mine de rien, elle lui fit une proposition : passer dans *Les Enfants du rock*, l'émission de Sébastien Legrand, un animateur qu'elle connaissait intimement, vu qu'elle avait jadis brisé son mariage. Samuel, intéressé, redoutait quand même la réaction de Caroline, qui avait traité Valentine de « salope » quand le couple Gregrory-Laure avait été menacé. Si bien que Samuel prêta l'oreille, mais sans en parler à Caroline. Quand Valentine lui proposa de le retrouver à l'Ibiza-Club, à minuit, pour arranger le coup, Samuel acquiesça. Pour faire passer la pilule, il offrit un cadeau à Caroline, occupée à pouponner Tom. Celle-ci sentit l'ambiance, et, mi-figue mi-raisin, s'adressa au bébé :

– Tom, mon fils, apprends un truc. Quand une femme reçoit un cadeau, elle peut être sûre qu'on va lui demander quelque chose en échange...

Puis, se retournant vers Samuel :

– Je me trompe ?

Le soir même, vêtue d'une minijupe sexy, à l'Ibiza-Club, Valentine attendait Samuel. Comme par hasard, Sébastien

Legrand était déjà parti. Tandis que Samuel allait repartir, Valentine le retint. « Pour un verre », dit-elle. Samuel, hésitant, accepta. Elle l'intriguait, tout en lui faisant un peu peur. Mais il était assez grand garçon pour se défendre, non ? Son idylle avec Terry l'avait prouvé. Valentine, une coupe de champagne en main, attaqua :

– Je me sens bien avec toi, Samuel. Tu me ressembles... Toi, au moins, j'ai pas besoin de tout t'expliquer...

– On en a peut-être plus vu que d'autres, dans la vie...

– On est surtout plus doués pour le plaisir... C'est pour ça qu'on passe pour des salauds...

Elle l'embrassa rapidement sur la joue, comme en passant. Dans la boîte, le DJ mit sur la platine le dernier tube de Caroline. La soirée se prolongeait : le champagne coulait, la musique rythmait les cœurs, les night-clubbers dansaient : depuis que Colette Manzani avait repris l'endroit avec son fils Arthur, une nouvelle clientèle, plus huppée, plus glamour, avait fait son apparition. Ce n'était pas encore l'embouteillage de Rolls annoncé, mais déjà, on sentait la vague de la mode : les « people » débarquaient. On apercevait Patrick Saint-Val dans un coin, très entouré, qu'on disait mal remis de sa séparation. Les candidates à la guérison ne manquaient pas. Vers trois heures du matin, ivres de musique et de danse, Valentine et Samuel partirent dans la décapotable de ce dernier. La nuit était claire, les étoiles dansaient au-dessus de Saint-Tropez, et, en passant sur le port où quelques noctambules traînaient, joyeux, Valentine se tourna vers Samuel, pour lui dire :

– Samuel... J'ai envie de faire l'amour avec toi.

Elle l'attira doucement vers elle. Et reprit :

– Pas toi ?

– J'en ai envie... Mais je le ferai pas.

Doucement elle posa sa main sur son propre cou, et renversa la tête. Une atmosphère de sensualité régnait, dans la tiédeur de cette nuit calme. La mer, sombre, s'étalait au loin, et Valentine, délicatement, ouvrit le premier bouton de son chemisier. Samuel, les yeux brillants, regardait. Elle ouvrit le deuxième... Puis le troisième. Quand il aperçut la naissance des seins, Samuel détourna la tête. Valentine lui demanda :

– T'as peur que Caroline l'apprenne ? Elle ne le saura jamais !

Puis elle lui prit la main et la posa sur son sein gauche. Quand il sentit sous ses doigts cette peau douce, et la pointe du sein qui se dressait, Samuel céda. Il arrêta la voiture. Il se pencha pour embrasser Valentine, et posa sa main sur ses cuisses dorées. Il ne pensait plus à rien, sinon au plaisir qui les emportait, brûlant, tous les deux...

– Tu vas voir. Il n'y a rien de tel qu'une balade en mer pour oublier tous ses problèmes !

Arnaud était catégorique. Sur le petit bateau à moteur, il tenait les commandes avec décontraction. Son beau visage de lévrier affichait une aristocratie qu'il n'avait pas. Élise, pâle, était à demi allongée sur la banquette, et l'écume du moteur projetait sur elle des paillettes de cristal, gouttes d'eau qui reflétaient le soleil de Saint-Tropez. Quand il coupa les gaz, au large, il n'y avait plus personne autour d'eux. Élise murmura :

– C'est bon d'avoir des gens sur qui compter. Alain est...

Il lui mit le doigt sur les lèvres :

– Chut ! Interdit de parler de lui ! On ne va pas le laisser nous gâcher la journée. Il en a déjà assez fait.

Avec une gentillesse calculée, il lui enlaça les épaules. Le soleil les caressait. Elle reprit :

– Je ne supporte pas d'être malheureuse. Tout ce que je veux...

– ... C'est le bonheur. Comme nous tous.

Un court silence s'installa. Il releva ses cheveux, et l'embrassa dans le cou.

– J'ai été trop dure avec toi, Arnaud.

– Élise... Je suis fou de toi. Depuis que je t'ai revue, je n'ai pas arrêté de rêver à ce moment...

Il l'attira contre lui. Élise s'écarta doucement, mais il la retenait fermement, ce qui, en un sens, était agréable. Une poigne d'homme... Il glissa :

– On est faits pour être ensemble.

Il se mit à la couvrir de baisers. Réticente au début, elle s'abandonna vite. Quand il fit glisser son bustier, découvrant ses seins que le bronzage avait épargnés, elle ferma les yeux. Il se mit à lui embrasser le bout des seins, puis le ventre. C'était bon de sentir sa main glisser, doucement, sous le short...

Allongés sur les coussins moelleux de la banquette, ils firent l'amour dans une atmosphère de sensualité trop longtemps contenue. Quand le soleil commença à se coucher, ils s'embrassaient encore, enfiévrés...

Le lendemain, Alain Dulac demandait le divorce.

– Tu ne penses qu'à toi ! Les autres, tu t'en fous !

Sous l'accusation de sa fille, Pierre Olivier avait tressailli. Dans son lit, depuis des semaines, il traînait, feignant une rechute, boudant comme un enfant, cherchant un peu de tendresse qu'on lui accordait bien volontiers. Même la visite d'Elizabeth Chouchan ne l'avait pas réconforté. Celle-ci le regardait avec reproche, avec apitoiement, comme si elle détenait un secret qu'elle ne voulait pas partager. Peut-être en avait-elle un, se dit Pierre, réalisant qu'il la connaissait mal, malgré leur liaison passionnée, autrefois. Laure avait finalement réveillé l'instinct du lutteur, chez Pierre, qui était en sommeil depuis son infarctus. Sa fille partie pour téléphoner aux Antilles, il se leva, s'habilla et, malgré les objections de l'infirmière en chef, s'apprêta à sortir. Elle le tança :

– C'est pas raisonnable ! Vous n'allez pas conduire ? Hier...

– Hier, j'étais mort ! Aujourd'hui je ressuscite !

Il fonça. Le conseil d'administration de son entreprise, inquiet de son état, s'apprêtait à nommer un nouveau dirigeant. Il arriva juste à temps. Ah, la tête d'Édouard Blivel, son associé, qui garait déjà sa voiture sur la place de parking réservée au chef ! Il se voyait déjà calife à la place du calife, celui-là ! Pierre Olivier monta et, calme, aminci, apparut dans la salle de réunion. En une seconde, l'affaire fut réglée : il était réélu et Blivel démissionnait. Quand il rentra chez lui, quelques heures plus tard, réjoui, il embrassa Blandine et la mit au courant. Puis il vit la mine décomposée de sa femme.

– Que se passe-t-il ?

– C'est Gregory qu'on n'arrive pas à localiser. On a perdu tout contact.

Dans la chambre du fond, pendue au téléphone, Laure, affolée, tentait d'en savoir plus, mais les communications avec Cuba étaient mauvaises. La radio de bord ne répondait plus, les balises n'apparaissaient plus sur les repérages satellite, les bateaux sur zone essayaient simplement de résister au cyclone qui durait depuis deux jours.

Il fallait se rendre à l'évidence : Gregory avait disparu. Sans doute ne retrouverait-on jamais son corps. Laure, effondrée, sombrait dans un océan de désespoir.

– 15 –

Nouveaux départs

– J'ai décidé de faire poser une stèle commémorative en souvenir de Gregory. Marie et moi sommes revenus à Saint-Tropez pour organiser la cérémonie. Pour vivre avec les morts, il faut les enterrer.

Claude Lacroix, le visage blême, vêtu de noir, était assis en face de Blandine et de Pierre. La disparition de Gregory l'avait touché de plein fouet. Son ex-femme, Nicole, était partie à l'étranger ; son fils Louis prolongeait son séjour en Italie, et Gregory... Mon Dieu ! Gregory ! Il le revoyait, bambin, sur les grèves, puis, plus grand, tombant dans les buissons. Il se remémorait leurs visites au zoo, puis l'arrivée de Louis qui, en fait, était un demi-frère. Peu importe : tout ce bonheur, désormais, était enfui. Marie, à ses côtés, demanda :

– Et Laure ?

Blandine, une larme perlant à sa paupière, répondit :

– Pas très bien...

Claude avait eu Louis au téléphone. Celui-ci, en état de choc, n'avait pas envie de rentrer : trop de douleur l'attendait. Père et fils s'étaient promis de garder le contact, et avaient raccroché.

Après le départ de Claude et de Marie, Blandine se dirigea vers la chambre de sa fille. Celle-ci, accoudée au balcon, regardait le monde extérieur sans le voir. Elle ne réagit pas à l'entrée de sa mère. Le téléphone, près d'elle, était muet. Elle était revenue des Antilles le cœur gros, l'espoir brisé. Aucune trace de Gregory Lacroix. Blandine décida de la mettre au courant de la cérémonie funéraire :

– Il faut voir la réalité en face, Laure...

– Enterrer Gregory, c'est ignoble, c'est monstrueux !

– Je sais que c'est terrible à dire, mais si Gregory était vivant, on l'aurait retrouvé, Laure.

– Mais il est vivant ! Je le sens, je le sais, il me parle !

Les mains serrées, le visage tiré par le chagrin, les yeux rouges, Laure posa son regard sur l'horizon. Et ajouta :

– Quand je regarde la mer, j'entends sa voix !

Puis elle éclata en sanglots secs. Elle n'avait plus de larmes. Quand le téléphone sonna, elle était prostrée. Blandine parlait de faire venir un psy. Elle décrocha, une étincelle d'espoir dans les yeux.

– Allô ? Oui, c'est moi... Vous avez des nouvelles de mon mari ?

Elle marqua un temps. Puis :

– Son corps ? Vous êtes sûr que c'est lui ?

Elle resta debout, comme en suspension, pendant quelques secondes. Puis, lâchant le combiné, qui glissa sur le canapé, elle sembla se replier sur elle-même, s'affaisser comme une baudruche dégonflée. Quand elle toucha le sol, son front heurta la table basse. Elle ne sentit rien. Laure était cassée.

L'ambiance, à la Plage, était celle de tous les jours. Jessica, restée seule aux commandes avec Valentine, faisait contre mauvaise fortune bon cœur. Son entraînement de danseuse, très rigoureux, l'avait autrefois accoutumée à la douleur : malgré les ennuis, malgré les souffrances physiques et morales, il fallait faire front : the show must go on. En conséquence, elle affichait un sourire un peu contraint, et servait des cocktails jusqu'aux petites heures de l'aube. Parfois, Caroline venait l'aider, mais elle n'avait jamais le temps, entre les exigences du bébé et celles de la promotion du nouveau disque. Claude, aussi, venait s'asseoir devant le soleil couchant, sans rien dire, cherchant une réponse à ce malheur qui l'avait frappé durement.

Un matin, alors que les premiers touristes se jetaient à l'eau, demandaient « Où habite Brigitte Bardot ? » et lançaient des ballons dans l'eau, un homme d'un certain âge, les cheveux blancs, portant un panama clair, vint s'asseoir. Visiblement, il détonnait. Quand il demanda « une petite coupe », Jessica reconnut l'accent américain. Elle engagea la conversation. Le visiteur était de passage, et avait de la famille dans la région. Une de ses amies, Colette Manzani, lui avait donné un bon conseil :

– Saint-Tropez est l'une des plus jolies villes de la Côte... Profitez-en !

Jessica sursauta : elle venait de reconnaître l'accent de...

– La Floride !

L'étranger raconta. Il venait de Key Largo, l'un des atolls coralliens qui prolongent le sud de la Floride, à une centaine de kilomètres de Miami. Avaient-ils des connaissances communes, des amis même ? Le temps que l'étranger se présente : « Michael », Jessica était réclamée par d'autres consommateurs. Elle demanda l'adresse de Michael : celui-ci avait retenu au Mykonos, l'un des plus beaux complexes hôteliers de la région. Manifestement, il était à l'aise. Caroline, qui venait boire un jus d'orange, regarda de loin Michael et donna un conseil à Jessica :

– Laisse tomber, il pourrait être ton père...

Michael, resté seul, posa son regard sur la mer, et, de sa poche, sortit discrètement une photo. C'était un vieux cliché, craquelé et jauni. On y distinguait une petite fille blonde, avec de grands yeux pensifs.

La cérémonie avait été modeste et digne. Claude, le regard embué, avait cité des vers de Victor Hugo, dont il comprenait maintenant la douleur lors de la perte de sa fille bien-aimée. Peu à peu, les gens s'étaient éclipsés, sous le regard de croque-morts mélancoliques. Jessica éclata en sanglots, et Caroline l'entraîna vers la rangée de voitures noires qui attendaient, plus loin. Valentine, en robe noire moulante, se tourna vers Samuel :

– J'arrive pas à y croire.

– Il a eu la vie qu'il avait choisie. L'aventure, la liberté. C'est ce qu'il faut se dire.

Un ange en pierre les regardait, les ailes déployées. Valentine reprit :

– Je lui ai fait du mal... Mais je l'aimais.

– L'amour fait souvent mal.

De loin, Caroline, intriguée, suivait des yeux ce dialogue dont elle n'entendait pas un mot. Valentine vit le regard de sa rivale. Elle enchaîna :

– Tu me manques déjà, Samuel. Quand est-ce qu'on se revoit ?

– Écoute, c'était super, mais je préfère qu'on en reste là...

– Tu regrettes ? Comme tous les mecs ?

– J'ai pas envie d'aller plus loin, Valentine, c'est tout.

Quand il se dirigea vers les voitures, Valentine eut un sourire étrange. Un sourire de carnassier, aurait-on dit. Elle murmura :

– Salaud !

Dans la rue, Laure marchait sans but. Sa vie était sans but. L'existence lui paraissait aussi vide, aussi creuse qu'un tonneau où l'araignée a tissé sa toile. Elle voyait tout, entendait tout, à travers une sorte de tamis, comme si on avait dressé autour d'elle des murs de gaze. Médecin, elle n'avait même pas le réflexe de tendre la main et d'ingurgiter des anxiolytiques. Chemin faisant, devant la boulangerie, elle heurta un passant. Celui-ci, étonné, se retourna :

– Laure... ?

Mais elle n'avait rien entendu, égarée par le chagrin. Le passant, un homme d'une trentaine d'année, sympathique et tranquille, insista :

– Laure ?

Il la rattrapa, et la prit par le coude au moment même où Laure s'engageait sur la chaussée, forçant une voiture à s'arrêter en faisant crisser ses pneus.

– Laure ? ça ne va pas ?

Hébétée, Laure sembla sortir d'un mauvais rêve. Elle leva les yeux, vit d'abord la veste de l'inconnu, puis son visage. Une seconde passa. Une étincelle se fit jour. Elle sourit faiblement :

– Monsieur Dieudonné ? Je ne vous avais pas vu...

Ils firent un bout de chemin ensemble. Pascal Dieudonné avait été, autrefois, le professeur de psychologie de Laure, à la fac de médecine. Le poste avait été supprimé. Ils bavardaient ainsi, comme deux vieux amis, sous le soleil de Saint-Tropez, quand Laure, saisie d'un frisson, se jeta à son cou, secouée par de gros sanglots :

– Je veux mourir ! Je ne pourrai pas vivre sans lui ! Je veux mourir !

Ils allèrent s'installer à la terrasse d'un bistro. Elle raconta tout. Les voyages, les séparations, le mariage raté, puis réussi. La disparition tragique de Greg. Peu à peu, ils passèrent au tutoiement. Il fit allusion à un chagrin passé qu'il avait surmonté, et ajouta :

– Ta souffrance fait peur aux autres. Alors qu'au contraire, elle peut te permettre d'accéder à un état supérieur. Tu me prends pour un fou ? Pourtant, j'ai déjà sorti beaucoup de gens du gouffre...

Puis il expliqua. Pascal Dieudonné, avec un noyau d'amis, avait fondé une association pour les gens qui cherchaient une certaine spiritualité. Celle-ci, qui était basée sur la compréhension des délicats mécanismes de l'âme, se nommait « La Vie évolutive ». « Pour les gens qui ont eu des malheurs... », ajouta Pascal. Laure, pensive, écoutait.

Le lendemain, elle sonnait à la grille d'une somptueuse villa. Une plaque dorée indiquait, en lettres simples, que « La Vie évolutive » se trouvait là. Pascal, décontracté, en lunettes noires, vint ouvrir. Il lui indiqua qu'une séance de soutien collectif devait avoir lieu. Elle accepta d'y assister. Peu à peu, dans une salle large et ombrée de rideaux lourds, des gens vinrent s'asseoir ; il y avait là des jeunes, des vieux, des désespérés, des anxieux, des survivants. Quand tout le monde fut assis, Pascal prit la parole :

– Aujourd'hui, Laure nous a rejoints. Comme vous, elle a besoin d'aide. Comme vous, elle veut se débarrasser des pensées obscures qui nous emprisonnent lorsque le malheur nous surprend.

Il se tourna vers Laure, en attente de quelque chose.

– Tu es en sécurité parmi nous, Laure. Ici, personne ne te jugera. Nous t'écoutons. Raconte-nous ce qui t'est arrivé. Dis-nous ce que tu ressens.

Après un instant où sa pudeur naturelle l'empêcha d'articuler un mot, Laure, prise par la sérénité des lieux, par l'autorité calme de Pascal, commença :

– J'ai connu l'homme de ma vie. Il s'appelle... Il s'appelait Gregory Lacroix. Je suis devenue Laure Lacroix. Et puis il a disparu en mer...

Quand elle termina, une heure plus tard, en larmes, Pascal Dieudonné la prit par la main, et ajouta :

– Tu as été très courageuse, Laure.

Le soir même, seule, légèrement maquillée – Blandine avait vu dans ce maquillage un léger mieux – Laure se tenait devant la mer, les pieds nus, sur la plage. Tandis que les vacanciers rentraient leurs planches de surf, elle regardait le soleil se coucher sur la baie. Elle jeta son bouquet dans l'eau, et le regarda dériver doucement, vers l'infini. Elle murmura :

– Adieu, mon amour...

Puis le soleil sombra derrière l'horizon, et la nuit vint.

Colette Manzani faisait le tour des tables de l'Ibiza-Club pour vérifier la mise en place. Les bouquets, les cendriers, les cartes devaient être strictement disposés, et Giacomo, le barman, y veillait scrupuleusement. Michael entra dans la salle. Colette devinait un secret, chez cet homme qu'elle avait rencontré au cours de sa vie de bohème. Michael White avait, au fond de lui-même, quelque chose de pathétique. Quand il fit semblant d'avoir oublié son portefeuille, elle n'en fut guère étonnée. Elle lui prêta un peu d'argent. En fouillant ses poches, il laissa entrevoir la photo d'une petite fille. Colette jeta un coup d'œil. Ce visage lui disait quelque chose. Elle fit un effort de mémoire, rajouta vingt années, et tomba pile. Elle connaissait cette fille. Ainsi, c'était pour ça que Mr White était revenu... Mine de rien, Michael demanda :

– Où joue-t-on au poker, ici ?

Quand Michael passa à la Plage, Jessica était entre deux services. Il la fit monter dans sa voiture, et ils allèrent boire un café sur le port. Là, dans l'odeur de sel qui venait du large, elle lui confia :

– Mon père a toujours menti. Il faisait croire à ma mère qu'il était sur des coups d'enfer. En fait, il dépensait tout ce qu'elle gagnait. Quand elle a fini par comprendre, il s'est tiré. Le seul souvenir que j'ai gardé de lui, c'est cette montre...

Ils échangèrent des confidences. Il fit allusion à des tristesses du passé, des coups du sort. Elle expliqua sa déception d'enfant, ses tribulations en Floride, la compagnie de danse qu'elle rêvait de former... Cette nuit, il joua gros. Il perdit gros.

Sa seule planche de salut était Colette. Avec une moue de mépris, celle-ci lui tendit la somme. Elle allait se faire beaucoup d'argent, en rachetant bientôt la Plage Saint-Tropez, dont elle voulait faire un complexe balnéaire.

L'argent, momentanément, n'avait pas d'importance. Les enfants, si. Elle se souvenait de cet enfant qu'elle-même avait laissé derrière elle... Lestée de sa propre culpabilité, Colette Manzani attaqua :

– Qu'est-ce que tu vas faire, Michael, maintenant ?

– Partir, une fois de plus.

– Et Jessica ?

– Quoi, Jessica ?

– Tu ne vas pas partir sans lui dire la vérité, Michael ?

Elle ajouta :

– Un peu de courage.

Au fond d'elle-même, Colette Manzani savait ce qu'était la douleur d'être parent, et d'avoir abandonné son enfant. Mais c'était son secret à elle. Son secret total, privé. Elle avait un fils, Arthur, qui la secondait. Quant à l'autre...

– Je voulais pas. Je te jure que je voulais pas ! Mais il m'a pas lâchée de la soirée, il m'a fait boire et...

Jessica n'en croyait pas ses oreilles : ainsi, Valentine avait couché avec Samuel ? Au bord des larmes, jouant avec conviction la victime des circonstances, Valentine en rajoutait, s'accoudant au bar :

– Je regrette tellement ! Je t'en supplie, n'en parle jamais à Caroline !

Une larme coula sur sa joue. Émue par la détresse de celle qu'elle croyait être son amie, Jessica ajouta :

– Arrête ! Tu vas pas pleurer ! Il ne mérite pas ça !

– Non. C'est un homme comme les autres. Et moi, à chaque fois, je me fais avoir...

En rentrant, Valentine se décida. Elle allait jouer la grande scène du deux. Elle se dirigea vers la villa de

Samuel. Quand elle y parvint, celui-ci était en train de commander des billets d'avion pour Papeete. Il avait envie de mettre de la distance entre Saint-Tropez et lui-même, entre cette nuit de sensualité folle avec Valentine et ses relations calmes avec Caroline. Au moment où il raccrochait le téléphone, il vit Valentine, sexy dans une robe rouge. Elle le regarda :

– Alors ? On file sans dire au revoir aux copines ?

Il fut pris de panique. Il la prit par le coude, la poussant vers la porte :

– Arrête ton cirque, Valentine. Caro va rentrer, je veux pas qu'elle te voie ici !

Elle se tourna vers Tom, qui vagissait dans son parc.

– Qu'est-ce que c'est craquant, un bébé ! J'aimerais bien en avoir un aussi...

Quand Caroline rentra, elle vit la visiteuse qui s'en allait. Elle alla poser ses affaires, et prit une douche, en silence. Samuel, boudeur, s'affairait avec les préparatifs du voyage. Lui, un rocker, un rebelle, pris la main dans le sac comme un vulgaire bourgeois ! Ces histoires-là, elles étaient bonnes pour des gens comme Pierre Olivier, pas pour lui ! Il s'en voulait mortellement. Enfin, Caroline, encore mouillée, sortit de la salle de bains. Les mains sur les hanches, elle demanda de but en blanc :

– Alors, t'as couché avec elle ?

Il sentit la honte l'envahir.

– Je voulais pas le faire, Caroline. Je te le jure ! Je me suis jamais senti aussi mal de ma vie ! C'est elle qui m'a sauté dessus !

– Sale menteur !

– Caro, je t'en supplie, crois-moi ! Elle me débecte,

cette nana ! Elle est folle ! C'est une hystéro, elle emballe les mecs, elle est dangereuse !

Caroline, le regard sombre, dit simplement :

– Pourquoi faut-il que tu détruises tout, Sam ? Pourquoi ?

Il ne savait pas lui-même. La drogue, les filles, les zigzags de la vie, tout le menait à la défaite. Quand trouverait-il le repos ? À sa mort, probablement. À cette pensée, il eut un ricanement qu'il jugea suprêmement romantique.

Marie, ce matin-là, ouvrit les yeux sur un lit vide. Claude avait déserté. Elle se demanda vaguement ce qui se passait. Depuis la mort de Gregory, Claude n'était plus le même. Il avait beau faire des efforts, tenter de sourire en prenant un verre sur la plage, il n'arrivait pas à remonter la pente. Les amis se faisaient rares, son travail ne l'intéressait plus guère, et, malgré les témoignages d'amitié de ses collaborateurs, à la mairie, il restait comme anesthésié. Marie, en tee-shirt, se leva. Pieds nus, elle traversa la chambre à coucher, et entrouvrit la porte du salon. Là, elle vit Claude. Il était assis sur le canapé, la tête plongée entre les mains. Il pleurait. Marie, doucement, referma la porte.

Deux heures plus tard, devant un bol de café, ils conversaient avec la fausse légèreté des porteurs de nouvelles graves. La première étincelle fut presque fatale, et mit le feu aux poudres. L'ancien coéquipier de Claude, Marco, avait téléphoné. Il lui proposait de réintégrer la police, de faire équipe à nouveau, de se lancer dans une activité prenante. Mais Claude n'avait goût à rien. Marie tenta de l'engueuler. Elle ne parvint qu'à s'énerver elle-même, et sortit en claquant la porte.

Claude resta une minute silencieux, puis il tendit la main vers le téléphone et appela :

– Allô ? Marco ?

En apprenant la nouvelle, Marie fut ravie. Marco, l'inspecteur aux cheveux courts et à la barbe de trois jours, ne lui avait jamais manqué de respect quand elle était strip-teaseuse. Puis, de nouveau, l'échange tourna à l'aigre. Claude, agacé, en voulait à la terre entière. Il s'en prit à Marie :

– Mais qu'est-ce que t'attends ? Pourquoi tu restes ? Parce que ce pauvre Claude n'a plus personne et que tu veux pas le laisser seul ? Mais je suis très bien, tout seul ! J'en veux pas, de ta pitié ! Pars, vis ta vie !

– D'accord. Je pars.

Il la regarda : elle était décidée. La mort dans l'âme, il baissa la tête. Et sortit. Marie commença à faire ses bagages.

À bout de nerfs, il alla faire un tour à la Plage. C'est là qu'il avait eu ses bonheurs. C'est là, peut-être, que le malheur allait passer... Quand il arriva, Caroline était là. Il s'étonna :

– Je croyais que tu bossais plus ici, Caro ?

– De temps en temps... Pour dépanner. Pas pour l'argent, non. Le disque tourne bien, et rapporte un maximum. Non, je viens pour l'amitié. Pour le fun, aussi.

Il déballa son sac de tristesse :

– Tu sais, j'ai tout fait pour que Marie parte... C'est pour son bien. J'étais en train de sombrer, je ne voulais pas l'entraîner... Je suis plus capable... Je suis vidé... Quand je vois les gens rire, je... Je me demande ce que je fous là...

– Claude... Pour Marie, le bonheur, c'est d'être avec toi.

– J'ai tout foutu en l'air, Caro.

– Pas forcément. Elle doit passer ici ce soir à six heures, pour nous dire au revoir avant de partir définitivement.

Dans la villa de « La Vie évolutive », Laure, sans maquillage, en talons plats, méditait. Elle semblait dans une bulle, séparée du monde par des parois invisibles. Que pensait-elle ? Pascal Dieudonné lui avait enseigné les rituels de la méditation transcendantale, pour se retrouver soi-même. Elle remarqua à peine la venue du visiteur à barbe de trois jours qui s'assit avec Pascal, pour lui poser des questions. L'inspecteur Marco n'était pas d'une patience exemplaire : son vieil ami Claude était au bout du rouleau, et lui-même avait quelques problèmes. Il attaqua sec :

– L'une de vos recrues, monsieur Dieudonné, a été dépouillée de son héritage. Les parents de Cécile Charbonneau n'ont plus de nouvelles d'elle depuis des mois...

– Cécile Charbonneau, monsieur l'inspecteur, a fait donation de ses biens à l'association pour financer notre mission en Thaïlande. C'est son droit.

– Elle a disparu. Nous avons lancé un avis de recherche.

– Je suis à votre disposition, inspecteur.

– Vous êtes responsable de ce qui lui est arrivé, monsieur Dieudonné, et je vais le prouver.

– Vous aimez les causes perdues d'avance. Je vous souhaite beaucoup de patience, inspecteur.

Marco savait reconnaître une escroquerie quand il en

voyait une. Ce Pascal Dieudonné, avec ses airs matois de cousin amical, ne lui inspirait aucune confiance. Depuis des mois, la police recevait des plaintes contre « La Vie évolutive » et Blandine, inquiète de voir sa fille embrigadée dans une secte, avait saisi Marco de l'affaire. Car l'assurance-vie de Gregory, assez conséquente, n'allait pas tarder à être versée au bénéfice de Laure.

Il était déjà trop tard : celle-ci avait déjà commis cette somme à l'ouverture d'un hôpital au Venezuela. Elle ne savait pas que l'hôpital était fantôme, et que tout passait sur le compte de M. Dieudonné. Parfois, elle recevait la visite de Jessica, que l'atmosphère de pseudo-religion exaspérait, et qui lui donnait des nouvelles de Louis :

– Il ne veut pas revenir. Il veut vendre la Plage, et s'installer en Italie. Il y a une acquéreuse, Colette Manzani.

– Louis, en Italie ?

– Il a trop de souvenirs, ici.

– Je comprends, Jessica. Tu sais, c'est la première fois que je me sens utile. J'ai trouvé un sens à ma vie.

Quand elle annonça à sa mère sa volonté de partir eu Venezuela, celle-ci paniqua. Elle tenta une dernière salve :

– Laure, cet homme est un manipulateur ! Il vous endoctrine tous. C'est un escroc !

– Maman, il vaut mieux qu'on s'arrête là.

Le lendemain, Laure était chez le notaire. L'argent de l'assurance-vie était disponible. Elle donna ses instructions : virer la somme sur le compte de « La Vie évolutive »...

– Cette somme permettra de sauver des milliers de vies humaines.

Dès qu'elle sortit, le notaire appela Blandine. Avec Caroline et Marco, un plan de bataille fut décidé. Il n'était pas question de laisser Laure se faire dévorer par un vampire.

Quand le portefeuille de Michael White tomba sur le sol, Jessica le ramassa. Dedans, il y avait des dizaines de cartes de crédit. Elles portaient toutes des noms différents. Elle releva la tête : le moment de vérité était arrivé. Il n'y avait personne sur la Plage : le panneau « À vendre » avait fait fuir les clients. Mais là, sur le ponton, face à la mer, l'endroit était parfait pour mettre les choses au clair, se dit Jessica. Elle regarda l'homme au chapeau :

– Arrête de mentir.

– Jessica, même si j'ai refait ma vie, même si j'ai changé de nom, de ville, même si j'ai tout laissé derrière moi, je n'ai jamais cessé de penser à toi. C'est pour ça que je suis venu ici. Pour te voir, t'expliquer...

– Tais-toi !

– Je sais que je t'ai fait du mal, mais donne-moi une chance. Je suis...

Il laissa le silence s'installer dans sa phrase. Puis :

– ... Ton père.

Elle avait deviné depuis longtemps. Jessica se redressa :

– Non, tu n'es pas mon père. Ça fait vint ans que je n'ai plus de père. Pour moi, tu n'es rien ! Je ne veux plus jamais te revoir.

La chambre au Mykonos était un mensonge. Les gros sous, un mensonge. L'amitié, un mensonge. Il vit cette fille, sa fille, si vivante, si déçue, et il en eut le cœur brisé. Il se laissa aller :

– J'ai toujours tout raté, Jessica. Je suis un pauvre type,

un nul. Je n'existe pas. Je suis fatigué de fuir... Je voudrais disparaître.

Elle fondit en larmes. Une large portée de mouettes passa, en piaillant. Les vagues se brisaient sur la Plage, le temps s'écoulait doucement, les sentiments emportaient tout. Jessica essuya les larmes sur son visage et, avec un sourire tremblant, dit :

– Ne disparais pas... papa.

Puis elle lui tendit la montre que, des années plus tôt, il avait laissée comme unique témoignage de son existence.

Quand le soir tomba, tout le monde se retrouva à la Plage. Jessica, la tête posée sur l'épaule de Michael, souriait aux anges. Celui-ci allait repartir demain, vers de nouveaux horizons. Caroline, elle, venait de quitter Samuel et, dans sa colère, s'était jointe à l'expédition punitive décidée par Blandine et Marco contre « La Vie évolutive ». Quand Caroline, rageuse, avait accusé Pascal Dieudonné d'être une ordure, il l'avait giflée en criant :

– Laure ne vous croira jamais ! Je suis son maître ! Son maître !

Laure, dans la pièce attenante, avait tout entendu. Sortie de son cauchemar éveillé, elle était tombée dans les bras de l'inspecteur Marco, tremblante. Chose importante : elle avait récupéré son chèque. Et ce soir, un peu pâle, elle arrivait, avec Blandine et Marco, à la Plage. Quant à Claude et Marie, réconciliés, ils étaient momentanément ensemble. Pour combien de temps ? Marie venait de s'installer dans un motel du centre-ville... Le notaire, guilleret, buvait du champagne. Il avait bien fait de sonner l'alarme, pour Laure.

Colette Manzani arriva, la coiffure impeccable, souriant de tous ses implants en porcelaine. Quand maître Blachas commença à lire les actes, elle sortit un stylo luxueux, prête à acquérir la Plage Saint-Tropez, afin de la transformer en centre de thalassothérapie. Au moment où elle allait apposer sa signature, trois voix se firent entendre, en chœur :

– Stop !

Claude retira le stylo de la main de Colette. Il se tourna vers les filles. Caroline, grâce aux bénéfices de son disque, avait mis une grosse somme. Jessica avait sollicité un prêt chez son banquier. Laure, la dernière arrivée dans l'affaire, avait l'argent de l'assurance-vie. À trois, elles achetaient la Plage. Elles achetaient aussi leurs souvenirs, leur passé, leurs amours, leurs rêves.

Le champagne coula à flots, cette nuit-là. Même le notaire se soûla copieusement. Chacun repartait pour une nouvelle vie. Ils eurent tous une pensée pour les absents : Gregory et Louis. La mer, silencieuse, semblait leur sourire. Une étoile filante passa.

– Faisons un vœu ! cria Marie.

– Vœu exaucé, répondit Laure.

Elle alla décrocher le panneau « Plage à vendre », sous les applaudissements.

– 16 –

La belle et le voyou

La Plage était quasi déserte. À cette heure de la matinée, la rosée mouillait encore les sièges, et une brise légère chassait les dernières brumes de la nuit : la baie des Caroubiers apparaissait dans toute sa beauté, avec quelques bateaux qui levaient la voile. Jessica, penchée sur une table, semblait peindre quelque chose sur une feuille de papier. Son boléro ne laissait pas ignorer grand-chose de sa ligne, et son mini-short bleu la rendait sexy en diable. Caroline, à côté d'elle, en chemise flottante, regardait. Jessica leva son feutre, et recula un peu pour juger de l'effet. On lisait, sur le papier : « Grande soirée sixties » en lettres ouvragées. Jessica, tout à ses pensées, remarqua :

– Il faut aussi compter de quoi faire la déco, engager un groupe et un ou deux extras pour le service...

– Laure demande qu'on ne dépasse pas trente-trois mille francs, Jessica.

Caroline tapait sur une petite calculette, un appareil photo sur les genoux. Elle arrivait à des chiffres qui dépassaient nettement cette somme. Depuis que Claude ne s'occupait plus de la Plage, et que Louis avait décidé de planter sa tente quelque part en Italie, les filles se partageaient la gestion, avec d'autant plus de plaisir que, désormais, la Plage leur appartenait. Claude, tout à son chagrin, essayait de ressouder son couple avec Marie. Laquelle avait résolument pris ses distances avec la pègre qu'elle fréquentait autrefois, à cause de son métier de strip-teaseuse. Jessica reprit :

– Entre moi qui dessine et Laure qui décide, tu n'es pas aidée, ma pauvre Caro. Laure a acheté la Plage avec nous, et on dirait qu'elle s'en fout...

– Mais comprends ! Depuis la mort de Greg, c'est dur pour elle d'accepter que la vie continue !

Elles reprirent leurs tâches respectives. Quand elles relevèrent la tête, un jeune homme était là. Plutôt beau garçon, vingt-cinq ans, blue-jeans et santiags, il affichait un sourire chaleureux. Visiblement, il ne savait pas où se poser. Jessica lui indiqua le ponton :

– Il y a des tables libres au bord de l'eau, je vous laisse vous installer. Le temps de faire quelque photos, et je viens pour la commande...

Un peu timide, il demanda :

– Vous faites quoi ?

Caroline répondit :

– On organise une soirée sixties pour le carnaval !

– Pas mal comme idée.

– Évidemment ! On va twister à mort !

Le jeune homme resta là, à traîner un moment, en silence. Quand il partit, Caroline nota :

– Il est sympa...

Le visiteur réapparut, une demi-heure plus tard, à l'Ibiza-Club. Colette Manzani, moulée dans un pantalon blanc, les ongles des pieds parfaitement laqués dans ses mules de cuir, l'accueillit :

– Alors ?

– Elles ont l'air sympa, ces filles. Elles organisent une soirée sixties pour le carnaval.

– C'est pas idiot, comme idée, Arthur.

– Non, maman.

Le fils de Colette s'assit au bar. Il savait ce que sa mère avait en tête : lui faire abandonner le groupe de rock avec lequel il jouait, pour l'associer plus étroitement à la gestion du club. Depuis qu'elle avait raté l'achat de la Plage Saint-Tropez, Colette Manzani était en concurrence avec les filles. Elle avait envoyé son fils en mission d'espionnage, sans le lui dire. Elle écouta ses confidences, pour en faire son miel : il avait appris que Caroline allait chanter des tubes de sixties, que les costumes allaient être top – mini-jupes en vedette – et qu'Eddy Star, un musicien fan des années soixante, allait accompagner Caroline. En plus, les filles avaient fait des photos qui allaient paraître dans la presse locale. Elles commençaient à répéter l'après-midi même. Arthur, d'un ton paresseux qui faisait enrager sa mère, conclut :

– Leur soirée va être du tonnerre !

Colette Manzani, agacée, répliqua :

– C'est ce qu'on va voir. Elles ne savent pas à qui elles se frottent !

Marie, le visage défait, tirait une bière pour un client. Derrière le bar, elle contemplait vaguement la piste, où s'agitaient deux ou trois couples médiocres. Elle passa la serpillière sur le comptoir, ramassa les pourboires, et ajusta son faux nœud papillon, porté à même la peau. Du coin de l'œil, elle aperçut du mouvement près de la porte d'entrée du Rebel, un bistro-discothèque où elle travaillait comme serveuse, attendant que Claude surmonte son deuil et reprenne ses esprits. Deux hommes entrèrent ; le premier, petit et sournois, très trapu, alla s'asseoir au bout du bar et commanda, d'un ton sec, un scotch. L'autre, plus âgé, la peau grêlée, les pommettes hautes, les cheveux blanchis, s'assit face à elle, et ouvrit son blazer de bonne coupe. C'était Forzani, le king des nuits tropéziennes, le parrain de la Côte, qui avait établi son empire à la force du poignet et, certains l'affirmaient, à la force des armes. Quelques voyous qui lui avaient résisté s'étaient retrouvés face à face avec un lance-roquettes. Qui avait été utilisé. On n'avait pas retrouvé grand-chose des voyous. Depuis, le calme régnait. Forzani, un petit sourire aux lèvres, salua Marie :

– Salut, Marie. On ne ne dit plus bonjour aux copains ?

– On n'a jamais été copains, Forzani. Tu veux quoi ?

– Besançon, à qui il est arrivé un accident regrettable, m'a dit que ton ex n'était plus d'actualité. Claude Lacroix t'a donc larguée ? Comme c'est dommage !

– Tu donnes dans le courrier du cœur, maintenant ?

– T'es ingrate, ma grande. Je viens gentiment prendre de tes nouvelles et toi, tu m'envoies balader. Je suis venu te faire une proposition : si tu veux, tu peux reprendre ton numéro au Sérail...

– Jamais !

– Tu es la meilleure strip-teaseuse que je connaisse... T'es en train de te gâcher, ici, Marie. Réfléchis !

Quand Forzani s'en alla, laissant une atmosphère de malaise derrière lui, Marie regarda la salle comme si elle lui était devenue étrangère. Le client trapu, au bar, baissait les yeux.

Au même moment, Claude, dans la rue, le cœur chaviré par l'absence de Marie et la mort de son fils, déambulait sans but. Une voiture, en le croisant, fit entendre un coup de klaxon : c'était Marco, avec une barbe de trois – non, de quatre ! – jours. Coquet, d'une élégance décontractée qui frôlait le laisser-aller, Marco voulait avoir l'air cool sans tomber dans le négligé. L'exercice était périlleux, et le décrivait tout entier. Il s'arrêta, et lança :

– Claude, comment vas-tu ?

– Ça va. Et toi ?

Marco gara la voiture et sortit. En fermant la portière, il répondit :

– C'est le bordel au commissariat. De plus en plus de boulot, de moins en moins d'effectifs... Enfin, tu connais la maison !

– Tu sais que ça fait plus de cinq ans que j'ai quitté la police.

– Eh bien, rien n'a changé !

Claude ne prêtait qu'une attention lointaine à cette conversation décousue. À tout hasard, il demanda :

– Tu es sur quoi, en ce moment, Marco ?

– L'affaire du violeur... T'as vu ça dans les journaux...

– Non.

– Un taré qui a violé trois filles dans la région. Pas d'indices... On dîne ensemble, un soir ?

Ils convinrent de se revoir au plus tôt. Puis, en quittant son copain, Claude se remit à penser à Marie. Où était-elle, que faisait-elle ?

Marie, au Rebel, venait d'être virée par le patron. Sans doute Forzani était-il passé par là. Quand elle sortit, fatiguée et triste, elle se dirigea vers le motel où elle avait trouvé à se loger, en attendant mieux. Elle marchait dans la nuit, se demandant ce qu'elle ferait le lendemain. Sa nature vive l'empêchait de sombrer dans le désespoir. La scoumoune, elle connaissait : elle avait déjà vécu tout ça, et pire. Elle regrettait simplement que Claude ait si mal ressenti son deuil... Elle entendit brusquement des pas derrière elle. Elle se retourna, campée sur ses jambes :

– Qu'est-ce que c'est ? Qu'est-ce que vous voulez ?

Elle ne vit qu'une ombre disparaître, sur des baskets Nike sport rouges.

À l'association « Médecins pour tous » où elle travaillait depuis quelques semaines, Laure essayait d'oublier. À la suite de son expérience malheureuse avec « La Vie évolutive », elle avait compris que les gourous, les leaders, les chefs, les présidents, bref, les figures d'autorité incontestable devaient être fuis. Elle avait cependant pris goût à l'idée de se dévouer pour les autres, et d'être utile. Ce qui est la fonction même d'un médecin, se disait-elle. À « Médecins pour tous », elle avait rencontré une équipe formidable, tournée vers la médecine sociale : on y traitait les fausses couches chez les adolescentes en difficulté, les maladies difficiles chez les plus défavorisés, et les cas d'overdose n'étaient pas rares. Alcoolisme, drogue, abus divers, tout y passait. Ce jour-là, sa secrétaire passa la nouvelle mission à Laure :

– Un appel anonyme. Sûrement des loubards. Un de leurs copains a été blessé ; une bagarre, je suppose... C'est dans un squat.

– J'y vais tout de suite.

Malgré le quartier, loin du centre-ville, et la dangerosité de l'endroit, Laure n'hésita pas. Quand elle arriva, vingt minutes plus tard, elle trouva le squat : un immeuble délabré, où les portes ne tenaient que par un gond. Elle entra, un peu impressionnée par l'endroit. Sur un matelas défoncé, un jeune homme, le visage exsangue et le sourire douloureux, se tenait les côtes. Il était blond, et ses cheveux longs faisaient une tache claire dans la demi-obscurité. Il y avait là une étagère avec quelques objets, une vieille sono rafistolée, et une baignoire antique. Du sang tachait le carrelage de la salle de bains, qui n'existait plus qu'à l'état de souvenir.

Elle s'approcha. Le jeune homme, qui avait les yeux doux derrière son machisme de façade, demanda :

– Vous êtes vraiment toubib ?

– Oui. Je n'en ai pas l'air ?

Elle regarda la blessure. Un vilain coup de couteau était passé entre les côtes, manquant de peu le poumon gauche.

– Ça pourrait s'infecter. Comment est-ce arrivé ?

– Vous êtes trop jolie pour entendre des histoires de mauvais garçon.

– Je vais vous injecter des antibiotiques. Vous êtes à la Sécu ?

– J'ai jamais bossé de ma vie.

Ils se présentèrent : elle, Laure ; lui, Manu. Ils se regardèrent. Puis il sombra dans un demi-sommeil, une sorte de coma fiévreux. Laure resta là, vérifiant si le pansement tenait. Assise sur un tabouret de fortune, elle se laissa aller à sa rêverie : elle venait de recevoir les affaires de Gregory. Ce paquet de pauvres chemises l'avait bouleversée. Jessica et le petit Tom l'avaient réconfortée. Surtout, Laure avait repris le collier de la déesse de la mer que Gregory lui avait offert, autrefois, il y avait combien de temps... Était-ce au siècle dernier ? Elle s'aperçut que son patient bougeait. Il tenta de se lever, mais retomba. La fièvre était forte. Elle appela une ambulance. Une heure plus tard, Manu était en salle d'opération, à la clinique des Lices, où Elizabeth Chouchan, de bon cœur, avait accepté de recevoir ce patient un peu spécial. Laure promit de revenir le lendemain. Mais le lendemain, l'infirmière de service l'accueillit avec une grimace :

– Le SDF de la chambre 413 ? Emmanuel Guémard ? Il est parti. Par la sortie de secours !

Quand elle sortit de la clinique, Laure se dirigea vers le bureau de « Médecins pour tous ». En passant devant la boulangerie, elle avisa un motard, lourdement appuyé sur son engin, à l'arrêt. C'était Manu. Elle s'arrêta :

– Ce n'est pas raisonnable.

– Je suis pas un mec raisonnable.

Elle le fit monter dans sa voiture, et se dirigea vers la Plage. Il y avait quelque chose, chez ce garçon... Un besoin d'affection, une sorte d'attente douce, une façon gentille d'aborder les gens, le tout sous un vernis de mauvaises manières. En arrivant au bord de l'eau, ils restèrent assis. Il demanda :

– C'est bizarre, je ne sais rien de vous. Je ne sais même pas qui vous êtes.

– Moi non plus. Mais je n'ai pas tellement envie de parler du passé.

Elle remarqua qu'il tenait un chiffon, une sorte de boule de laine, sur son côté, pour se soulager. C'était un vieux bonnet rouge, son fétiche, dit-il en riant. Ils restèrent là, sans rien dire. Puis il l'embrassa. Les vagues clapotaient doucement sur le sable.

– Il est bizarre, ce type, Arthur, tu ne trouves pas ? Qu'est-ce qu'il vient faire à la Plage tout le temps ?

Jessica, qui venait de s'asseoir sur le canapé de la villa, se posait des questions. Caroline, elle, n'y voyait pas malice :

– Il a craqué pour toi, c'est tout !

Laure vint les rejoindre. Pour la première fois depuis longtemps, les trois filles étaient rassemblées, comme autrefois. Elles regardèrent les publicités pour la soirée sixties, dans les journaux, qui étaient bien sorties. Mais une autre annonce, plus grande, attira l'attention de Caroline. Elle lut :

– « Soirée sixties pour le carnaval, l'Ibiza-Club vous sort le grand jeu : animation, défilé de mode, groupe, clips d'époque, concours rétro... »

– C'est Colette Manzani. Elle nous a piqué l'idée.

Jessica, en colère, frappa la table de sa main ouverte. Caroline reprit :

– On peut pas la laisser faire ! Elle va nous couler !

Laure prit la parole :

– Qu'est-ce que tu veux qu'on fasse ? On ne peut pas l'empêcher d'organiser une fête sur le même thème que nous...

Les mauvaises nouvelles, dès lors, allaient se succéder. Eddy Star, le lendemain, annonçait qu'il avait accepté un engagement ailleurs, pour un cachet supérieur. Un autre groupe se défila. Les clips d'époque étaient déjà loués à la société qui les possédait. Les accessoires des sixties, aussi, avaient été littéralement réquisitionnés.

Furieuse, Jessica entra comme une furie à l'Ibiza-Club.

Lorsque Colette Manzani, qui arrangeait un bouquet sur une table, vit arriver cette concurrente ébouriffée, elle s'en réjouit en secret : sa combine marchait donc. Jessica attaqua :

– Ne croyez pas que vous avez gagné, madame Manzani ! Nous ferons cette soirée ! On n'a peut-être pas d'argent, mais on a des idées !

– L'imagination au pouvoir ? Je rêve de voir ça, ma petite Jessica...

Un mouvement attira l'attention de Jessica. Une silhouette, dans l'obscurité, venait d'entrer. Jessica reconnut... Arthur. Colette, un sourire sarcastique aux lèvres, dit :

– Je vous présente mon fils, Arthur. Mon cadet...

– Vous êtes un beau salaud !

Arthur, interloqué, se tourna vers sa mère, ne comprenant pas l'injure que lui avait lancée Jessica :

– Tu lui as piqué son musicien ?

Colette Manzani, le visage fermé, expliqua :

– Qu'est-ce que tu crois ? On va faire une soirée sixties, Arthur, et on va les enfoncer !

– Mais c'est de la concurrence déloyale !

– Plutôt une petite revanche. Elles m'ont empêchée d'acheter la Plage Saint-Tropez, et elles vont le payer...

– Mais c'est dégueulasse ! Jessica rame pour faire vivre sa plage, et elle y met toute son énergie... Son cœur !

– Ma parole, Arthur, cette fille t'a retourné comme une crêpe !

Jessica, furieuse, claqua la porte. La mère et le fils se défiaient du regard.

– Toutes ces magouilles, ça me débecte. Je ne suis pas comme ça, moi.

Sa décision était prise. Le Club ? Très peu pour lui. Musicien il était, musicien il resterait. Colette Manzani lut dans les yeux de son fils ce qui allait se passer, et, implorante, demanda :

– Tu ne vas pas repartir ? Disparaître encore ? Je sais, avec ton frère et toi, je n'ai pas été une mère idéale, mais maintenant tu es là...

– Je veux vivre pour autre chose que l'argent. Mais ça, tu ne le comprendras jamais...

– Où vas-tu ? Arthur !

Il tourna les talons et annonça, avant de sortir :

– Je vais travailler. Et même, je vais te dire : je vais le faire gratis.

Au Rebel, les clients faisaient la fête. Dans une ambiance de kermesse, ils arrosaient le match Rennes-Monaco, où les Monégasques avaient fait un carton. La bière coulait à flots, les chopes circulaient, le mousseux débordait et la télé, dans le fond, braillait. Au bout du bar, quelques jeunes criaient, se lançant des dessous de verre. Marie intervint, avant qu'il y ait de la casse. En posant la commande, elle se pencha. L'un des jeunes tenta de lui dégrafer sa robe. Furieuse, elle se redressa :

– Ah, ça va, hein !

Le voyou la regarda, rigolard, et la poussa. Elle tomba, assise, sur les genoux d'un autre consommateur. Blond, le regard doux, il arborait un sourire de circonstance, pour se donner l'air d'un dur. Il tenait un bonnet rouge à la main. Marie se releva et, d'un geste rapide, le gifla. Le patron du bistro, voyant la bagarre qui allait arriver, se précipita. Mais c'était trop tard. Les premières bouteilles commençaient à voler... Quand la police arriva, tout était terminé, évidemment. Marco aperçut Marie :

– J'ai dîné avec Claude, hier... Tu lui manques.

Les dépositions prises, les témoignages signés, tout était bouclé. La police partie, le patron, avec un œil tuméfié, ferma le Rebel. Marie, son sac en bandoulière, s'en alla vers son motel. À peine était-elle arrivée au parking qu'une main se plaqua sur sa bouche, et un couteau se fit sentir contre sa gorge. Terrifiée, elle sentit ses jambes mollir. Ce n'était pas le moment. « Reste alerte », se dit-elle. L'individu la retourna, violemment. Elle vit alors que l'homme portait un bonnet rouge, tiré jusqu'au cou, percé de deux fentes pour les yeux. Il arracha le chemisier de Marie, et, tandis qu'il cherchait à agripper son soutien-gorge, elle lança, les yeux fermés, son genou dans l'entrejambe du type, puis le griffa profondément au cou. Elle entendit un grognement. Son soutien-gorge tomba, et, sachant qu'elle n'aurait pas une deuxième chance, elle se mit à courir vers sa chambre. Arrivée au motel, essoufflée, elle s'assit sur le lit. Et décrocha son téléphone pour appeler Claude.

Une heure plus tard, l'inspecteur Marco et Claude étaient chez Manu.

Quand ils le réveillèrent, dans son squat, Manu – de son vrai nom Manuel Ortega, et non Emmanuel Guémard – dormait encore. Visiblement, il jouait la surprise de l'innocent. Au commissariat, ils le firent asseoir sur une chaise, et commencèrent l'interrogatoire. Marco menait la danse, agitant ses mains poilues :

– Et ton bonnet, tu ne sais pas où tu l'as mis ?

– J'ai dû le perdre à la discothèque ! Vous me gonflez avec ça. C'est pas une preuve !

– Tu n'as pas d'alibi.

– Désolé, je dormais peinard.

L'interrogatoire ne donnait rien. Claude, tranquille en apparence mais bouillant intérieurement, constata :

– Il n'a pas la gueule d'un maniaque sexuel. Et si ça n'était pas lui ?

– Crois-moi, c'est lui ! Et il ne va pas tarder à avouer !

Pendant ce temps, Marie, réfugiée chez les filles, essayait de se remettre. Elle avait abandonné le motel, et, assise sur le canapé, buvait une tisane préparée par Laure. Au bord des larmes, elle avoua :

– J'ai peur.

Claude arriva au petit matin. Fatigué par une nuit de veille, les traits tirés, il prit la main de Marie entre ses mains, et expliqua qu'ils avaient déjà un suspect : Manuel. Quand elle entendit le nom, Laure blêmit. Elle regarda Claude et, les yeux brumeux, lui dit :

– Ce n'est pas lui. Il est innocent.

– Qu'en sais-tu, Laure ?

– J'étais avec lui la nuit dernière.

Au Saint-Tropez, le mobilier de la terrasse avait été remplacé par des chaises et des tables typiquement sixties, en plastique moulé de couleur agressive. Caroline et Jessica, coiffées comme Brigitte Bardot, un foulard roulé en boule sous leurs cheveux, portaient des minijupes au ras des fesses. La soirée allait peut-être tourner au four, mais elles se battraient jusqu'au bout. Un pas se fit entendre : Arthur apparut sur les marches de bar, une guitare en bandoulière. Il leva la main :

– Je viens jouer gratis. Je vous dois bien ça. À cause

de moi, vous risquez de foirer cette fête. S'il faut se battre pour limiter les dégâts, je veux être avec vous...

Il commença à jouer, pour accompagner Caroline. Celle-ci, un peu méfiante au début, s'abandonna peu à peu et trouva la cadence. Les chansons venaient bien, les gens allaient suivre. Une femme se présenta : Colette Manzani. Visiblement, elle avait pleuré.

– Je suis venue pour vous faire mes excuses.

Jessica n'en croyait pas ses yeux, ni ses oreilles.

– Qu'est-ce qui vous prend ?

– J'ai annulé la soirée à l'Ibiza-Club. Toutes les réservations ont été reportées sur vous. Je n'aime pas perdre mais je sais reconnaître mes erreurs.

Elle se tourna vers son fils :

– Je te souhaite sincèrement d'y arriver. J'étais comme toi, quand j'étais jeune. Prête à tout pour garder ma liberté...

Elle se détourna, émue. Quand son fils descendit du podium pour l'embrasser, toute le monde applaudit.

La soirée s'annonçait bien. Quand les premiers clients arrivèrent, ils trouvèrent une ambiance du tonnerre. La musique – dont le fameux *Twist à Saint-Tropez* – était d'enfer. Le véritable agresseur de Marie, un type court et carré, vêtu d'un tee-shirt et de Nike rouges, avait été arrêté. Preuve accablante : il portait une large griffure au cou. Sur les indications de Manu, Claude avait compris l'affaire : Forzani, irrité de la résistance de Marie, avait décidé d'y mettre bon ordre. Le Parrain de la Côte avait entendu parler, comme tout le monde, de l'affaire des viols. Il avait donné ordre à ses hommes de repérer le coupable, et lui avait proposé de travailler pour lui. Quand le gars avait donc tenté de violer Marie, il était en service commandé. Désormais, il était au placard pour une bonne vingtaine d'années, où il allait comprendre ce que c'est, d'être violé.

Marco, habillé en hippie des années Woodstock, se tourna vers Claude, alors qu'un bon vieux madison-twist swinguait sur le ponton. Avec sa chemise à fleurs, Claude Lacroix avait l'air parfaitement ridicule, ce qui était l'idée de la fête. Marco, lui, portait une perruque afro. Il se pencha vers Claude, pour surmonter la musique :

– Tu sais, Mangin nous quitte. Du coup, j'ai besoin d'un commissaire adjoint. Tu n'as jamais songé à réintégrer la police ?

– Un peu, ces derniers temps.

– T'es un bon flic, Claude. J'aurai du mal à trouver quelqu'un de mieux que toi.

– Il faut que je réfléchisse.

– Réfléchis pas trop. On est toujours meilleur dans l'action.

Marco alla se mêler aux danseurs – et, surtout, aux danseuses. Claude chercha des yeux Manu, qui ne s'était pas déguisé. Il lui tendit la main :

– Merci, Manuel.

Le jeune homme avisa Laure, costumée en Indienne Cherokee façon Cher, qui twistait à se démettre les genoux. Puis il prit la main offerte :

– Manu. Je préfère Manu. C'est comme ça que mes potes m'appellent.

La fête dura jusqu'à l'aube. Elle resta dans les annales de Saint-Tropez. Les rires fusaient, le champagne coulait, la mer semblait heureuse, aussi. Sous le vieil olivier de la Plage, Manu, enlaçant Laure, jeta un coup d'œil sur le ponton, où Claude et Marie s'étaient retrouvés, pour de bon, cette fois-ci. On sentait qu'ils n'allaient plus se quitter. Leur amour avait été forgé au feu, et ils le savaient.

Manu prit le visage de Laure entre ses mains :

– J'ai vécu tellement de galères que j'étais persuadé de ne jamais m'en sortir. Tu es la première personne à croire en moi.

– Manu...

– Je ne suis pas grand-chose, Laure. Mais, avec toi, je me sens plus fort.

– Tais-toi. Chut...

– Je t'aime, Laure. C'est la première fois que je ressens ça, et je flippe un peu... Mais... J'ai besoin de toi, et je veux rester près de toi. Si tu veux bien de moi...

– Je t'aime.

Seule la lune, qui était invitée au bal des sixties, fut témoin de leur baiser.

– 17 –

Accords et désaccords

Allongée sur l'un des transats de la Plage, Caroline hochait la tête en cadence. Elle écoutait, au soleil, sa dernière chanson, *Le Cœur à nu*, grâce à son mini-DAT, qui lui donnait un son parfait. Près d'elle, Tom, devenu un gamin joufflu, s'amusait dans le sable et gambadait en riant. Parfois, il retombait sur les fesses, puis se relevait et jetait du sable sur les vaguelettes. Caroline enleva ses écouteurs, et, attendrie, lança à son fils :

– Alors, Tommy, t'en penses quoi ? C'est pas une super-chanteuse, ta maman ?

Quand elle vit Jessica descendre du ponton, elle nota qu'un nouveau serveur s'occupait de ranger les tables : c'était Manu, qui tentait de reprendre pied dans la vie normale, après ses années de galère. Laure l'avait gentiment incité à se réinsérer de cette manière, d'autant plus que, depuis de le départ de Louis, les filles avaient besoin d'un coup de main. Jessica, tout en regardant Tom qui avait trouvé une étoile de mer, demanda :

– C'est bien ce matin, que tu dois voir le producteur ?

– À dix heures ! Mais évidemment, Samuel est en

retard ! Pour une fois que je lui demande de prendre Tom, il n'est même pas foutu d'être à l'heure ! Et toi, qu'est-ce que tu dois faire ?

– J'attends mon prince charmant !

L'heure, évidemment, n'était pas la préoccupation première de Samuel. Il avait un nouveau look, avec ses cheveux décolorés, et testait son effet sur les gens. Pendant que son ex-compagne s'impatientait, il distribuait des autographes dans les rues de Saint-Tropez, face à un bistro où Jean-Claude Brialy venait de s'installer pour boire un kir royal. Les groupies qui se pressaient autour de Samuel, pour la plupart des filles très jeunes et sexy, le regardèrent s'engouffrer dans sa voiture, avec des cadeaux pour son fils. Il arriva en retard, et Caroline, impatiente, s'apprêtait à filer quand il sortit une belle robe :

– Une surprise pour toi.

– Merci.

Elle était déjà en train d'enfiler sa veste de lin, quand il reprit :

– Ça a de la gueule, non ? Tu pourrais porter cette robe sur scène... Pour notre tournée...

– Notre tournée ? De quoi tu parles ?

Il lui passa le bras autour des épaules.

– On va faire une série de concerts dans toute la France. Ça nous aidera à recoller les morceaux !

– Arrête avec ça ! Notre couple, comme tu dis, il fallait y penser avant de coucher avec Valentine !

– Mais merde, tu ne vas pas planter ta carrière pour une petite histoire de rien du tout, Caro !

– Qui te parle de renoncer, Sam ? J'ai quatre nouvelles chansons... et un producteur qui m'attend !

Déçu, il prit son air sarcastique des mauvais jours. Et contre-attaqua :

– Rêve pas trop, bébé. T'as pas les dents assez longues, pour ce milieu...

Mais elle ne l'entendit pas. Elle était déjà loin. Loin de lui, surtout.

Quand elle arriva chez Sénéquier, le producteur, Florent Delermitte, était déjà là. Il l'écouta, dit du bien de la dernière chanson, ne prit pas d'engagement ferme, se désola de la rupture avec Samuel Devos, et s'en alla, laissant Caroline perplexe. Quand elle revint à la Plage, Manu et Laure posaient pour une photo publicitaire, en maillots de bain. Ils étaient l'image du bonheur de vivre, et, derrière l'appareil photo, Jessica cherchait sa mise au point pour commencer à shooter. C'était sa nouvelle passion, après la danse : elle avait pris goût à la photo en faisant quelques clichés pour la soirée sixties, et avait décidé de fabriquer elle-même les dépliants publicitaires pour le « Saint-Tropez, bar et plage », au lieu de donner des fortunes à des agences qui ne valaient pas grand-chose. Manu, rigolard, remarqua :

– Je suis sa poupée mannequin ! Je ne sais pas si ça fait partie de mon contrat, mais c'est elle la patronne !

Caroline ne put s'empêcher de rire, malgré sa déception avec le producteur. C'est là qu'elle apprit que Samuel voulait emmener Tom en tournée, pendant un mois. Au téléphone, il balaya ses arguments en martelant :

– C'est MON fils, autant que le tien ! De quel droit tu décides ?

– Depuis sa naissance, j'ai l'autorité parentale. Figure-toi que ça me donne ce droit !

Il vit rouge. Lui, Samuel Devos, vedette de rock, défié par son ex-chanteuse ? Il cracha :

– Tu me vireras pas comme ça, Caroline ! Je vais me défendre, crois-moi !

En raccrochant, il cassa le téléphone. Caroline, le tympan encore secoué, regarda la Plage. Ici, elle trouvait le calme. Le bébé aussi.

Jessica annotait quelque chose. Sourcils froncés, cheveux rabattus en queue de cheval, elle faisait les comptes : gérer la Plage n'était pas chose facile. L'activité du port, autour d'elle, ne la distrayait pas : elle était tout à son affaire. Quand le serveur lui apporta une grande menthe à l'eau, elle leva les yeux un instant, et son regard accrocha celui d'un homme brun, élancé, vêtu d'un blazer élégant, qui jouait avec ses lunettes noires, songeur. Il se leva, et fouillant ses poches, sembla désemparé. Le garçon, justement, venait lui réclamer le prix de sa consommation. Le client, gêné, expliqua :

– Je suis désolé, je crois que je n'ai pas pris d'argent sur moi...

Ses poches, plates, témoignaient pour lui. Mais le garçon ne l'entendait pas de cette oreille. Ni d'aucune oreille, d'ailleurs :

– Viens, tu vas raconter ça aux flics...

– Écoutez, mon yacht est ancré au port. Si vous me faites confiance, j'en ai pour cinq minutes !

– Ben voyons ! T'es un petit malin, toi !

Jessica, irritée par la scène, se leva. On n'a pas idée de faire tout un tam-tam pour un consommateur qui ne paie pas son café ! Elle jeta quelques pièces sur la table, et, souriant au client déboussolé, l'écouta s'excuser :

– Je suis confus, je ne sais comment...

Il lui tendit la main.

– Je m'appelle Paolo. Si vous voulez m'accompagner, je vais vous rembourser.

Railleuse, elle admira la technique du gars, et son sourire, qui étaient parfaits.

– Moi, c'est Jessica ! Laisse tomber, Paolo ! Et trouve autre chose que cette histoire de yacht !

Il la regarda s'éloigner, perplexe. Dix minutes plus tard, Paolo Di Lorenzi, prince de sang et bientôt héritier de l'empire industriel de son père, regagnait son yacht somptueux, où l'attendaient une poignée de gens : Catherine, sa mère, grande et fière ; Giancarlo Di Lorenzi, son père, autoritaire et sombre ; Anne, princesse Durkeim, la fiancée que lui destinait la famille, une belle blonde bien élevée et fade ; et Jean-Pierre Chassagne, suant et grognant, reporter des *Dernières Nouvelles de Saint-Tropez*, accompagné d'un photographe. La princesse Anne, souriante, posa volontiers pour la photo, tendrement enlacée avec Paolo. Chassagne, telle la mouche du coche, posa la question qui démangeait tout le monde :

– Princesse... Excellence... Durkeim, puis-je me faire l'écho de cette rumeur, qui nous annonce... euh, Votre Grâce... un prochain mariage ?

Giancarlo Di Lorenzi, majestueux, jeta :

– Vous pouvez, monsieur Chassagne, vous pouvez...

Le reporter, frénétique, se mit à griffonner des notes.

– J'aime bien ce taf.

L'annonce prit Jessica par surprise. Manu était moins loquace d'habitude. Là, avec les matelas sur le dos, il disposait les chaises longues pour les vacanciers, et s'apprêtait à souffler. Depuis qu'il fréquentait Laure, la vie avait changé, pour lui. Le petit délinquant était en train de s'embourgeoiser, ce qui n'était pas pour lui déplaire, mais lui faisait un peu peur. Pendant toutes ces années, il avait vu le monde des possédants à travers une vitre, inaccessible. Entrer de plain-pied dans cet univers demandait un peu d'adaptation et de souplesse. Il reprit, en s'essuyant le front :

– Je vais plus pouvoir bosser autant... Avec Laure, on fait plus que se croiser.

– Et tu craques ?

– Moi, non, ça me va plutôt... J'aime bien ma liberté... C'est Laure. C'est carrément l'ultimatum... Elle veut qu'on crèche ensemble.

– Tu vas t'installer à la villa ? Mais c'est génial ! Vas-y ! Tout de suite, Manu !

– Attends, du calme, j'ai besoin d'une transition, moi. Ce soir, j'enterre ma vie de garçon. Je te paie un coup à l'Ibiza-Club, d'accord ?

Mais le soir, il ne vint pas. Chemin faisant, Manu avait rencontré Ludo, son ancien acolyte, un copain de coups pendables et de virées nocturnes. Quand il rentra à la villa, au petit matin, l'haleine chargée de whisky, Laure faisait semblant de dormir. Le matin, le réveil fut glacial. Manu, en forme de compensation, disparut dans la cuisine pour préparer le petit déjeuner des trois filles. Caroline nourrissait le petit Tom ; Jessica, rêveuse, songeait à l'homme de sa vie, qu'elle n'avait pas encore rencontré ;

et Laure ne disait rien. Quand elle se leva pour aller rejoindre le bureau de « Médecins pour tous », Manu l'accompagna. Le personnel entassait des cartons, Nivaquine, anticoagulants, seringues. En voyant ce demi-loubard qui accompagnait Laure, les toubibs se mirent, gentiment, à chambrer le nouvel arrivant :

– Bon ! Qui se dévoue pour aller nous chercher des sandwichs ?

Manu, renfrogné, s'exécuta. Pour se faire pardonner à son tour la rudesse de ses confrères, Laure offrit de remplacer le blouson râpé de Manu par un beau, tout neuf. Elle s'attira une réponse cinglante :

– Qu'est-ce que tu crois ? Que tu vas m'amadouer avec un beau blouson tout neuf ? Je l'aime bien, mon vieux blouson pourri ! J'y tiens, et je ne veux pas en changer ! Je veux bien vivre avec toi, Laure, mais je veux pas changer ! Tu peux comprendre ça ?

La crise couvait. En secret, Laure espérait tout régler. Pour l'anniversaire de Manu, elle avait préparé le grand jeu. Dans quelques jours, il allait rentrer, et trouver une fête géante ! Même ses copains, dont Ludo, en seraient. Mais, en attendant, Manu ne devait rien en savoir. Les problèmes, se disait Laure, seraient noyés dans le champagne, et le bonheur naîtrait des bulles.

Samuel, avec son avocat, examinait la situation. Ses instructions étaient limpides : il voulait regagner le droit de garde de son fils. Maître Maria Darenne, une belle femme d'une trentaine d'années, enleva ses lunettes et reposa la question :

– Vous voulez vous passer du consentement de la mère ?

– C'est ça, oui. Vous pensez que j'ai une chance d'obtenir gain de cause, maître ?

– Avec un bon dossier... Mais votre ex-femme a beaucoup d'atouts en main. Et un juge ne retire pas facilement la garde à une mère qui a élevé seule son enfant pendant plusieurs mois !

Alors que Samuel s'apprêtait à partir, l'avocate reprit :

– Une chose, encore... À vous entendre parler de Caroline, on a l'impression que vous tenez encore beaucoup à elle...

– Vous êtes psychologue, maître !

– J'espère que votre décision n'est pas un caprice d'amoureux. Parce que si j'ouvre un dossier, ce n'est pas pour vous voir changer d'avis dans quelques jours...

– Ne vous inquiétez pas ! Je sais ce que je veux !

Quand il repartit, il avait l'impression d'une bataille presque gagnée. Alors pourquoi avait-il aussi ce sentiment de malaise ? Sans faire attention, il prit le chemin du port, et passa, pensif, devant Sénéquier. Il ne vit pas Caroline qui, le dos tourné, prenait un verre avec Florent, le producteur. Celui-ci avait subi la défection d'une de ses clientes favorites : Terry, l'ex-complice de Trouble Vision et compagne de Samuel, avait changé de producteur.

– Elle vient de nous plaquer. Une fille que j'ai entièrement lancée, fabriquée... Et qui, au premier succès, me claque la porte au nez !

Et le producteur d'expliquer ce qu'il attendait de Caroline. Terry, dit-il, avait accepté de poser pour une couverture et une double page intérieure dans le magazine pour hommes *Lola*. Les pages étaient bloquées, le contrat avec le journal signé, et tout le monde attendait. L'occasion était belle : une grande interview viendrait compléter l'ensemble. Florent attendait de Caroline qu'elle remplace Terry. Caroline tiqua :

– Il s'agit forcément de photos nues ?

– Bien sûr. C'est le principe même du journal. « Les vedettes se mettent à nu »... Et comme votre chanson s'intitule *Le cœur à nu*, c'est d'autant mieux trouvé !

Caroline hésita. Après tout, les plus grandes stars, de Sharon Stone à Emmanuelle Béart, avaient posé nues ! Il n'y avait pas de honte. Pourtant, quelque chose la retenait. Elle avait du mal à s'imaginer, dévêtue, devant un homme qu'elle ne connaissait pas, même si celui-ci devait être blasé ! Le producteur s'impatientait :

– Alors ?

Elle eut une inspiration subite.

– Alors, oui. J'accepte. À une condition : que le photographe soit... Jessica.

C'est en revenant de ce rendez-vous qu'elle apprit la mauvaise nouvelle : elle était convoquée chez le juge dans huit jours. Quand elle arriva à la Plage, Samuel l'attendait.

– Pourquoi t'as fait ça, Samuel ? Qu'est-ce que tu cherches ?

Il arborait un sourire sarcastique. La nouvelle teinte de ses cheveux – blond vénitien – lui donnait l'air d'un égaré. Il répliqua vertement :

– Ça te paraît tellement anormal que je veuille m'occuper de mon fils ?

– Mais je ne t'ai jamais empêché de voir Tom !

– Bien sûr. Sauf que c'est toi qui décides où, quand, avec qui...

– Sam, je suis légalement responsable de Tom. Ce que je décide, je le décide pour son bien.

– Son bien... Ce serait qu'on soit ensemble, tous les trois ! Mais ça, tu refuses de l'admettre ! Tu es trop occupée à mener TA vie, TA carrière !

Elle avait compris. Leur rencontre allait tourner à la scène de ménage. Il se livrait au chantage le plus méprisable. Elle se leva, ivre de colère et de tristesse, et lança :

– Je préfère encore m'enfuir plutôt que de le confier à un sale macho égoïste comme toi !

Quand il remonta dans sa voiture, Samuel jeta un coup d'œil sur la Plage, où Manu faisait le service, et où Caroline, effondrée, se massait les tempes. Il démarra, puis, un peu plus loin, retira de sa poche un magnétophone. Il avait enregistré la conversation. Désormais, avec la dernière phrase de Caroline, il avait une arme atomique.

Quand elle vit avancer cette haute silhouette brune, Jessica se réjouit silencieusement. Elle était en train de ranger les sièges en toile de la Plage, et la soirée avait été longuette. Paolo, tout sourire, la salua :

– Bonjour, Jessica !

– Tu te souviens de mon prénom ?

– Comment l'oublier ? Sans toi, je serais en train de croupir au fond d'une cellule dans un commissariat minable !

– Je suis contente d'avoir pu empêcher une erreur judiciaire !

Ils rirent tous les deux. En s'asseyant, elle nota son blue-jean effrangé et son tee-shirt détendu. Le blazer de l'autre jour avait disparu. Elle demanda :

– T'as pas de boulot ?

– Disons que je me suis fait virer du dernier et que je n'ai pas encore trouvé le prochain...

Peu à peu, la nuit tombait. Ils finirent leurs verres en silence. Seuls les bruits de la nuit leur parvenaient. Une branche cassée, les genêts qui se froissent, la mer qui danse... Quand la lune se leva, Paolo prit la main de Jessica, et lui proposa :

– Et si on dansait ?

Ils dansèrent, tendrement. Un moment plus tard, alors qu'elle posait sa joue sur son épaule, elle eut une idée :

– J'ai un job pour toi si tu veux. Mon serveur, Manu, va faire moins d'heures. Tu pourras me donner un coup de main...

Le prince Paolo Di Lorenzi fut engagé séance tenante. Le contrat fut scellé sous le vieil olivier, quand ils s'allongèrent, tous deux, et que le short de Jessica glissa lentement à terre, suivi par son bustier... Leur nuit d'amour, sous les étoiles, fut un conte de fées. Ils firent l'amour comme aux débuts du monde...

Le lendemain, la rentrée sur la planète Terre fut brutale. Le prince Di Lorenzi, livide, venait d'apprendre que son fils s'était entiché d'une serveuse de bar. Colette Manzani, toujours à l'affût d'une rumeur, d'un ragot ou d'une nouvelle intéressante, avait glissé l'info au prince qui, depuis, ne décolérait pas. Son fils, barman ou garçon de café ! À cause d'une gourgandine ! Ça ne tenait pas debout ! La journée de Paolo fut atroce : plus il se démenait pour servir les clients, plus il était maladroit. Manu, ayant pitié de lui, l'aidait au mieux, mais Paolo n'était guère habitué. Pour comble de malchance, Chassagne, le journaliste, avait fait une incursion sur la Plage, et avait demandé à Paolo :

– Vous n'êtes pas le prince Di Lorenzi ?

L'autre avait eu beau nier, prétendre qu'il avait sûrement un sosie, rien n'y faisait ; le journaliste sentait le scoop. En passant près de Jessica, qui portait deux bouteilles et deux salades de thon sur son plateau, Paolo murmura :

– Je t'aime.

Quand vint le soir, il était épuisé. Épuisé d'amour, de travail. Il posa sa tête sur l'une des tables. Lorsqu'il se réveilla, la nuit était tombée. Il n'y avait plus personne. Jessica, assise devant lui, le regardait. Il se jeta à l'eau :

– Jessica, on ne se verra plus.

– Qu'est-ce que tu racontes ?

– Je ne veux pas te quitter, Jessica, mais je n'ai pas le choix. Je suis obligé de partir, je ne peux pas faire autrement ! Mais je t'aime... C'est la vérité.

Elle explosa :

– La vérité ? Pourquoi tu ne me dis pas tout simplement que tu en aimes une autre ? Ou bien que tu as fait semblant de tomber amoureux de moi pour une passade sur la plage ?

– Je suis vraiment tombé amoureux de toi. Je t'en supplie, crois-moi.

Elle cria, en larmes :

– Va-t'en !

Quand il fut parti, elle ramassa un journal qui traînait. C'était *Les Dernières Nouvelles de Saint-Tropez*. En première page, une photo de Paolo, enlacé par la princesse Durkeim. La légende disait tout : « Anne Durkeim et Paolo Di Lorenzi : l'union de deux empires de la finance bientôt consacrée par les liens du mariage ». Jessica fit simplement :

– Oh non...

Puis elle se remit à pleurer.

L'anniversaire allait être chouette. Laure, vêtue d'une robe noire échancrée dans le dos, recevait ses amis à la villa. Autour d'un buffet soigné, les médecins discutaient, tandis que Pierre et Blandine faisaient office d'hôtes attentionnés. La baie était ouverte, donnant sur la piscine phosphorescente. Dans un brouhaha chaleureux, les verres tintaient, et quelques éclats de rire commençaient à fuser. L'alcool était de bonne qualité, et la musique rythmait les conversations. Seul l'intéressé était absent. Désespérée, angoissée, Laure murmura :

– S'il n'arrive pas dans la seconde, je...

La porte s'ouvrit sur Manu, dans son blouson râpé. Interloqué, il regarda les invités, et, dédaigneux, lança :

– C'est quoi, ce cirque ?

– Je voulais te faire la surprise, mon amour. Pour ton anniversaire. Tu es content ?

Il s'adoucit. Autour de lui, les gens faisaient maintenant cercle, tandis que Pierre Olivier réclamait le silence :

– Et maintenant, le cadeau !

Laure posa sa coupe, et s'avança pour prendre un petit paquet. Manu, le sourire figé, l'ouvrit. Pendant qu'il déchirait l'emballage, il demanda :

– Merci. C'est quoi ?

– Une montre.

Laure était certaine de lui faire plaisir. Elle ne put

s'empêcher, pourtant, de laisser filer une remarque malheureuse :

– Maintenant, tu as l'âge d'apprendre à respecter les horaires de travail...

Les invités, amusés, applaudirent. La fête reprit, mezzo voce. Les couples dansaient, se servaient de petits-fours, allaient s'asseoir dans le jardin, et, jusqu'à minuit, médecins, parents et copains furent ravis. Manu, dans un coin, l'air morose, sirotait son champagne. Puis l'atmosphère changea : dans une pétarade du tonnerre, Ludo et ses copains garèrent leurs motos face à la piscine. Grimaçants, bottés, ils lancèrent leur casque sur un massif de fleurs. Puis ils se précipitèrent sur la sono, qu'ils montèrent au maximum, sur un disque de rock métal. En deux minutes, deux groupes distincts s'étaient formés : les amis de Laure, polis et effacés ; et les amis de Manu, dingues et gueulards. Quand Ludo essaya d'entraîner, manu militari, Blandine pour faire un tour de piste, l'affaire commença à tourner au fiasco. Ludo, énervé, cria à Manu :

– Qu'est-ce qu'on fout là ? Ils sont tous coincés, ici !

Blandine, l'air pincé, regardait tous ces loubards comme si elle avait vu de la vermine. Un verre cassé, une bouteille qui roule, des petits-fours par terre... Les invités de Laure s'en allaient... Ludo gueula :

– On va à une autre fête, Manu, faut qu'on s'éclate !

Ils reprirent leurs casques. Manu, avant de les rejoindre, souriant, demanda à Laure :

– Tu viens ?

Elle regarda une tartine de foie gras sur laquelle une botte de motard avait tracé des signes cabalistiques, par terre. Et dit :

– C'est pas la peine, Manu. Entre nous, ça ne marchera jamais.

Ils partirent. Sur une table gisait la montre de Manu. Il l'avait laissée.

Samuel Devos avait gagné. Tom était confié à la garde exclusive de son père, qui tolérait que sa mère le prenne un week-end sur deux. L'enregistrement de la conversation avec Caroline avait fait pencher la balance, et l'avocate, habile, avait sorti l'argument fatal : le soir où Caroline travaillait avec Jessica, elle avait laissé le bébé à la garde d'une nounou qui était arrivée en retard. Résultat : Tom était resté deux heures seul, car la nounou avait eu une panne de voiture. Samuel était passé avec l'avocate précisément ce soir-là, et le constat était sévère. Le juge avait demandé :

– Vous avez laissé votre fils pour un rendez-vous de travail ?

Caroline, embarrassée, s'était enlisée :

– Un rendez-vous très important... Professionnel, oui...

– Quel était le motif de ce rendez-vous, mademoiselle Drancourt ?

– Je... je devais voir un producteur.

L'avocate était alors intervenue. Montrant un exemplaire de *Lola* largement ouvert sur les photos érotiques de Caroline, Maria Darenne avait lancé :

– Un producteur... ou un photographe ?

Et l'avocate enchaîna :

– Voilà ! Voilà pourquoi mademoiselle Drancourt était si pressée d'abandonner son fils ! Pour s'exhiber nue, dans la presse ! Quelle mère exemplaire !

Pendant un instant, Caroline avait envisagé de contre-attaquer, d'évoquer le passé de drogué de Samuel, ses errances nocturnes, ses infidélités, sa liaison avec Terry... Mais, en une seconde, un autre passé lui revint en mémoire : comment, à quatorze ans, elle était partie de chez sa mère, laissant sa petite sœur, pour trouver un compagnon. Samuel et elle, c'était une longue histoire. Une histoire qui n'était pas achevée. Il avait été le premier homme de sa vie, avant Louis. Elle l'avait toujours dans la peau. Elle l'aurait toujours dans la peau. Elle baissa la tête. Elle avait perdu.

En sortant du palais de justice, l'avocate se tourna vers Samuel, en constatant :

– C'est étonnant qu'elle n'ait pas fait appel !

– Elle ne croyait pas que ça irait si loin.

L'avocate enleva sa robe noire et, ravie de son succès, ajouta :

– Enfin, peu importent les raisons. Ce qui compte, c'est la victoire ! Je vous emmène fêter ça, Samuel...

Mais, dans la bouche de Samuel, le goût de cendres était fort. Il ne digérait pas cette guerre, même gagnée, avec la mère de son enfant. Il s'arrêta :

– Vous savez, maître, cette victoire comme vous dites, pour moi, elle pue l'échec.

Puis il s'en alla, laissant Maria Darenne seule, sa toge sur le bras.

Sur le yacht, l'échange entre le prince Di Lorenzi et son fils avait été vif. Paolo, immobile, les yeux fermés, semblait dans un autre monde. Tandis que l'équipage menait à bien les derniers préparatifs, Giancarlo Di Lorenzi se tourna vers Paolo et lui dit :

– J'espère que tu tireras la leçon de cette lamentable histoire. Cette fille ne vaut pas le prix que tu l'as payée...

Paolo, brusquement, sortit de sa rêverie :

– Espèce de salaud. Cette fille vaut mille fois mieux que toi !

Sur le pont tribord, le prince Di Lorenzi regarda avec satisfaction la passerelle se relever lentement. Ils appareillaient pour l'Italie. Derrière lui, Paolo, le visage ravagé par la douleur, semblait tétanisé. Soudain, pris d'une impulsion irraisonnée, il se lança. Il bouscula son père, et sauta sur le quai, par-dessus l'eau. Il entendit :

– Paolo !

Mais il était déjà loin. Il courait, il courait comme si sa vie en dépendait. Quand il arriva à la Plage, il vit Manu, qui desservait, et quelques touristes attardés. Puis il aperçut Jessica, là-bas, qui regardait la mer. Il cria :

– Je t'aime, Jessica ! Je veux vivre avec toi, je veux t'épouser !

Le dos raide, elle ne bougea pas. Il se rapprocha :

– Tu ne veux plus de moi ?

Alors, Jessica, d'un geste souple de danseuse, fit demi-tour et, les yeux embrumés, dit :

– Dis-moi que je ne rêve pas...

Bien sûr, il allait repartir. Bien sûr, il reviendrait. Un empire l'attendait. Mais, désormais, Jessica en était sûre : elle avait trouvé son prince charmant.

Quand ils s'embrassèrent, longuement, on entendit des applaudissements : Manu battait des mains, joyeux, et Caroline aussi. Celle-ci venait de récupérer Tom : pris de remords, Samuel avait décidé de baisser la garde. Il avait avoué être jaloux, horriblement :

– Je rêve que tu te plantes, que tu me reviennes en rampant, Caro. Mais je vais me montrer généreux : je te dis bonne chance. Et sois gentille avec mon fils...

Puis il était parti, en laissant Tom à sa mère. Bonus : *Le Cœur à nu* était en passe de devenir numéro un au box-office.

Seule Laure, assise au bar, en-dessous du ponton, ne partageait pas l'allégresse générale. Assise dans l'obscurité, elle regardait son cocktail de jus de fruits. Elle savait que Manu et elle, c'était fini. Elle murmura :

– Deux parallèles ne se rencontrent jamais...

– 18 –

À cœur ouvert

David Dernoncourt, le nouveau médecin de la clinique des Lices, regarda les radios de Pierre. Il fit la grimace. Son beau visage, déjà marqué par la quarantaine, prit un air de préoccupation. Posé, retenu, il posa son stéthoscope sur le bureau. Le temps de se retourner vers la table lumineuse, le stéthoscope glissa, et tomba sur le sol. En une fraction de seconde, le docteur maître de soi, le praticien expérimenté, se transforma : une colère inouïe l'avait envahi. Il frappa très violemment du poing sur le bureau, ramassa l'appareil, et se reprit. Son sourire revint : l'orage était passé, comme une nuée. Pierre Olivier n'avait rien remarqué de cet étrange changement d'humeur. Il était ailleurs. Les nouvelles de sa santé n'étaient pas des meilleures. David Dernoncourt, rassurant, s'assit sur le coin du bureau. De son ton le plus calme, il donna son verdict :

– Il faut opérer.

Pierre Olivier sembla se décomposer. Évidemment, il s'agissait d'une opération à cœur ouvert. Douloureuse et impressionnante. Devait-il ? Ne devait-il pas ? Pierre sentit une main de glace lui étreindre l'estomac. Elizabeth Chouchan, sourire professionnel, passa la tête dans l'entrebâillement de la porte. Elle surveillait de loin, mais non moins attentivement, l'état de santé de Pierre, pour lequel elle avait eu, autrefois, un penchant : entre eux, des liens mystérieux étaient tissés. Elle vit David Dernoncourt qui hochait la tête et faisait, silencieusement, « OK », pour indiquer que tout allait bien.

Blandine et Laure, elles, attendaient les résultats de la consultation, dans la salle d'attente. Laure ne connaissait pas le nouveau chirurgien et, depuis qu'elle travaillait pour « Médecins pour tous », elle avait un peu perdu le contact avec la clinique. Quand elle vit son père sortir, le visage défait, Laure se leva et s'adressa au médecin :

– Je suis Laure Olivier, vous...

– J'ai entendu parler de vous, docteur.

Tandis que Blandine se précipitait vesrs son mari, David Dernoncourt, amène, invita Laure à entrer dans son bureau. Elle remarqua que ses mains étaient belles, et que sa chevelure brune, bouclée, lui donnait l'air vaguement grec. Laure, debout, écouta les explications de son confrère. Il lui fit bonne impression : compétent, confiant, maître de lui. Quand elle sortit, elle savait que l'opération était inévitable. Blandine la regarda :

– Alors ?

– Je vais m'occuper de l'admission de papa.

– Déjà ?

– Le plus tôt sera le mieux.

Après avoir raccompagné ses parents – Blandine promettant à son mari de lui faire du canard à l'orange le soir, plat qu'il adorait –, Laure monta vers le service des admissions. Là, elle croisa Thomas, l'un de ses collègues, qui avait été naguère témoin de la love story à rebondissements de Laure et de Baptiste. Thomas, qui ressemblait à un adolescent, proposa à Laure :

– Alors, à Laure ?

Il aimait faire des jeux de mots nuls. Voire, comme il disait, des « jeux de mots laids ». Il précisait : « Jeux de mollets, tu comprends ? » Cette fois-ci, Thomas nota l'air sombre de Laure. Il demanda :

– Que se passe-t-il ?

– Mon père a une cardiopathie vraiment lourde. C'est Dernoncourt qui doit l'opérer.

– Ton père a consulté un autre chirurgien ?

– Non, pourquoi ?

– Je n'ai rien contre Dernoncourt, je le trouve sympa, mais il traîne une grosse casserole. Un de ses patients est mort sur la table d'opération.

Laure s'arrêta, posa sa main sur l'avant-bras de Thomas :

– Et... ?

– Et il y a eu procès pour négligence. Il a été acquitté, mais licencié. On raconte qu'aujourd'hui, pour se refaire une image, il cherche à opérer à nouveau.

– Merci, Thomas.

– C'est deux fois trois riens... Deux foies, trois reins, tu vois ?

Mais Laure n'avait pas le cœur à rire. Elle voulait comprendre. Et qui, mieux qu'elle, pouvait savoir que, dans le domaine médical, il est très difficile de percer le ou les secrets des confrères ? Elle hâta le pas. Il fallait qu'elle se renseigne.

Sur la Plage, le soleil était déjà levé depuis longtemps. Seul, Manu s'activait. Il disposait les cendriers, dépliait les chaises, brossait les matelas, rectifiait une table boiteuse. Quand Jessica arriva, fraîche, dans un boléro rose, elle commença par se moquer :

– Déjà fatigué, Manu ?

Il était à peine dix heures. Elle remonta une pomme, sur une pyramide de fruits, et regarda Manu s'asseoir sur l'un des hauts tabourets du bar extérieur. Il bâilla. Il ne dormait plus depuis cinq nuits, la faute à des copains musiciens de passage. Elle lui proposa de l'héberger à la villa, mais il refusa. Il hocha la tête :

– Claude m'a proposé son canapé, chez lui.

– Claude ? Comment va-t-il ?

– Beaucoup mieux depuis qu'il a repris son boulot. Être flic, c'est travailler dans l'urgence. ça t'évite de penser... Je suis devenu pote avec un flic, c'est dingue, non ?

– Plus que pote, Manu ! Un peu comme un fils !

– En tous cas, j'aurais bien aimé avoir un père comme lui, Jessica.

– Et Marie, elle est d'accord ?

– Marie ? Elle est super. Mais elle est un peu jeune pour être ma mère...

Au même moment, Marie remarquait, avec un sourire moqueur, qu'elle connaissait Claude depuis six mois. Une éternité, à Saint-Tropez, où les couples se font et se défont au rythme des vacances... Claude disparut dans la cuisine, pour en ressortir avec une bouteille de champagne. Il sourit :

– On est carrément un vieux couple ! Je n'ai pas eu le temps de t'acheter un petit cadeau...

Depuis qu'il avait repris le collier, sous l'autorité de Marco, Claude s'était jeté dans le travail à corps perdu. D'une part, cette activité frénétique lui permettait de renouer avec son passé, avec son goût de la justice. Il avait le sentiment d'être utile. D'autre part, ainsi, il oubliait. La mort de Gregory l'avait tellement secoué... Marie le regarda avec tendresse.

– Le seul cadeau dont j'aie envie... ne s'achète pas en magasin.

Claude la regarda, interrogateur :

– C'est quoi ?

Elle prit son temps puis, gravement, dit :

– Je veux un enfant de toi, Claude.

Il s'assombrit. Avec un soupir à fendre le cœur, il répliqua :

– Les enfants, un jour on les perd, et on ne s'en remet jamais... J'ai eu deux enfants. L'un est mort, l'autre est si loin...

Dix minutes plus tard, elle était dehors. Elle avait besoin de s'éclaircir les idées. Les larmes aux yeux, elle marchait dans la ville, où des couples enlacés déambulaient gentiment, dans le soir complice. Une main amie se posa sur son épaule. Elle reconnut la voix de Manu :

– Mais... tu pleures ?

Elle se dégagea, essuyant une larme. Et, avec un sourire triste, poursuivit son chemin. Manu, interloqué, monta chez Claude. Celui-ci s'apprêtait à rejoindre le commissariat, et passait le holster contenant son pistolet. Il mit sa veste et, avisant Manu :

– Je te demande un service, Manu. Je suis sur un gros coup, une enquête très délicate. Marie n'est pas au courant, et je ne veux pas qu'elle sache. Je la délaisse beaucoup.

– C'est quoi, ton gros coup ?

– On essaie de coincer Forzani. Marie a travaillé pour lui. Dès que ça sera fini, je m'occupe d'elle mais, en attendant...

– T'inquiète pas.

Claude, sur un petit geste d'au revoir, sortit. Manu alla s'allonger dans la chambre de Gregory, qui avait été vidée. Quelque part dans la ville, Marie marchait.

Alain Dulac était installé à l'Ibiza-Club, avec un jus d'orange que lui avait servi Giacomo. Colette, devant lui, souriait. Ils bavardaient comme de vieux amis : depuis qu'Alain avait vendu le club et avait divorcé d'Élise de Talence, il était en roue libre. Cette double séparation l'avait libéré ; il n'avait plus les soucis de gestion du club, ni les ennuis de cœur d'Élise. Celle-ci s'était éclipsée de Saint-Tropez avec Arnaud, qui avait trouvé un job prometteur à Paris. Il confia à Colette :

– J'ai mis du temps à accepter cette séparation, et pourtant, c'est moi qui l'ai voulue... Tout ça c'est du passé, maintenant...

– Regardez autour de vous, il y a plein de jolies filles... Enterrez votre spleen, Alain...

Il remarqua que la décoration avait été changée, que les tables avaient été déplacées, et que l'ambiance, en général, était plus électrique. Colette Manzani savait y faire. Une jeune femme, sculpturale, passa contre le bar. Alain la suivit des yeux. C'était Valentine. Alain ne la connaissait pas. Il demanda :

– C'est qui ?

– Mon cher Alain, vous n'êtes plus le patron, il va falloir vous battre, comme tout le monde.

Colette se leva, pour passer dans la réserve, où elle devait réceptionner des arrivages. Alain, resté seul, regarda son verre. Puis, d'un geste discret du coude, il se mit à le pousser vers le bout de la table. Arrivé au bord, le verre hésita, et bascula pour s'écraser avec fracas. Valentine tourna les yeux, et vint s'occuper de ce client maladroit. Tandis qu'elle épongeait, elle jeta un coup d'œil à la dérobée. Ce garçon avait l'air... pas comme les autres. Ils restèrent ainsi, silencieux. Quand Colette revint elle les trouva immobiles :

– Dites-moi, mes chéris ! Vous comptez passer la nuit là, devant un verre brisé ?

Alain saisit la balle au bond :

– Pour la nuit, je préférerais un endroit plus intime, pas vous...

– ... Je m'appelle Valentine.

– Et moi, Alain.

Sous le regard ironique de Colette, ils disparurent ensemble. Le jus d'orange continuait à goutter, doucement, sur le sol.

Les gens commençaient à affluer dans la boîte. Valentine prit Alain par la main et, le feu aux joues, l'entraîna vers l'arrière du club, qu'il connaissait bien. Il y avait là un couloir de secours, peu fréquenté, donnant sur une lingerie où on stockait les serviettes, les nappes pour les grands événements. Une petite lampe éclairait mal l'endroit. Dès qu'ils s'y engagèrent, Valentine se retourna, et elle posa les mains sur le cou d'Alain. Celui-ci, excité, lui embrassa le cou. Elle frissonna et se plaqua contre lui ; il sentait contre sa poitrine la pointe de ses seins brûlants, et sa cuisse vint se loger entre ses jambes. Alain, fébrile, se mit à l'embrasser. Elle avait des lèvres pulpeuses et...

– Attends, Alain...

Mais ses mains, déjà, étaient dans son dos. Il déboutonna la robe rouge de Valentine qui la laissa glisser au sol. Cambrée, superbe, elle ne portait qu'une petite culotte de soie noire et des escarpins à talons hauts. Le souffle chaud, les mains rapides, ils s'enlaçaient, dans la demi-obscurité de la boîte de nuit. Elle lui demanda :

– Sais-tu qui je suis ?

– Une femme qui me plaît.

Avec un geste de menton, alors que la musique de la boîte commençait à pulser, elle ouvrit la chemise d'Alain d'un geste rageur, puis le força à se mettre à genoux. Il enleva sa petite culotte avec les dents...

Laure était seule, dans la villa. Elle lisait les rapports médicaux du quartier, lorsque la sonnette retentit. Elle ouvrit la porte. À sa grande surprise, David Dernoncourt était devant elle. Vêtu d'une veste en lin, le visage grave, il jouait avec une cigarette qu'il n'avait pas allumée. Gêné, il s'excusa :

– Je suis désolé, il est tard, mais je viens juste de quitter la clinique. Il fallait absolument que je vous parle.

Elle le fit entrer, peu enthousiaste. Il pénétra dans le salon, jeta un coup d'œil distrait, et se retournant, la regarda dans les yeux. Les siens étaient sombres :

– Ceux qui colportent des rumeurs sur mon compte ne vous ont pas tout raconté, j'imagine.

Ainsi, les coups de téléphone, les questions qu'elle avait adressées à son entourage avaient fini par remonter jusqu'à lui. Au fond, ce n'était pas étonnant. La communauté médicale de la Côte était très soudée, et les cancans voyageaient vite. Il reprit :

– Le patient que j'ai opéré avait une maladie virale indécelable. J'ai exercé quinze ans sans aucune faute. Cet échec m'a abattu... J'ai songé à abandonner mon métier.

– Et pourquoi ne l'avez-vous pas fait ?

– Parce que, quoi qu'en pensent certains, je suis un bon professionnel. En ce qui concerne votre père, je ne reviens pas sur mon pronostic.

Elle l'invita à s'asseoir, radoucie. Il avait l'air si désarmé... Il se posa sur le bord du canapé, comme sur le point de partir. Laure reprit :

– Docteur, j'ai besoin de savoir. Avez-vous opéré depuis... cet accident ?

Il hésita. Puis :

– Non. L'intervention sur votre père aurait été la première. Il a confiance en moi. Quelle que soit votre décision, Laure, ne tardez pas à la prendre.

Quand il partit, laissant sur la table sa cigarette éteinte, Laure était moins résolue. Et si elle s'était trompée ? Elle voulait en avoir le cœur net. Elle appela une amie, Rose Boname, une infirmière martiniquaise qui avait longtemps travaillé à l'hôpital de Marseille où exerçait Dernoncourt. Celle-ci, malgré l'heure tardive, fut heureuse d'entendre la voix de Laure. Après les bavardages d'usage, Laure demanda :

– Écoute, Rose, j'ai besoin de savoir ce que tu penses du docteur Dernoncourt.

– C'est un type bien, ma chérie.

– Mais encore ? Il a une histoire...

– Ça me révolte, Laure, ces gens qui passent leur temps à salir une réputation. Tout ce que je vois, moi, c'est que Dernoncourt a été le seul à détecter une malformation cardiaque chez une gamine qui traînait d'hôpital en hôpital. Il l'a sauvée. Non seulement c'est un bon médecin, mais en plus il est gentil et attentif. Si tu le voyais avec cette gamine... Il s'en occupe comme si c'était sa fille.

Quand elle raccrocha, Laure resta longtemps silencieuse. Rose Boname avait un cœur d'or, elle le savait. Et son jugement professionnel était infaillible. Mieux : Rose comprenait les gens. En se couchant, Laure ne savait pas quoi faire. La nuit porte conseil, se dit-elle avant de sombrer dans le sommeil. David Dernoncourt avait quelque chose... quelque chose...

Le lendemain, le docteur Dernoncourt trouvait un mot sur son bureau : « Cher docteur, je vous prie d'excuser mon attitude d'hier. J'avais peur. Mais si vous êtes toujours d'accord, je souhaite que ce soit vous qui pratiquiez l'intervention sur mon père. Cordialement, Laure Olivier. »

Il se mit à sourire.

À la Plage, Manu était couché sur un matelas. Pour une fois, il faisait le client, pas le serveur. Ses cheveux blonds, sur la chaise longue, lui faisaient un halo doré. Les yeux fermés, il savourait cet instant de détente, avec la mer, à quelques mètres, qui chantait. Quand il ouvrit les yeux,

Marie était à côté de lui, en bikini, allongée sur un autre matelas. L'ancienne strip-teaseuse avait gardé un corps de rêve. Il la regarda, admiratif, et détourna la tête. Elle se tourna vers lui, légèrement endormie :

– Tu parles pas beaucoup de toi, Manu...

– J'ai rien à dire. Je mène ma petite vie dans mon coin, pas de loyer, les patrons sont sympas... Je suis libre.

– Et ton histoire avec Laure ?

– Laure, c'est la classe. Mais c'est pas une fille pour moi. Moi, je suis un sauvage. La nuit, faut que je puisse voir le ciel... Sinon, je dors pas !

Elle sourit. Il était plus jeune qu'elle, de deux ou trois ans. Mais ils avaient quelque chose en commun. Elle murmura :

– On est un peu pareils, alors. Moi, il a fallu que je me bagarre avec Claude pour dormir la fenêtre ouverte.

– Ben oui, on est pareils.

Les cigales donnaient un concert d'enfer. La baie des Caroubiers, devant eux, était écrasée par le soleil. Il se leva :

– On va se baigner ?

Marie hésita une seconde, et le suivit. Il passa le bras autour de ses épaules, et ils entrèrent dans l'eau complice.

Plus tard, ce seraient ces instants-là qu'elle chérirait. Ces moments où, sans souci, la tête crépitante de soleil, elle jouait avec les vagues. Quand elle alla prendre son service au nouveau bar où elle travaillait, le Paradise, une vieille connaissance l'attendait. Forzani avait l'air sombre, comme d'habitude. Il s'accouda au bar, et ouvrit le bal :

– On m'a appris des choses sur toi. Il paraît que tu fricotes avec l'ennemi.

Il y avait un air de menace dans sa voix, quelque chose

de malsain et de gluant. Ses cheveux, plaqués en arrière, collés par un gel quelconque, lui donnaient l'air d'un lézard. Il reprit :

– Tu sais ce qu'on fait, aux filles comme toi ? Il serait pas heureux, ton flic, de te voir revenir avec une balafre comme ça.

Du pouce, il traça une cicatrice imaginaire sur sa propre joue. Elle le défia :

– Tu me fais pas peur, pauvre type !

Quand il partit, elle était frigorifiée. Ce maquereau lui donnait la chair de poule. En fermant les yeux, elle vit Manu, en maillot de bain. Il dansait dans les vagues. Elle reprit pied : il fallait arrêter ça. C'était dangereux.

Pierre Olivier lui avait confié ses affaires, le temps de se faire soigner. Alain Dulac étudiait les dossiers d'investissement de la société de Pierre, en prenant des notes. Assis sur la terrasse de sa villa, il était totalement absorbé. Après tout, il aimait bien Blandine et Pierre, malgré le mariage raté avec leur fille. Quand il releva la tête, Valentine était devant lui. Elle était sexy en diable.

– Tu m'as manqué, Alain. Depuis qu'on s'est quittés, j'ai pas arrêté de penser à toi. Et toi ?

– Écoute, Valentine, je dois partir. Je travaille sur un dossier d'OrdiNavale.

Elle recula. D'un seul coup, toute tendresse s'était effacée de ses yeux. Elle reprit, acerbe :

– Tu laisses tomber la petite serveuse ramassée la nuit ? C'est ça ?

– Arrête, Valentine, c'est pas ce que je veux dire.

– On t'a parlé de moi, hein ?

En effet. On lui avait parlé d'elle. Il savait qu'elle avait la réputation de briser les ménages, de faire le coucou. Il avait appris sa tentative de déstabilisation de Gregory... Il enfila sa veste.

– Je vais être en retard.

Il se dirigea vers sa voiture. Furieuse, exaspérée, elle le suivit, sur ses talons hauts qui la faisaient trébucher.

– Tu te fous de moi, Alain ! Je ne suis pas quelqu'un qu'on jette comme ça !

– Valentine, arrête ! C'est ridicule ! On a passé une seule nuit ensemble et...

Il ouvrit la portière de sa Mercedes Kompressor. Elle monta avec lui. Il mit le contact, et la voiture, silencieusement, se glissa dans la rue. Penchée, elle essayait de le regarder dans les yeux. Il se concentrait sur la route.

– Mets ta ceinture, Valentine.

Elle ricana. Il se vengeait sur elle, il avait des comptes à régler avec les femmes. Il avait souffert, et voilà, c'est elle qui payait les pots cassés. Elle lançait toutes ces accusations les unes après les autres, en rafales serrées, le ton haut. Sa voix montait dans les aigus, et les nerfs d'Alain étaient mis à rude épreuve. Elle cria :

– Ta femme t'a jeté, et tu t'en prends à moi !

– Tu es folle !

– Non, je ne suis pas folle ! C'est toi qui fais n'importe quoi ! Ça ne va pas la faire revenir, de te comporter comme un salaud !

Elle l'empoigna par la veste. La Mercedes filait maintenant sur la grande route le long de la mer, parmi les arbres centenaires. Mais Valentine restait agrippée. Alain tenta de se libérer, et la voiture fit une embardée. Trop tard, il s'aperçut qu'ils sortaient de la route. Il essaya de reprendre le contrôle du véhicule, mais un pin qui oscillait au vent l'attendait. Au moment de l'accident, il vit Valentine passer, la tête la première, à travers le pare-brise. Puis tout devint noir.

Il sortit très vite de la clinique. Il n'avait rien. Quelques bleus, tout au plus. La voiture était mal en point, mais c'était sans importance. Il attendait maintenant Valentine, qui venait de signer ses papiers de sortie. Quelques jours s'étaient écoulés, pendant lesquels il n'avait pas eu de nouvelles : l'affaire de Pierre commençait à se redresser, et il n'avait guère le temps. Il avait résolu de faire la surprise à Valentine, ce qui, dans son esprit, serait une façon de se faire pardonner. Quand elle sortit, Valentine grimaça au soleil. La voyant de loin, il se précipita. Elle se retourna. Le choc fut terrible. Une cicatrice rouge, boursouflée, barrait le visage de Valentine, la défigurant complètement. Elle ressemblait à un hamburger avec de grands yeux. Elle lut, sur le visage d'Alain, l'horreur.

Pendant de longs jours, il essaya de lui redonner confiance. Peu à peu, la cicatrice devenait moins apparente, tout en restant très visible. Alain, qui se sentait coupable, était aux petits soins. Il lui apportait des fleurs, des plats préparés. Il avait dit à Jessica : « Je dois réparer. » Il le devait, en effet. Un reste d'humanité demeurait, au fond de lui-même. « Je veux qu'elle retrouve le sourire », dit-il. Deux semaines plus tard, il l'emmena danser au Saint-Tropez. La soirée s'écoula tendrement. Valentine, du mieux qu'elle pouvait, avait dissimulé sa balafre sous une mèche de cheveux qui ne trompait personne. Mais, avec l'obscurité... Elle se reprenait à espérer. Après tout, dépouillée de son atout majeur, son physique, que lui restait-il ? Il fallait qu'elle se reconstruise. Elle alla se repoudrer. « À tout de suite ! » lança-t-elle à Alain, sur la piste de danse.

En arrivant aux loges, elle entendit deux filles qui se refaisaient une beauté. Valentine recula pour écouter, curieuse.

– Alain Dulac ? C'est lui qui a planté sa copine ? Je ne sais pas comment il fait, avec la gueule qu'elle a, maintenant...

– Il doit se sentir obligé de reste avec elle...

– C'est bien fait pour elle ! Sa gueule, c'est tout ce qu'elle avait, cette allumeuse !

La douleur la transperça comme un couteau au cœur. Valentine, ivre de souffrance, s'enfuit. En remontant l'escalier du bar, vers la Plage, elle bousculait les couples, et ne s'apercevait de rien. Elle avait envie de mourir.

Dans le talkie-walkie, la voix de Marco était triomphale. Visiblement, l'inspecteur était heureux. Claude leva le sourcil, en entendant :

– Marco pour Claude.

– Je suis là.

Là, au milieu de la nuit, alors qu'il était en surveillance devant une boîte de nuit, il entendit la meilleure nouvelle de la semaine, du mois peut-être :

– On l'a arrêté ! Tu veux assister à l'interrogatoire ?

– Vous avez arrêté Forzani ? J'arrive !

Quand il arriva au commissariat, le king des boîtes de nuit, le voyou le plus riche de la Côte, était déjà assis, menottes aux poignets. Quand il vit Claude, sous la lumière blême des néons, le caïd se mit à ricaner :

– Tiens, mais c'est Claude Lacroix ! Le flic au grand

cœur, qui sort les gonzesses du ruisseau ! les plus mignonnes, de préférence... Comme ça, il les a gratuites !

Marco, toujours élégant malgré l'heure tardive, avait les bras croisés sur la poitrine. Il se contenta d'aligner les chefs d'inculpation :

– Proxénétisme aggravé, tentative de meurtre sur Marie, meurtre sur un nommé Danny Besançon...

Le gangster, hilare, reprit :

– Au fait, Lacroix, j'ai vu ta petite Marie, hier soir...

Claude serra les poings.

– Si tu l'approches, je...

– T'en fais pas, inspecteur. Marie, je suis pas son genre. Elle préfère les petits blondinets à la peau tendre... Un minet nommé Manu, tu connais ?

La gifle partit toute seule. Marco se précipita sur Claude pour le retenir, mais c'était trop tard. Forzani avait la trace des cinq doigts sur la joue, bien imprimés.

En rentrant, Claude vit la lumière chez lui. Marie, une fois de plus, avait passé la soirée seule. Claude baissa la tête : il fallait qu'il se montre à la hauteur. Juste au moment où il descendait de voiture, il vit Manu sortir, son casque à la main. L'accusation de Forzani lui sonnait encore aux oreilles. Et si c'était vrai ? Si Manu et Marie... ? Il sortit de la voiture, fit signe à Manu :

– J'ai à te parler.

Manu s'approcha, et les deux hommes s'assirent sur le capot du break Peugeot de la police. Claude commença :

– Manu...

– Oui ?

– J'ai besoin de savoir. Qu'est-ce qui se passe, entre toi et Marie ?

– Rien, Claude, je te jure.

– Et cette nuit ?

– On t'attendait pour dîner avec toi. T'as oublié ? C'est ton anniversaire... quarante-cinq ans. J'ai apporté une bouteille de saint-émilion.

– Manu, et cette nuit, avec elle ?

– Rien, il s'est rien passé. Je te le jure. Mais j'ai un truc à te dire : fais ce qu'elle te demande. Ne refuse pas cette chance. Un bébé, c'est la vie.

– Je sais pas...

Claude, pensif, regardait le ciel. Il reprit :

– Je crois que j'ai la trouille.

– T'as tort. J'aurais rêvé d'avoir un père comme toi...

Ému, Claude se releva. Il fit sauter les clés de la bagnole dans sa main.

– Merci, Manu. Je vais monter. Je vais lui annoncer la nouvelle. Tout de suite. À partir de maintenant, bébé en vue. Qu'est-ce que t'en penses ?

– Bon programme. Je te souhaite plein de bonheur, Claude. Plein.

Quand Manu s'en alla, Claude décrocha son téléphone portable.

– Marie ? J'ai une bonne nouvelle. Tu vas être maman, je te jure... Il n'est pas trop tard, n'est ce pas ? Je t'aime. On va plus se quitter, maintenant... On va partir autour du monde, dans le voilier de Gregory. On fera plein de bébés... Ils feront du bruit et... Tu dis ? Tu es heureuse ? Moi aussi, Marie, moi aussi... Et quand...

Claude Lacroix ne sentit pas la balle qui lui perça le cœur. La détonation, assourdie, lui parvint aux oreilles, et il s'étonna vaguement de ces pétards qui explosaient dans la ville, si tard. Il reconnut, étonné, Luigi, un des sbires de Forzani, qui s'approchait de lui, avec un rire mauvais.

Il remarqua que le voyou avait de grands pieds, et un beau Beretta nickelé. Puis Claude Lacroix ne remarqua plus rien, car il était mort.

Quand Pierre sortit de la salle d'opération, tout s'était bien passé. Blandine, qui s'était assoupie sur la banquette, dans le couloir, se précipita. Le pronostic était excellent. On emmena le patient dans sa chambre. Sur la table, des fleurs envoyées par Alain trempaient dans un vase. Seul, déprimé par la fuite de Valentine, il avait tenté de la retenir. Mais, persuadée qu'il restait avec elle par pitié, elle était partie, en lançant cruellement : « Tu es libéré du monstre ! » Alain avait quand même pensé à Pierre : c'est gentil, se dit Blandine. Dans le couloir, Laure alla à la rencontre du docteur Dernoncourt. Celui-ci, fatigué, retirait sa blouse. Elle lui dit :

– Je voulais m'excuser pour ma réaction de l'autre jour... J'a été idiote, je me suis affolée.

Dernoncourt savonna ses mains, au-dessus de l'évier.

– Vous savez, j'en ai tellement entendu sur mon compte ces temps-ci... Mais vos paroles m'ont particulièrement blessé. Enfin, c'est du passé... Oublions.

– J'en suis heureuse, docteur.

– Appelez-moi David.

Elle le regarda. Il était séduisant, comme ça, avec son air épuisé et ses mains pleines de savon. Elle opina :

– David...

Il s'essuya, et, passant son veston, la prit par le coude.

– Je vous invite à dîner, pour fêter cette opération. Qu'en dites-vous, Laure ? Vous voulez bien ?

Elle ferma les yeux une seconde. Gregory... Puis, en les rouvrant, elle dit :

– Avec plaisir...

Et après un silence, elle ajouta :

– David...

Ça sonnait bien, David.

– 19 –

Maux d'amour, mots d'amour

De la terrasse du bistro, la jeune fille – cheveux longs, vêtue de noir – observait attentivement. Le yacht, somptueux, était à quai. Ses mâts dépassaient, de loin, toutes les autres structures du port. Sur le pont, des marins vêtus de blanc circulaient silencieusement, enroulant un bout, briquant un cuivre, polissant un embossement en teck. Devant le bateau, une troupe de touristes s'était assemblée, pour admirer le vaisseau amiral des Di Lorenzi. Des exclamations fusaient, des flashes crépitaient. Badauds et journalistes rêvaient devant un yacht aussi luxueux, digne de princes. En fait, c'était bien un prince qui avait accosté : Paolo sortit du salon juste au moment où le chauffeur garait la Rolls familiale devant les touristes. Tant de luxe ébahissait : on pouvait donc exister, aujourd'hui, en ayant tant d'argent ? Paolo, vif et bronzé, sauta sur le quai. Une jeune femme blonde, de loin, agitait la main : c'était Jessica. Tandis que Paolo signait des autographes, elle tentait de se frayer un chemin, agitant le télégramme qui annonçait sa venue. Sur le pont, le père de Paolo, le prince Giancarlo Di Lorenzi, surveillait la scène. Quand, la main tendue, Jessica réussit à passer, Paolo, d'un geste désinvolte, saisit le télégramme, apposa son autographe et continua son chemin, pour monter dans la Rolls. Quand celle-ci démarra, Jessica était défaite. Témoin de la scène, la jeune fille du bistro se leva et s'en alla discrètement.

L'amour, c'était donc ça ? Jessica essaya de se faire une raison, en ravalant ses larmes. Au fond, peut-être que le père de Paolo était parvenu à ses fins : faire épouser à Paolo la princesse Durkeim, pour joindre deux empires industriels. La tête basse, les pensées sombres, elle s'engagea dans une petite rue, pour reprendre sa voiture et revenir à la Plage, où elle essaierait de cicatriser sa blessure. Mais une main la happa. Elle se sentit attirée avec vigueur sous un porche, où une bouche qu'elle connaissait se posa sur la sienne. Dans la pénombre, elle s'étonna :

– Paolo ! Tu as donc honte de moi ?

Le visage du prince héritier s'éclaira d'un large sourire. Il répondit :

– Tu es folle ? Qu'est-ce que tu racontes ? J'essaie simplement de te protéger des paparazzi, Jessica ; ils peuvent t'empoisonner la vie !

– La vérité, Paolo, c'est que je n'appartiens pas à votre monde. Et ton père ne peut accepter cette situation...

– Il faudra bien, pourtant ! Parce que je ne céderai pas, Jessica ! Je vais me battre !

Il prit son visage entre ses mains, et plongea ses yeux dans ceux de la jeune femme. Elle se sentait faiblir, les jambes molles... Un quart d'heure plus tard, ils étaient allongés sur le sable, dans une petite crique tranquille, et s'embrassaient tandis que les vaguelettes venaient leur lécher les pieds. Ils étaient seuls, au bout du monde, avec leur amour...

La surprise fut d'autant plus impitoyable : le lendemain, tous les journaux, *Oh là là* en tête, publiaient une photo de Paolo et de Jessica, tendrement enlacés, à moitié nus, sur le sable... Le titre des *Dernières Nouvelles de Saint-Tropez* disait tout : « Les liaisons dangereuses du prince et de la serveuse ». Jessica, en butte aux railleries des clients de la Plage et aux sourires narquois de Manu, laissa glisser, traitant intérieurement les paparazzi d'« enfoirés ». Elle, qui passait tous ses moments libres à faire de la photo, était donc victime de ses confrères ! Et son exposition, qu'elle préparait avec un trac immense... Le père de Paolo, en revanche, en fit une maladie, de cette exposition médiatique. Il prit son fils à partie, vertement :

– Je pense à la tête de ton futur beau-père, le prince Durkeim, quand il va voir son gendre à la une des journaux, monté sur une soubrette, en pleine nature et en plein jour !

Paolo explosa :

– C'est moi qui vais être clair, père ! Je ne suis pas le futur gendre de Durkeim ! Et je t'interdis d'être vulgaire quand tu parles de la femme que j'aime !

– Mais c'est toi qui es vulgaire, Paolo ! Perdre la tête pour les beaux yeux d'une blondinette qui ne pense qu'à ton argent !

– Ma vie privée ne te regarde pas !

– C'est ce que tu crois ! Pour la dernière fois, Paolo ! Ne t'avise pas de revoir cette fille ! Tu finirais par le regretter ! Et elle aussi !

D'un geste rageur, Giancarlo roula le journal qu'il tenait,

et le jeta sur le pont, où un marin en blanc, silencieux, vint le ramasser aussitôt.

Le problème, se dit Paolo, c'est de voir Jessica sans être traqué par les photographes. Jessica, au même moment, pensait la même chose. Par chance, Manu avait une idée.

Alain Dulac, assis dans son bureau qui jouxtait celui de Pierre, était médusé. Maria Darenne, l'avocate, était au bout du fil. Il reprit :

– Comment ça, des dommages et intérêts ?

– Ma cliente propose une solution à l'amiable...

Il réfléchit une seconde. Pierre venait de lui proposer d'ouvrir une succursale de la société au Canada, mais si Valentine était à Saint-Tropez, les choses étaient différentes.

– Je suis responsable de cet accident. Je suis prêt à payer.

– Je tiens à vous prévenir que la somme que demande ma cliente est extrêmement élevée. Un million de francs.

– Mais... Je ne pourrai jamais... Je n'ai plus rien depuis la vente de mon club... Rien !

Il raccrocha, le cœur lourd. Il fallait oublier le Canada. Pendant la maladie de Pierre, Alain avait remis à flot Ordi-Navale, et avait manifesté son désir de s'installer ailleurs. Il devait voir Valentine.

Rendez-vous fut pris. Ils se retrouvèrent chez Sénéquier, à l'intérieur, autour d'une table un peu isolée. Dehors, la foule des grands jours déambulait lentement, sous le soleil. Valentine, le visage barré par une cicatrice affreuse, sortait ses griffes.

– Je te hais, Alain, je te déteste ! Tu comprends ça ? Je veux pas de ta charité !

– Mais c'est pas de la charité. Je te trouve belle... J'ai passé l'âge de rêver à la femme idéale ! Je t'aime, telle que tu es ! Avec ou sans cicatrice ! Je te prends en entier ! En entier !

Elle se leva, ivre de colère. Et, calmement, dit :

– Tu m'as déjà fait ce coup-là, Alain.

À un couple qui regardait cette scène de ménage, Alain jeta :

– Je suis malheureux sans elle !

Mais Valentine était déjà partie.

Chez Maria Darenne, elle fit le compte rendu de la rencontre. L'avocate, entre-temps, avait reçu un coup de téléphone d'Alain, qui acceptait de payer. Il y avait quand même quelque chose qu'elle ne comprenait pas. Valentine demanda :

– Qu'est-ce que vous ne comprenez pas ?

– Vous m'avez décrit Alain Dulac comme une ordure. Je m'attendais à tomber sur un type cynique et... J'ai l'impression que c'est un homme malheureux, profondément malheureux.

– Alain est très habile...

– Il a d'énormes difficultés financières. Et ces dommages et intérêts...

– ... vont l'empêcher de m'oublier. C'est tout ce que je demande.

Alain Dulac, lui, venait de prendre une décision. Il vendrait tout, et partirait au Canada. Il y avait beaucoup de sapins, là-bas. Et les sapins ne vous font pas d'histoires.

– Et votre cœur ? Est-ce qu'il bat pour quelqu'un ?

La question, venant d'un cardiologue, était amusante. Les quelques étudiants qui écoutaient la conférence de David Dernoncourt eurent un rire poli. Au fond de la salle, Laure attendait, pour prendre des nouvelles de son père, qui avait repris son travail, mais qui était suivi, tous les deux jours, à la clinique des Lices. Quand la salle se fut vidée, David se dirigea vers Laure. Il répéta, sur un ton plus doux :

– Et votre cœur ? Est-ce qu'il bat pour quelqu'un ?

– Non...

Il essayait de fermer sa veste, ne trouvant pas le bouton. Quand celui-ci, décousu, tomba, Laure, étonnée, vit le docteur Dernoncourt, l'image même du calme, se transformer. Une grimace de fureur lui déforma le visage, un brasier s'alluma dans ses prunelles, et il serra les poings comme s'il était prêt à tuer quelqu'un. L'affaire ne dura qu'une seconde. Il avait déjà repris son calme, et Laure se demanda si elle n'avait pas rêvé. Il reprit, charmeur :

– Mais c'est terrible, ça, un cœur qui ne bat pour personne. Regardez le mien, comme il s'accélère quand je suis auprès de vous !

Il lui prit la main, et la posa sur sa poitrine.

– Vous sentez ?

Troublée, Laure retira sa main. Au fond, elle ne savait rien de cet homme, sinon qu'il était charmant. Ils avaient dîné ensemble, un soir, pour fêter le succès de l'opération de Pierre. Mais était-il disponible ? Avait-il un chien, une vieille mère, une ex-épouse ? Laure accepta de dîner avec lui, une nouvelle fois. Elle en saurait peut-être plus...

Au Rascassou, Jo le patron était un ami. Le gros

homme, qui avait l'accent du Midi, accueillit David avec un rire sonore :

– Tu ne m'avais pas dit, David, que tu avais pris une belle sirène dans tes filets ! Asseyez-vous là, ma belle !

Ils prirent place. Au-dessus d'eux, des filets de pêcheur emprisonnaient des boules de verre coloré, et des têtes de mérou naturalisées pointaient entre les mailles. Dernoncourt versa un verre de vin blanc à Laure :

– Quand je peux, je me lève à l'aube et j'accompagne Jo... J'adore ces moments-là, c'est mon jardin secret. Je crois qu'au fond, j'aurais rêvé d'être marin...

L'image fugitive d'un autre marin, Gregory, traversa l'esprit de Laure. Puis le temps se mit à passer à toute allure. Au dessert, les têtes des deux dîneurs se touchaient presque. Elle lui parla de Gregory, et demanda :

– À votre tour, maintenant. Parlez-moi de votre jardin secret.

– Oh ! Le mien est plutôt désert...

– Je ne vous crois pas ! Je suis sûre qu'il est peuplé d'un tas de jolies femmes.

– Vous n'y êtes pas du tout, Laure...

Quand ils se quittèrent, sur le pas de la villa des filles, David Dernoncourt hésita une seconde, puis posa un léger baiser sur les lèvres de Laure. Elle ferma les yeux, s'attendant à un autre baiser, plus passionné. Lorsqu'elle les rouvrit, il était parti.

L'inspecteur Marco était perplexe. Les rats d'hôtel, en cette saison, étaient monnaie courante. Chambres visitées, cartes de crédit volées, bijoux dérobés, vol à la tire... Tout y passait. Les vacanciers, pris par la nonchalance de l'été, n'étaient pas prudents, et les voleurs en profitaient. Par chance, la plupart n'étaient pas des foudres de guerre, et, grâce à la vigilance des policiers, ils se faisaient prendre facilement. Assis sur le ponton de la Plage, Marco, devenu un peu l'ami de la famille depuis la mort de Claude, se laissait aller :

– C'est à n'y rien comprendre.

Manu, qui venait de lui servir un café noir, demanda :

– Quoi ?

– Les yachts de Saint-Tropez sont tous visités, les uns après les autres. On a aperçu une silhouette qui s'échappait, au port : une jeune femme... Ça me dit quelque chose...

– Quelque chose, Marco ?

– Oui, je vais sortir les dossiers et éplucher tout ça. Mon nez me dit que j'ai déjà eu affaire à cette fille...

Le soir, quand Manu rentra chez lui, dans son nouvel appartement, il trouva la porte entrouverte. Son passé de loubard le rendait méfiant. Sur la pointe des pieds, il se glissa dans le salon, et regarda : rien. Toujours aussi discret, il parvint à la cuisine : rien. Une cigarette achevait de se consumer dans un cendrier. Quelqu'un était là. Il ne restait que la salle de bains. Prudemment, il s'avança vers la porte, et, millimètre par millimètre, l'ouvrit. Ce qu'il vit le laissa pantois : une fille ravissante dans la baignoire, en train de savonner ses seins. Il la reconnut et éclata de rire : c'était Marion, une vieille copine de galère.

– Mais qu'est-ce que tu fous là, Marion ?

Elle rit, rabattit la mousse sur sa poitrine, et battit des cils.

– Surprise ! J'ai eu un peu de mal, mais je t'ai retrouvé !

Ils ne s'étaient pas vus depuis deux ans. Manu saisit le

savon, sans rien dire, et se mit à lui passer la main dans le dos. Puis sur le cou. Elle avait toujours la peau aussi douce... Quand il parvint au ventre, elle ferma les yeux et se mit à ronronner.

Au petit matin, couchés dans le grand lit, ils fumaient une cigarette à deux. La nuit avait été agitée : il fallait rattraper deux ans d'absence... Marion lui demanda ce qu'il faisait, maintenant. Il confia :

– Je me lève tous les jours à heure fixe, je suis pas en retard, je bosse. J'attends mon chèque de fin de mois. Enfin, heureusement, j'ai rencontré des gens super et ça, ça m'a bien aidé. C'est comme des potes, maintenant.

Marion, sur un coude, se tourna vers lui. Le drap découvrit sa poitrine.

– Eh ben, Manu ! Le héros de la bande s'est transformé en mouton docile ! C'est mignon comme tout !

– Te fous pas de moi. La prison, ça m'a calmé.

Elle l'embrassa sur le menton, puis sur l'épaule. Quand sa bouche arriva sur le téton gauche de Manu, il constata, dans un souffle :

– Je crois qu'on va lâcher le fauve, là...

Ils firent l'amour, encore. Puis, devant un café fumant, elle se confia. Elle avait besoin de se planquer. Lui, il ne voulait plus d'embrouilles. Les yachts, c'était elle, bien sûr... Gêné, il accepta qu'elle reste quelques jours. Mais tranquille. Elle jura de faire profil bas.

L'idée de Manu était bonne. Quand les paparazzi arrivèrent, en grumeaux serrés, pour s'installer avec leurs appareils photo sur la plage, Jessica leur demanda une minute, le temps de préparer quelques cafés. Elle admira, d'un œil professionnel, leurs appareils, posa quelques questions techniques, et regagna le bar. Au même moment, Caroline arriva en moto. Casque intégral, combinaison de cuir, elle regarda les paparazzi, et descendit au bar, aussi. Quand les clients virent ressortir la motarde, casque intégral déjà mis, ils n'y prêtèrent pas attention. Mais quand ils aperçurent Caroline, avec les cafés sur un plateau, demandant : « C'est pour qui ? » ils comprirent qu'ils avaient été roulés. Jessica, sur la moto, était déjà loin.

Elle rejoignit Paolo dans l'ancien squat de Manu. Là, personne ne les dérangerait. Il y avait plus romantique, dans le genre, mais nécessité fait loi. Jessica ne voyait pas les gravats, les murs lépreux, les volets branlants. Elle n'avait d'yeux que pour son prince, revenu d'Italie. Il lui prit les mains :

– Nous serons bientôt mari et femme, Jessica...

Il lui embrassa la paume. Elle demanda :

– Tu as parlé à ton père ?

– Oui. Il ne veut rien entendre. Mais je finirai par le convaincre, Jessica.

– J'espère que l'argent ne sera pas un obstacle...

– Il ne s'agit pas seulement d'argent, il s'agit de ma famille. Je suis l'héritier d'une dynastie, je me dois de reprendre le flambeau de notre empire. Je n'ai pas le droit de me dérober à mes responsabilités.

Elle posa sa tête sur sa poitrine. Il termina :

– Tu es MA princesse, qu'ils le veuillent ou non.

Là-dessus, il lui offrit une superbe bague en saphir, avec deux diamants parfaits : « Elle est dans la famille depuis trois siècles », dit-il avant de la glisser au doigt de Jessica. C'est d'ailleurs la seule chose qu'elle garda sur elle, quand ils firent l'amour, longuement et tendrement. Un rayon de soleil vint égayer l'endroit. Oublieux, serrés l'un contre l'autre, les deux amants auraient pu être aux Caraïbes, sur la tour Eiffel ou dans la pampa. Ils étaient simplement au paradis.

Le lendemain, alors qu'elle sortait de la boulangerie, Jessica eut la surprise de voir une Rolls s'arrêter devant elle. La porte s'ouvrit. À l'intérieur, le prince Giancarlo Di Lorenzi l'invita à monter :

– Accordez-moi un instant. Je voudrais vous parler.

Elle hésita.

– Cinq minutes suffiront, Jessica.

Elle monta, avec ses croissants à la main. La Rolls rédémarra silencieusement. C'était la première fois de sa vie que Jessica se trouvait dans une voiture ausi luxueuse. Le prince commença :

– Vous êtes ravissante et sympathique. Malheureusement, comme vous le savez, Paolo s'est déjà engagé à épouser Anne Durkeim. Dans ces conditions, vous comprendrez que votre relation ne peut s'éterniser. Vous n'êtes pas la première avec laquelle il a une aventure.

– Arrêtez votre baratin ! Qu'est-ce que vous attendez de moi ?

Giancarlo ouvrit un maroquin, posé sur la tablette devant lui. Il prit le chèque, très conséquent, et le tendit à Jessica :

– Est-ce que ce montant vous semble raisonnable ?

Elle vit rouge. Elle avait des envies de meurtre. De meurtre avec barbarie, même.

– Non mais je rêve ! C'est ça que je vaux, pour vous, dix mille francs ?

Il sortit son stylo, ajouta un zéro. Elle prit le chèque, incrédule. Tant d'argent ? C'était plus qu'elle n'en aurait dans sa vie ! Elle admira le tracé de la plume, l'odeur du fric, l'élégance de l'en-tête, et déchira le chèque. Elle sortit dans la rue, en claquant la portière, laissant le riche prince avec ses sous. En cherchant bien, elle repéra quelques paparazzi en scooter qui les suivaient. Elle les attendit, puis, après quelques minutes de conversation, accorda la plus brève des interviews. Paolo et elle allaient se marier le plus rapidement possible, dit-elle. Scoop en poche, les journalistes partirent à fond la caisse. En arrivant à la Plage, elle trouva un mot : « Rendez-vous au squat. P. »

Le cœur battant, elle s'y rendit. L'endroit avait été refait. De l'extérieur, on ne se doutait de rien. De l'intérieur, c'était autre chose : les murs étaient repeints à neuf. Le sol avait été moquetté, et le lit, immense, était couvert de pétales de fleurs. Elle n'en croyait pas ses yeux. Sur la table basse, un petit mot : « Mets ce bandeau sur tes yeux, et ne dis pas un mot. Déshabille-toi... » Un bandeau en soie était disposé en rouleau sur la table. Jessica s'avança, ravie : les jeux érotiques ne lui déplaisaient pas. Elle laissa tomber son chemisier, fit glisser son pantalon, et, nue, se pencha pour prendre le bandeau. Il faisait chaud. Elle noua la soie autour de ses yeux et se redressa, excitée par ce mystère amusant. Elle sentit des mains sur sa poitrine, et un baiser dans son cou. Elle laissa échapper un soupir : les mains de son amant la caressaient doucement, voluptueusement. Elle s'embrasa... Elle entendit un flash crépiter. Bizarre... Elle enleva le bandeau et, ébahie, vit un homme qu'elle ne connaissait pas. Celui-ci lui fit un signe de la main, ouvrit la porte et s'en alla.

Le lendemain, la presse à scandale de la région faisait sa une sur Jessica : « Les jeux érotiques de la future princesse Di Lorenzi avec des inconnus ». Ce fut un des plus gros tirages de la saison.

L'agent immobilier terminait la visite. Alain Dulac, derrière lui, restait silencieux. Quand ils arrivèrent devant la piscine, l'expert rangea ses notes et son appareil photo numérique et constata :

– Le marché n'est pas au meilleur de sa forme, mais la villa est superbe, et bien placée. Avec un peu de patience, on peut vendre à un très bon prix...

– Je ne peux pas attendre... Je suis très pressé.

Ce serait dommage de brader. On ne fait jamais de bonnes affaires dans la précipitation, monsieur Dulac.

– C'est tout réfléchi. Je pars à l'étranger définitivement, alors...

Il avait décidé de se fixer au Canada. Là-bas, il repartirait de zéro. Ici, à Saint-Tropez, trop de souvenirs l'attachaient. Et Valentine...

À la Plage, Valentine, justement, était passée prendre des nouvelles. Jessica lui avait conseillé la chirurgie esthétique et Caroline, repartie pour une nouvelle carrière, savait qu'Alain vendait sa villa, sa voiture et ses meubles. Chez qui ? Chez Bodard, l'expert immobilier. Valentine se précipita chez Bodard, en centre-ville. Là, elle fut accueillie par le patron, un homme affable et dont la simplicité apparente cachait une grande rouerie. Elle demanda à voir la villa à vendre, là, dans la devanture. Bodard alluma son ordinateur, et montra la villa d'Alain Dulac, sous toutes les coutures : la visite virtuelle était rapide, au moins. Valentine demanda :

– Cher ?

– Pas très. Une affaire en or. Le propriétaire a visiblement de gros problèmes d'argent, il souhaite vendre au plus vite. Il s'installe à l'étranger.

– À l'étranger ?

– Au Canada, si j'ai bien compris. Histoire de dettes. Ou chagrin d'amour...

M. Bodard fut tout étonné de voir cette cliente défigurée par une vilaine balafre se précipiter dehors, le laissant avec sa visite virtuelle. Il eut à peine le temps de crier :

– Mais... Attendez !

Valentine était hors de vue. En passant devant un kiosque à journaux, elle vit une femme nue, les yeux bandés, avec un type, par-derrière, qui lui couvrait les seins avec ses mains. Elle passa en vitesse. Elle n'avait pas le temps de s'intéresser à des bêtises pareilles.

Laure avait le cœur qui chantait. Le docteur Dernoncourt était vraiment charmant. Le soleil brillait, les gens avaient tous l'air heureux, dans les rues de Saint-Tropez, et Laure décida de faire une petite surprise à David. Elle acheta un cœur en chocolat, et prit la direction de la clinique. En arrivant, elle demanda à la secrétaire :

– Je voudrais parler au docteur Dernoncourt. Il est là ?

– Il est dans son bureau. Mais il ne veut pas être dérangé.

– Vous pensez qu'il en a pour longtemps ?

– Je ne sais pas. Il est avec sa femme.

Laure sentit le ciel lui tomber sur la tête. Sa femme ? Mais il ne lui avait rien dit... À ce moment, la porte du cabinet s'ouvrit violemment. Un belle femme brune, en costume blanc, avec des grands yeux, sortit en jetant :

– Ne me raconte pas que tu as du travail ! Je sais parfaitement qu'aujourd'hui, tu ne consultes pas !

– Olga, je t'en prie...

Il avait un geste de prière, joignant les mains. Mais Olga, furieuse, était déjà au bout du couloir. David aperçut Laure. Le désespoir se peignit sur son visage. Laure tourna les talons. Dehors, désorientée, elle s'installa au volant de sa voiture, pour réfléchir. La portière passager s'ouvrit et Dernoncourt s'installa.

– Pardonnez-moi, Laure, je me suis conduit comme un imbécile !

– C'est moi qui suis une imbécile !

– Je sais, j'aurais dû vous dire que j'étais marié. Je suis si fatigué de la vie que je mène, Laure, si vous saviez !

– Vous n'auriez pas dû me mentir. On aurait pu être amis.

– Je ne pourrais pas être votre ami. Je suis amoureux de vous, Laure.

Elle haussa les épaules.

– Entre ma femme et moi, c'est fini depuis longtemps. Nous avons des problèmes terribles...

Elle avait entendu cette chanson-là mille fois. Elle ouvrit la porte de son côté, le poussa dehors. Il s'en alla, le dos courbé. Quand il disparut, Laure posa son front sur le volant et, longuement, elle pleura. Elle savait qu'elle avait eu la bonne attitude, qu'il aurait dû être plus franc, mais qui était-elle pour juger ? Au fond de son cœur, elle savait qu'elle aurait pu l'aimer, David Dernoncourt. D'ailleurs, s'avoua-t-elle, elle l'aimait déjà. Un sanglot lui monta à la gorge.

Manu avait deviné. Quand Marion l'avait embrassé, hier soir, il savait qu'elle avait quelque chose en train. L'inspecteur Marco, ces derniers jours, était devenu un assidu de la Plage. Marie, depuis la mort de Claude, venait aussi, pour récupérer. Il s'ensuivait de longues conversations décousues, où on parlait de tout et de rien. De rien, surtout. Pierre et Blandine, parfois, venaient déjeuner. Pierre se remettait bien, et le couple avait annoncé sa volonté d'aller faire une balade en mer. Le soir, dans son appartement, Manu racontait ses journées à Marion, puis ils faisaient l'amour. Il s'inquiétait pour Marie, notamment. Finalement, Marion annonça son départ imminent : les flics étaient en train de remonter sa piste. Elle conclut :

– Tu vois Manu, j'ai l'air de me moquer de toi, mais... T'as fait un sacré chemin. Continue... De nous deux, finalement, c'est toi le plus libre.

Quand elle sortit, cette nuit-là, il la suivit. Vêtue de noir, ses cheveux longs rabattus en queue de cheval, elle longea les quais, regarda le yacht des Di Lorenzi, et remonta vers la ville, par les petites rues. Elle s'arrêta devant une villa, visiblement déserte. C'était celle des Olivier. Ils étaient en mer, ce week-end. Marion sauta par-dessus le mur d'enceinte, sans remarquer que Manu, du coin, l'espionnait. Il suivit le même chemin.

Quand les Olivier arrivèrent, une heure plus tard, ils étaient déçus. Une avarie moteur les avait empêchés de dépasser la baie des Caroubiers, et ils étaient revenus à la voile. Là, ils avaient décidé de couper court : à deux heures du matin, il n'y avait qu'à rentrer à la maison. Pierre nota immédiatement qu'il y avait de la lumière, dans la villa. Il ouvrit la grille, et vit un homme allongé par terre, blessé. C'était Manu, commotionné. Blandine se précipita :

– Qu'est-ce qui s'est passé ?

Pierre, lui, venait de constater que la porte de la maison était entrouverte. Juste à ce moment, Manu releva la tête.

– Pierre, fais quelque chose, appelle un médecin !

Blandine, affolée, soutenait la tête de Manu. Celui-ci prit la parole, faiblement :

– Non, non, ça va aller. Juste un petit coup, ça va aller...

Il avait une énorme bosse sur le front. Blandine l'aida à entrer, et l'allongea sur le canapé. Pierre, pendant ce temps, faisait l'inventaire de ce que les voleurs avaient pu emporter.

– J'ai l'impression que rien ne manque. Que s'est-il passé, Manu ?

– Je marchais dans la rue quand j'ai vu de la lumière. Ils ont dû m'entendre entrer, je n'ai pas eu le temps de voir qui c'était... Ils avaient des cagoules.

– On va appeler la police.

– Non, non, s'il vous plaît ! Je préfère pas. Je suis en conditionnelle, alors si on pouvait éviter...

Avec une compresse et une aspirine, il fut vite remis. Blandine était ravie que ses éléphants chinois, qu'on lui avait vendu pour du véritable jade – en fait, c'était du faux – aient échappé aux voleurs, et Pierre songeait à renforcer le système de sécurité. Manu eut une pensée pour Marion. Sacrée petite bonne femme, se dit-il. J'espère qu'elle trouvera ce qu'elle cherche...

– Le bonheur.

Blandine l'entendit :

– Qu'est-ce que tu dis ?

– Rien, rien...

L'exposition de photos de Jessica fut un grand succès. Les paparazzi, enhardis, se pressaient. Les journalistes, attirés par l'odeur de scandale, aussi. La bonne et la moins bonne société de Saint-Tropez se pressait, à la Plage. Marco, qui était là, n'était pas dupe. Il avait compris le petit jeu de Manu : « Je finirai bien par la coincer un jour », dit-il. Paolo, effondré par l'histoire des photos, ne comprenait pas que son père avait tout orchestré, que Jessica était tombée dans un piège. Il était reparti en Italie, pour épouser Anne Durkeim. Valentine buvait une coupe de champagne avec Alain. Ils avaient décidé de s'en remettre à la chirurgie esthétique. On verrait bien. Elle lui avait expliqué :

– En fait, je m'en fous de ton argent, Alain. Je voulais te faire du mal, autant de mal que tu m'en avais fait. Je voulais que tu paies pour les autres. Mais maintenant, je m'en fous des autres... Ne me quitte pas... J'ai besoin de toi.

Il lui avait répondu :

– Plus jamais... plus jamais...

David Dernoncourt, une coupe à la main, regardait les photos de Jessica. Celle-ci, sombre, essayait de faire bon visage, mais le chagrin la dévastait intérieurement. Dernoncourt, lui, avait pris ses dispositions pour aller travailler à Nice. Laure, derrière lui, le prit par surprise :

– Vous ne pouvez pas partir comme ça.

– Je pars à cause de vous, Laure. Qu'est-ce qu'il vous faut de plus ?

– Ne partez pas.

Il la regarda, incrédule, attendant Dieu sait quoi. Laure rassembla tout son courage, et lui dit :

– Ne pars pas, David. Je t'aime. Ne me quitte pas.

– Je ne suis pas un homme libre, Laure...

– Je m'en fiche... Je ne peux pas me passer de toi.

Ils sortirent sur le sable. Là, dans l'obscurité, la main dans la main, ils regardèrent les vagues se succéder. Une jeune fille, cheveux sombres et vêtements noirs, passa en silence, faisant un signe d'adieu à Manu, qui la regardait de loin.

Puis Laure tendit à David Dernoncourt une petite pochette en papier. Il l'ouvrit. Dedans, il y avait un cœur en chocolat.

– 20 –

Amour infernal

– Alors, elle te plaît, ma baraque ?

– Ça vaut pas mon petit studio sous les toits, mais bon !...

Samuel, ravi, faisait les honneurs de la villa à Terry. Lui, les cheveux décolorés, hâve, les yeux brillants d'une étrange excitation, ne tenait pas en place. Il poursuivait :

– Séjour spacieux... Vaste vue sur mer... Décoration d'un goût irréprochable... Désordre personnalisé...

Les cheveux rejetés en arrière, le visage sensuel, Terry regardait en riant. Il se dégageait d'elle une vulgarité à toute épreuve, en même temps qu'un dynamisme étonnant. On sentait une femme prête à tout, aimant les plaisirs, ne reculant devant rien quand il s'agissait de son ambition ou de sa sensualité. Elle avait déjà vécu et travaillé avec Samuel, et le couple n'avait pas duré. Mais, quelques mois plus tôt, quand Caroline avait décidé la séparation, Samuel, solitaire, avait voulu renouer avec Terry. Celle-ci, qui traversait une mauvaise passe, avait été ravie. Elle avait accepté d'emblée de suivre le guitariste, et c'est ainsi qu'ils venaient d'atterrir à Saint-Tropez.

– Je te laisse t'installer... Je fais un saut pour embrasser mon môme, et après, je te fais visiter la ville..

– Tu plaisantes, j'espère ! J'ai des projets plus excitants pour notre matinée...

Elle se mit à l'embrasser, à lui mordiller l'oreille. Il essaya de se dégager, en riant, mais...

– Terry... J'ai promis à Caro...

– Dis-lui que tu as un imprévu...

Elle fit glisser les bretelles de sa minirobe, qui tomba par terre. Puis elle ramassa son petit sac à dos, d'où elle sortit une boîte. Elle l'ouvrit, prit une pilule qu'elle plaça entre ses incisives, la bouche ouverte, d'un air de défi. Samuel s'approcha pour l'enlacer. Tandis qu'il tendait les mains pour défaire le soutien-gorge, il l'embrassa sur la bouche. Ce faisant, il croqua la moitié de la pilule. Il murmura :

– T'es vraiment une sorcière...

Ils roulèrent par terre, dans les premières vagues de la drogue.

Six heures plus tard, assis sur le canapé, torse nu, Samuel, hagard, égrenait des accords de guitare. La musique sonnait faux, l'ambiance était mortifère. Terry, nue, sortit de la salle de bains. Elle commença :

– J'aimerais inviter deux ou trois personnes pour ce soir... Dont Fred, un copain qui me dépanne dans les périodes de grande famine. Il pourrait nous avoir un peu d'ecsta pour la fête...

– Ça t'arrive de penser à autre chose qu'à te défoncer, Terry ?

Ils se regardèrent un instant, les yeux dans les yeux, en un duel muet. Terry, les jambes écartées, les mains sur les hanches. Sam, le pantalon ouvert, la guitare sur les genoux. Ils éclatèrent d'un rire malsain. Samuel reprit :

– OK, match nul. T'invites ton livreur de speed, après, t'écoutes sagement ma dernière compo, et tu fais tes remarques...

Le soir même, parmi les invités, Fred Ducray, un jeune homme à lunettes de fer et à cheveux frisés, circulait avec aisance. Il y avait du monde partout, même sur la pelouse, et la musique pulsait à fond. Fred allait de groupe en groupe, sans gêne, pour vendre sa marchandise. Il dealait de tout, héroïne, cocaïne, speed, champignons, et il aurait dealé de l'eau de Cologne si celle-ci avait été interdite et à la mode. Au moment où il sortait un petit sachet de poudre bleutée, il croisa le regard d'une femme, vêtue d'un blouson de cuir rouge. C'était Caroline. Il lui demanda :

– T'en veux ?

Caroline, choquée, secoua la tête pour dire non. De loin, elle aperçut Samuel, et se dirigea vers lui. Ils échangèrent des nouvelles du bébé, s'embrassèrent, puis Caroline en vint au fait :

– Je crois que je suis prête à reprendre le boulot avec toi. Le boulot, Sam, rien d'autre... Qu'est-ce que t'en penses ?

Gêné, Samuel ne savait que répondre. Il cherchait ses mots, quand, de la foule, il entendit un cri :

– Samuel !

C'était Terry. Entourée de journalistes de rock, elle faisait signe à Sam de la rejoindre, parlant de « talent... symbiose entre les artistes... harmonie... ». Caroline, les yeux rétrécis par l'agacement, jeta :

– T'es tellement lâche que tu préfères m'humilier devant tout le monde plutôt que de m'en parler avant !

– Je voulais venir te voir mais...

– Mais t'as pas eu le courage !

Elle se retourna, le plantant là avec ses symbioses, ses harmonies et, bien sûr, son talent confirmé par Terry.

– C'est si paisible, ici... Tu te rends compte de la chance que tu as de vivre dans un endroit pareil ?

Valentine et Alain s'était arrêtés, pour s'asseoir sur l'une des murailles de la citadelle. D'ici, on voyait un paysage magique, et l'œil découvrait aussi bien la côte à perte de vue que l'horizon, là-bas, à jamais insaisissable. Quelques voiles blanches jetaient sur cette marine des taches blanches, relevant le bleu de la mer, agitée d'un vent agréable. Il était une heure : des sandwiches posés sur leurs genoux, ils admiraient Saint-Tropez, savourant leur bonheur. Valentine reprit :

– J'ai l'impression d'être dans un rêve. Je suis tellement bien avec toi que j'ai peur de me réveiller.

– Tu peux te réveiller sans crainte, je serai toujours là.

– Toujours, Alain ?

– Si tu le veux.

Elle posa sa bouteille d'eau minérale, prit une grand inspiration, et, passant le doigt sur sa cicatrice, dit en plaisantant :

– On dirait une demande en mariage...

– C'est exactement ça.

Elle cru avoir mal entendu. Il répéta :

– Veux-tu m'épouser ?

Au comble de l'émotion, Valentine se jeta dans les bras d'Alain. Déséquilibré, il bascula en arrière, sur l'herbe.

Ensemble, étreints, ils étaient là, allongés dans le gazon, heureux. Alain la regarda :

– Je prends ça pour un oui.

Une heure plus tard, ils étaient devant le bureau d'Ordi-Navale, où Alain avait rendez-vous avec les associés de Pierre Olivier, dont le fameux Sutton que Blandine, naguère, avait séduit. Il était question d'une reprise en main, d'un tour de vis sur les comptes car, depuis le creux de la vague, l'année précédente, et depuis le départ frauduleux du comptable, tout le monde se méfiait un peu. Valentine, elle, avait pris rendez-vous avec un grand ponte de la chirurgie esthétique, le professeur Daumier. Alain, en la quittant, lui rappela :

– J'ai invité les Olivier au restaurant, ce soir...

– Pourquoi ne pas les inviter à la maison ?

– Je croyais que tu ne voulais pas les voir, Valentine.

– Ce sont tes amis, Alain. Alors, puisque je vais devenir ta femme, tes amis doivent devenir mes amis... Il faut bien en finir avec les vieilles querelles et je suis prête à faire le premier pas.

La hache de guerre enterrée ? Bonne nouvelle, pensa Alain. Il monta vers son bureau, où l'attendait Pierre, un peu inquiet devant la perspective d'avoir à affronter une assemblée générale extraordinaire. Encore fatigué par son opération à cœur ouvert, ce dernier confia :

– Ça m'est déjà pénible de ne plus être complètement chez moi... Mais bon, tu as fait un excellent travail, Alain. J'invite ce soir...

– Pas question. Justement, nous aimerions vous recevoir chez nous, Valentine et moi... Nous allons nous marier.

– Je ne sais pas quoi te dire, Alain... J'aimerais te féliciter, mais... Je te considère un peu comme un fils et... J'ai du mal à voir d'un bon œil cette union.

– Je serais très touché, Pierre, si vous acceptiez cette invitation.

Pierre Olivier accepta. Mais Blandine, elle, refusa.

Quand Valentine apprit la nouvelle, elle était en train de mettre les couverts d'apparat, et de dresser la table. Les plats étaient prêts, le gâteau déjà disposé sur la desserte. Devant Alain, elle entra dans une violente colère, brisant quelques assiettes pour faire bonne mesure, et insultant les Olivier, restés chez eux. Blessé par l'attitude de Blandine, Alain ne disait rien. Juste au moment où Valentine s'en prenait au compotier, la téléphone sonna. C'était Sutton, l'actionnaire principal d'OrdiNavale. Il voulait voir Alain, le lendemain matin à la première heure.

Jean-Pierre Chassagne montra sa carte de presse. Il était accompagné d'une rousse à l'allure furtive, le visage barré par de grosses lunettes de soleil, un appareil photo en bandoulière. Le vigile les regarda et, d'un geste, les fit entrer. Ils entrèrent dans le hall de l'hôtel Mykonos, l'un des plus luxueux de la Côte. C'est là que le père de Jessica avait prétendu habiter, quand il était venu à Saint-Tropez. Sous sa perruque rousse, Jessica regardait l'endroit : tout n'y était que calme et volupté. Des chasseurs diligents les dirigèrent vers la salle de conférence, où d'autres journalistes se pressaient déjà. Chassagne présentait sa compagne sous le nom de « Claire Leduc ». Ladite Claire avait envie de voir la conférence de presse du prince Paolo Di Lorenzi, qui était là pour répondre aux questions de ces messieurs de la presse au sujet de son mariage prochain avec Anne, princesse Durkeim. Jessica, elle, ne pouvait accepter de subir une fatalité : Giancarlo Di Lorenzi, le père de Paolo, lui avait tendu un piège ? C'était de bonne guerre. Mais elle ne se laisserait pas faire. Elle allait se battre pour son beau prince.

Quand le couple princier entra en scène, les flashes se mirent à crépiter. Paolo, très en forme, portait un costume bleu pétrole et une chemise blanche amidonnée. Anne Durkeim, en robe Gucci échancrée sur l'épaule, souriait. Ils étaient l'image de la beauté et de la richesse. Jessica sentit son cœur fondre. Une larme perla au coin de ses yeux. Un journaliste attaqua :

– Princesse, vous souvenez-vous du jour où vous êtes tombée amoureuse du prince Di Lorenzi ?

– À notre première rencontre, pour l'anniversaire de mes cinq ans... Pourtant, ce jour-là, Paolo m'a à peine regardée.

– Prince, pouvez-vous nous dire où vous comptez passer votre lune de miel ?

– Non. Mais je suis sûr, hélas, que vous finirez bien par trouver.

Ils s'embrassèrent, sous le feu roulant des appareils photo. Les paparazzi s'en donnaient à cœur joie. Comme les autres, Claire Leduc se mit à shooter. Puis elle avisa un chasseur en livrée. Elle s'approcha de lui et, lui glissant un billet de cent francs, lui demanda de porter la bague en saphir.

– Remettez ça au prince, s'il vous plaît. Discrètement.

Le chasseur fit disparaître le billet dans sa poche, et répondit :

– Naturellement, mademoiselle.

Jessica se rendit dans l'un des salons attenants. Là, elle

s'assit dans un fauteuil profond, enleva sa perruque, et attendit. Paolo entra, referma la porte derrière lui. Visiblement, il était ému. Ils se jetèrent dans les bras l'un de l'autre.

– Qu'est-ce que tu fais là ? Pourquoi es-tu venue ?

– Parce que je t'aime, Paolo...

– Mais c'est trop tard, Jessica ! On ne peut pas revenir en arrière !

– Ton destin, c'est moi, Paolo !

– Et les photos ?

– Un coup monté de ton père...

– Il m'a juré le contraire !

– Il ferait tout pour nous séparer ! A-t-il réussi ?

Elle regarda dans les yeux. Il cherchait ses mots, hésitait. Tout d'un coup, une voix se fit entendre :

– Paolo ?

C'était la princesse Durkeim, dans le salon d'à côté. Elle allait entrer. Jessica sortit dans le jardin par la porte-fenêtre, laissant Paolo face à son destin.

La patiente se rhabillait. Laure, fatiguée, lui demanda si elle prenait des coupe-faim, dangereux car la jeune femme avait un petit problème cardiaque. David, à Marseille pour un congrès, était absent pour quelques jours. Mais ils étaient heureux : quand Laure se réveillait le matin avec lui, elle bénissait le ciel, car la situation avec Olga Dernoncourt s'était éclaircie. Celle-ci, maladivement accrochée à un mariage qui s'était vidé de sa substance, avait d'abord prétendu être atteinte d'une pathologie bizarre, puis avait instrumentalisé leur fille de seize ans pour retenir David. Finalement, le couple s'était séparé, et

David avait pu s'installer avec Laure. Elle reprit ses esprits, en s'adressant à la patiente :

– Je ne vois rien. Vous avez fait une syncope, votre tension est basse. Vous ne vous nourrissez pas correctement...

– Que dois-je faire, docteur ?

– Manger !

C'est en arrivat devant chez elle que la patiente tomba, évanouie, dans la rue. On la transporta à la clinique du Golfe. Prévenue, Laure s'y rendit. Elle rencontra Frank Lordano, le médecin de service. Il avait l'air aux quatre cents coups. En la voyant, il demanda :

– Qu'est-ce que vous faites là, vous ?

– Cette femme est ma patiente.

– Vous êtes médecin ? Et vous n'avez pas été capable de diagnostiquer une embolie pulmonaire ?

– J'ai pensé à des manifestations psychosomatiques...

– À l'heure qu'il est, cette femme est dans le coma, et je suis incapable de dire si je vais pouvoir la sauver...

La patiente fut sauvée. Frank Lordano, ravi de son intervention, décida d'effacer sa mauvaise humeur en invitant Laure à dîner. Ils passèrent une soirée agréable tous les deux, en se racontant toutes les erreurs médicales de l'humanité, en riant. Ils se quittèrent bons amis. Quand David téléphona à la maison, de Marseille, personne ne répondit. Il raccrocha, furieux.

Samuel, les traits tirés, jouait quelques accords au studio. Terry écoutait, en buvant du café. Ils avaient l'air, tous les deux, de revenants. La nuit, visiblement, avait été agitée. Le producteur sortit de la salle des commandes. Il avait écouté, toute la matinée, les fameux nouveaux morceaux de Samuel, dont Terry lui disait le plus grand bien. Il se campa devant Samuel :

– Tu veux que je te dise ? C'est bien en-dessous de ton niveau habituel.

Terry réagit :

– Ça veut dire quoi ? Que c'était mieux avec Caro ? Que j'ai une mauvaise influence sur lui ?

– J'ai pas dit ça. Mais, Sam, si tu veux un conseil, le voici : arrête de penser que la came va t'aider. Même si t'as l'impression que ça favorise l'inspiration, ça reste une impression. La preuve...

Blême, Samuel se leva, laissant tomber sa guitare qui résonna plaintivement :

– Je me casse. Ça pue le renfermé, ici. J'ai besoin d'air... D'air pur.

Pendant que Sam était sorti, Terry prit la voiture. Sortant de la ville, elle suivit la route du bord de mer, pour arriver à un petit carrefour. Là, une décapotable japonaise attendait. Fred le dealer était au volant. Elle vint le rejoindre. Fred, sortant de sa voiture, ouvrit la boîte à gants. Et en sortit une dizaine de flacons, qu'il mit entre les mains de Terry. Celle-ci, surprise, lui demanda :

– J'ai pas besoin de tout ça !

– Ça t'aidera à passer l'hiver. Je me tire. Les flics m'ont repéré. Il faut plus que tu me contactes, trop de risques. Je brade. Le reste, je vais le fourguer en vitesse à Nice. Allez, ciao !

Elle lui tendit une poignée de billets, et ils se séparèrent sans rien dire de plus. C'est en prenant la route de Nice que Fred Ducray fut intercepté par deux voitures de police. Ils trouvèrent, dans le coffre de la petite décapotable, une valise. Laquelle était pleine de produits autorisés en laboratoire, mais interdits à la vente au public. Quand il reprit le chemin de Saint-Tropez, Fred Ducray avait des menottes.

Chez elle, Caroline se demandait si elle allait repartir, avec Tom. Il fallait mettre de la distance entre le père et le fils : Caro n'avait pas envie que la came vienne polluer la vie du bébé. Manu, la voyant pensive, la rejoignit :

– Tu penses à quoi ?

– À Samuel. Je sais pas ce que je dois faire.

– Quoi que tu fasses, fais-le vite, Caro. Marco vient de me dire qu'ils ont arrêté Fred, le dealer de Sam. Il va balancer des noms, c'est sûr...

Manu, brusquement, vit Caroline se lever. Elle jeta un blouson sur ses épaules, et emprunta le casque de Manu. Rapidement, elle enfourcha la moto, et se dirigea vers la villa de Samuel. Quand elle arriva, Terry lui ouvrit la porte. La bousculant, Caroline se précipita dans la maison, où Samuel somnolait sur le canapé. Il demanda :

– Qu'est-ce qui... ?

– Les flics vont débarquer, Sam. Balance ce que t'as, vite !

Terry, un instant surprise, reprit ses esprits, et agrippa la boîte à bonbons :

– T'es folle ? On va pas tout jeter ? On va tout ramasser et se tirer sur Paris, oui !

Mais Samuel avait compris le danger. Il arracha la boîte à bonbons des mains de Terry, et se précipita dans les toilettes, où il vida les poudres et les pilules. Quand il revint dans le salon, il regarda les deux femmes. Caroline avait l'air dégoûtée :

– Vous me faites pitié, tous les deux ! Vous méritez

vraiment pas qu'on lève le petit doigt pour vous ! mais mon fils, lui, ne mérite pas d'avoir un père en taule !

Elle sortit, rageuse. On entendit la moto s'éloigner. Terry, dédaigneuse, jeta :

– Y en avait pour une fortune ! Si ça se trouve, elle a bluffé juste pour nous faire son numéro de superwoman !

À ce moment-là, la sonnette retentit. On entendit la voix de Marco :

– Police ! Ouvrez !

Alain Dulac, de grand matin, s'était rendu à l'hôtel où résidaient Sutton et ses associés. Il fut accueilli avec les honneurs : salamalecs, poignées de main, compliments, café. Après quelques préliminaires – beau temps, affaire qui roule, entreprise d'avenir – Sutton en vint au cœur de l'affaire. Avec son accent américain, il résuma, en homme d'affaires résolu :

– Nous pensons qu'une entreprise comme la nôtre ne devrait pas se limiter au matériel haut de gamme des bateaux de fort tonnage. Le marché des plaisanciers est en plein expansion, monsieur Dulac. Mais c'est un marché qui nécessite une infrastructure et des investissements importants.

Il but une gorgée de café, recherchant le meilleur effet de ce qu'il allait dire.

– Ces investissements sont tellement importants que nous hésitons à les confier à M. Olivier. Il a une conception trop frileuse de la gestion... Nous avons besoin d'un homme plus jeune, plus dynamique.

Alain Dulac, après une hésitation de circonstance, accepta d'emblée. Après tout, on n'offrait pas une place de directeur tous les jours. Et il allait pouvoir financer l'opération de Valentine... Sutton conclut :

– Vous avez pris la bonne décision, monsieur Dulac. Le monde des affaires s'accommode mal des sentiments.

Ils décidèrent, ensemble, de mettre Pierre Olivier à la retraite anticipée.

Quand Valentine reçut le coup de téléphone d'Alain pour lui annoncer la bonne nouvelle, elle était à la Plage, prenant le soleil. Ravie de la promotion d'Alain, elle se dit que la revanche sur les Olivier – ces sales bourgeois ! – était belle. Elle se leva pour s'étirer. Brusquement, le ciel se mit à tourner, alors qu'il n'avait aucune raison de le faire. Elle s'étonna vaguement du dérèglement de la météo, et un trou noir l'engloutit.

Quand elle se réveilla, elle était à la clinique des Lices. Une infirmière créole, curieusement nommée Rose Boname, la bordait. Valentine, encore secouée, demanda :

– C'est grave ?

L'infirmière, avec une mine sombre, lui répondit :

– Oui, madame.

– Qu'est-ce que j'ai ?

– Le docteur Laure Olivier, qui vous a examinée, vous le dira, madame.

– Dites-moi.

– Ah, vous êtes... enceinte !

Rose Boname sourit largement. Le cœur de Valentine s'arrêta de battre. C'était Alain qui serait content ! Le bonheur était complet !

Laure arriva. Depuis longtemps, elle avait pardonné à Valentine sa tentative de séduction de Gregory. Laure considérait cette patiente comme une fille déséquilibrée, mais pas foncièrement mauvaise. Un bébé serait sans doute le meilleur facteur d'équilibre... Elle dit à Valentine :

– Je suis vraiment heureuse pour vous deux. Quant à mes parents, tout finira par s'arranger. Ils apprendront à te connaître et à t'apprécier, Valentine.

– Je l'espère vraiment.

Le soir même, Blandine téléphonait à Valentine, à la clinique, pour lui présenter ses excuses. Et inviter le couple à dîner. La hache de guerre était définitivement enterrée. Mais il restait une chose : la prise de pouvoir d'Alain, qui allait évincer Pierre. C'était vraiment dégueulasse. Mais, comme disait Sutton, les sentiments, en affaires... Dans une heure, Alain avait rendez-vous avec Pierre pour lui annoncer sa destitution. Prise d'une hâte soudaine, Valentine se leva, s'habilla, saisit son sac à main et se précipita dans un taxi.

Jessica, à la Plage, servait les clients machinalement. Elle ne savait que faire. Le monde de Di Lorenzi était si loin du sien... Elle ruminait les idées les plus baroques, dans le bruit des hors-bord et les cris des skieurs. Que faire ? Elle était prête à tuer pour récupérer son prince. Manu, au passage, la chambrait :

– Alors, Jess, encore dans les bras de l'héritier ?

Le mariage avec Anne Durkeim devait avoir lieu dans quelques heures. À la radio, les reporters attendaient déjà la venue du couple. Manu, amusé, secouait sa tête blonde. Brusquement, Jessica eut une idée. Et si... ? Elle posa son plateau sur les genoux d'un client stupéfait, et se précipita sur le téléphone. Elle demanda Jean-Pierre Chassagne. Elle l'appâta :

– Jean-Pierre ? C'est Jessica. J'ai un cadeau en or pour

toi. Un scoop qui va faire exploser le tirage de ton canard. Ça t'intéresse ?

Ils prirent rendez-vous. Elle se rendit sur la yacht des Di Lorenzi. Le prince était là : Giancarlo Di Lorenzi la reçut tout de suite, pressentant une conclusion heureuse de cette aventure malheureuse. Il lâcherait un peu d'argent à cette serveuse, et tout serait dit. Mais, quand elle entra dans le salon du yacht, Jessica était remontée :

– Monsieur Di Lorenzi, si vous ne dites pas toute la vérité à Paolo, je vais tout raconter à la presse.

Le prince, assis dans un fauteuil en teck, un cigare à la bouche, toisa cette folle.

– Mais... vous n'avez aucune preuve !

– Si. J'ai retrouvé le photographe que vous avez engagé pour me piéger ! Il est prêt à témoigner !

– Il me suffira de le payer un peu plus...

– Non. J'ai des aveux écrits, Monsieur Di Lorenzi.

Giancarlo Di Lorenzi réfléchit. Ainsi, c'était du chantage ? Après tout, pourquoi pas ? Il demanda :

– Combien, pour votre silence ?

– Rien. Je veux la vérité, c'est tout.

Le prince, agitant son cigare, explosa :

– Ce n'est pas une sale petite barmaid qui va me faire chanter ! Et encore moins entrer dans ma famille ! Je vous conseille d'accepter ma proposition ! Sinon, il existe d'autres moyens de vous faire taire !

Quand elle fut littéralement jetée sur le quai par les gardes du corps, Jessica se rendit au café du coin, où Jean-Pierre Chassagne l'attendait. Il décrocha le micro du corsage de Jessica, regarda le magnéto qui tournait sur sa table, l'arrêta, et se leva. Il dit :

– Viens ! On se dépêche !

Sur son scooter, ils prirent la direction de la mairie. À la radio, le commentateur faisait dans les violons :

– Le couple princier s'avance, l'amour au front. Paolo, qui incarne la grandeur d'une dynastie...

Jessica n'entendit pas la fin. Elle riait trop, tandis que le scooter, lancé à pleine vitesse, zigzaguait dans les rues de Saint-Tropez.

Jaloux, d'une jalousie à faire pâlir Othello, David Dernoncourt était rentré de Marseille, en avance. Toute sa violence refoulée, que Laure n'avait pu voir car il la dissimulait soigneusement, affleurait. Plus elle cherchait à cacher sa propre erreur médicale, plus il croyait qu'elle dissimulait un amant. Le dîner avec Frank Lordano lui était revenu aux oreilles. Il décida de mener son enquête. Un matin, il se présenta à la clinique du Golfe, où il demanda le docteur Lordano. Ils se connaissaient, ayant fait leurs études ensemble. David s'exclama, en voyant son ami :

– Chapeau ! Tu as fait un miracle ! La patiente revient de loin !

– Merci.

– J'aimerais connaître le nom de son médecin traitant. Il faut le signaler. C'est un danger public !

– Laisse tomber. La patiente est sauvée, David.

– Ça, l'enquête le dira ! Mais moi, je ne veux pas laisser passer ça ! Dis-moi qui c'est ! Je veux le dénoncer à l'Ordre des médecins ! Et toi aussi, si tu refuses de m'aider !

– Non... Je ne peux pas.

David Dernoncourt, glacial, toisa son confrère, comme s'il était un juge et l'autre un microbe. Il asséna :

– Pourquoi ? Parce que tu couches avec ?

Une heure plus tard, dégoûté par ces méthodes, et prenant au sérieux les menaces de Dernoncourt, Frank Lordano démissionnait, au grand plaisir de David. Quand Laure apprit ce départ, elle trouva cette précipitation étrange. Elle demanda, le soir, autour d'une salade niçoise qu'elle avait faite en prétendant être mauvaise cuisinière :

– Que s'est-il passé ?

– Rien. Frank a eu une offre intéressante à Paris. J'ai essayé de le retenir...

– Ah, bien. J'ai cru...

– Tu as cru quoi, mon amour ?

– J'ai cru que tu l'avais fait virer.

– Tu es folle, Laure ! Pourquoi aurais-je fait une chose pareille ? Mais ne t'inquiète pas. Frank est un excellent médecin. Il refera sa carrière très vite...

Laure mâchait sa salade. Quelque chose, dans cette histoire, ne collait pas. Elle réalisait brusquement qu'elle ne connaissait pas vraiment David Dernoncourt, et que, lorsqu'il avait quitté Olga, sa femme, et sa fille adolescente, il n'avait peut-être pas laissé tous ses problèmes derrière lui. Laure posa sa fourchette. Elle éteignit la lumière électrique, alluma des bougies, sortit une bouteille de champagne. Puis elle vint s'asseoir sur les genoux de David, lovée dans ses bras. Sensuellement, les deux amants s'allongèrent sur la moquette. Ils firent l'amour ainsi, sans tirer les rideaux. Plus tard, dans le silence de la nuit, Laure se demanda pourquoi elle n'était pas totalement heureuse. Elle regarda l'homme nu, endormi à côté d'elle. Oui, pourquoi ?

La semaine s'acheva gentiment. Certains touristes s'en allaient, d'autres arrivaient. À la Plage, le train-train continuait. Louis, de sa retraite italienne, envoyait des cartes postales qui ne disaient pas grand-chose. Samuel était passé, pour embrasser Tom et dire au revoir à Caroline. Il avait pris une décision : entrer dans un centre de désintoxication.

– C'est la meilleure solution. J'espère que je m'en sortirai.

Terry avait disparu, reprise par la vie nocturne de Paris. Caroline, dans un dernier geste de tendresse, avait accompagné Samuel jusqu'aux grilles du centre. Là, se tournant vers elle, il avait simplement dit :

– Merci.

Valentine, elle, était arrivée à temps pour empêcher la conversation entre Pierre et Alain. Elle avait pris son futur mari à part, et lui avait dit :

– Ne le fais pas !

Un reste de décence avait fait basculer la situation. Alain avait refusé les propositions de Sutton et associés, et avait arrosé la grossesse de Valentine, ainsi que son opération prochaine, chez les Olivier. Jessica, à la Plage, était sur un petit nuage. Elle servait un client particulier : Paolo, après avoir écouté l'enregistrement de Chassagne, avait rompu le mariage en cours. Il était sorti de la mairie, avait passé un blue-jeans, et était venu sur le ponton, boire une coupe avec sa blonde favorite. La princesse Durkeim avait fait savoir qu'un autre beau parti, le prétendant au trône de Bulgatravie, demandait sa main, et qu'elle avait besoin de réfléchir.

Jessica, un sourire extatique aux lèvres, ne s'aperçut pas que le champagne qu'elle versait débordait de la coupe, et gouttait sur le ponton. Elle n'avait d'yeux que pour son prince, absolument charmant.

– 21 –

L'amour meurtri

À la Plage, l'excitation était à son comble. Des jeunes filles en bikini se pressaient au bout du ponton, agitant des mains frénétiques, criant, piaillant. Jessica se demanda vaguement si Brigitte Bardot n'était pas revenue, mais, réflexion faite, non. On n'était plus dans les sixties. Si d'aussi jeunes filles avaient l'air aussi électrifiées, c'est qu'il y avait une autre raison. Jessica s'approcha. Un Riva venait d'accoster, magnifique, élancé, briqué, piloté par un marin accompagné d'un passager : une silhouette d'homme sauta sur le ponton, élégante et décontractée. Jessica ouvrit de grands yeux : c'était Patrick Saint-Val. Elle se fraya un chemin, joyeuse, et lança :

– Patrick ! T'es arrivé quand ? J'en reviens pas ! Ça fait combien de temps... ?

Il sourit, d'un sourire mélancolique et heureux en même temps, et répondit amicalement :

– Longtemps, Jessica, trop longtemps.

Cinq minutes plus tard, il avait distribué les autographes, avait fait les bises de rigueur, et les jeunes filles, gentilles, s'étaient dispersées. Il raconta : il avait fait des films, des voyages, s'était « un peu » fiancé avec une Italienne, et demanda des nouvelles des copines. Jessica fit court :

– Laure bosse à la clinique du Golfe, maintenant et Caro... Elle a sa carrière... ça marche bien pour elle. Louis est en Italie, Claude, tu sais... On l'a perdu... Moi, je fais de la photo. J'ai exposé, même... ça me fait un peu oublier la danse, tu sais... Et puis j'ai Paolo !

Ils bavardaient ainsi, heureux de se retrouver sous le soleil de Saint-Tropez, devant la mer et l'horizon, buvant du jus d'orange, clignant des yeux dans la lumière de cette belle fin de matinée. L'heure du déjeuner approchant, Jessica proposa :

– T'as peut-être faim ? Je déjeune avec une copine, tu la connais peut-être, Colette Manzani.

Sur le visage bronzé de Patrick Saint-Val, une ombre passa.

– Non... euh... Enfin si, je...

Il se leva, prêt à repartir. Jessica se demanda si elle n'avait pas commis un impair, et tenta de redresser la barre :

– On fait une fête pour ton retour ?

Il acquiesça, l'embrassa sur les deux joues, et, la laissant troublée par ce départ soudain, embarqua dans son Riva où l'attendait le pilote tout de blanc vêtu.

Le déjeuner fut simple et cordial. Colette voulait l'avis de Jessica, pour redécorer l'Ibiza-Club. Depuis le passage du père de Jessica, Michael White, Colette s'était radoucie envers ses concurrentes de la Plage, qu'elle considérait maintenant comme des amies. Elle voulait repeindre, changer les banquettes... Jessica lui fit part du retour de

Saint-Val. Colette, qui venait de changer de coiffure et essayait le blond vénitien, demanda :

– Saint-Val... Tu le connais depuis longtemps ?

– Je ne sais même plus. Tu le connais ?

– C'est une longue histoire, Jessica.

– Il y a quelque chose entre vous ?

– On peut dire ça, oui.

Colette avait pris l'air mystérieux. Pourtant, l'écart d'âge, entre eux, était important. Mais pourquoi pas ? se dit Jessica. Après tout, Cher sort avec des amants qui ont vingt ans de moins qu'elle... Jessica sentait un malaise dans l'air, une sourde haine entre eux. Avaient-ils vécu ensemble ? Elle se promit d'éclaircir l'affaire, mais, au dessert, Colette la fit rire en lui racontant la fois où elle avait mis son escarpin gauche au pied droit, et le droit au pied gauche, pour aller danser chez Castel :

– J'avais bu trop de champagne pour avoir mal aux pieds, Jessica...

Folle jeunesse, se dit Jessica. Qui n'avait qu'une hâte : se retrouver dans les bras de Paolo.

– Tu pars pour combien de temps ?

Samuel, désintoxiqué, avait l'air stressé. Caroline, pour sa carrière solo, partait de plus en plus fréquemment, laissant Tom à son père. Les rapports n'étaient pas au beau fixe, entre les deux parents. Samuel avait repris sa vie de bâton de chaise, faisant défiler les filles mais, heureusement, se tenant éloigné de la drogue. Caroline faisait ses bagages, et recommanda :

– Ne mêle pas Tom à tes histoires de gonzesses !

– J'ai passé une annonce pour une baby-sitter.

Caroline termina sa valise, monta dans la voiture qui l'attendait, et disparut. Resté seul dans la luxueuse villa, Samuel regarda son fils. Celui-ci courait dans tous les sens, mordait les jouets, essayait de fourrer ses petits doigts dans les prises de courant : il fallait le surveiller à chaque instant. Le téléphone portable de Sam sonna : c'était une jeune fille qui se proposait pour le job de baby-sitter. Elle arriva dix minutes plus tard. Elle se présenta :

– Margaux.

– On se connaît ?

– J'ai vu plein de tes concerts ; je t'ai même interviewé un jour...

– T'es journaliste, Margaux ?

Elle sortit un fanzine de son sac. Il le prit : le papier, de mauvaise qualité, lui accrocha les doigts. Il y avait des photos de Samuel Devos, des descriptions de Trouble Vision, des éloges sans fin. Margaux, seize ans, reprit :

– Je suis à la fois rédactrice en chef et... tout le reste, quoi ! Ça parle de toi, de tes projets, de tes chansons...

– Tu t'y connais, en gamins ?

– J'ai fait des colos de vacances ! T'inquiète pas !

Il l'engagea. Il lui fit faire le tour du propriétaire, donna les instructions. Puis il partit, laissant Margaux fouiner à son aise. Celle-ci ne se priva pas de ce plaisir. Elle regarda les photos de son idole, donna à manger à Tom, le promena au parc, et, pour faire bonne mesure, prépara un déjeuner pour Samuel. En rentrant, à midi il coupa court, sans déjeuner. Déçue, Margaux le regardait comme un dieu vivant, prête à pardonner tous ses caprices. Elle fit des manières pour accepter son salaire, puis, quand il lui dit :

– Pas besoin de venir demain. Je vais m'occuper de Tom moi-même.

– Et le reste de la semaine ?

– Non plus.

– Je peux venir quand même... Sans être payée...

– T'es sympa, Margaux, mais j'ai envie d'être peinard avec mon fils. Tous les deux, seuls... Entre hommes !

Mais cet après-midi, c'était OK, elle pouvait l'emmener à la plage. Il repartit au studio d'enregistrement. C'est là qu'il reçut le coup de téléphone paniqué de Margaux. Tom avait été enlevé. Les ravisseurs exigeaient une rançon. Et pas question de prévenir la police, surtout...

Marco, de passage à la Plage, en fin d'après-midi, apportait une mauvaise nouvelle. Il avait son regard des mauvais jours, et, depuis la mort de Claude, son côté sombre ressortait. Il ne fut pas sensible à l'excitation provoquée par le passage de Patrick Saint-Val, dont les jeunes filles, les pieds dans l'eau, parlaient encore. Il cherchait Manu, qu'il n'aimait pas trop. Mais Claude le considérait un peu comme son fils, alors l'inspecteur se tenait à une attitude amicale envers ce jeune ex-délinquant. Manu, en le voyant, se mit à le chambrer. Il posa son plateau, et leva les mains :

– J'ai rien fait, m'sieur, je vous jure !

– Arrête ton cinéma, tu veux ? Pour le moment, tu es sous conditionnelle... Si je suis là, c'est que... Forzani a été relâché.

– Je vous crois pas !

Marco regarda la mer. Un jet-ski passait, en vrombissant. Le touriste avait l'air de bien s'amuser. Il reprit :

– Si. Il était au commissariat, les menottes aux poignets, quand Claude a été assassiné. On peut rien contre lui, sans preuve. Et il a un bon avocat.

Manu vit rouge :

– Ce type a fait assassiner Claude et vous, vous le relâchez ?

– Je sais ce que tu ressens. Claude était mon ami. Forzani est une crapule, un assassin, tout ce que tu veux. Il paiera. En attendant, tiens-toi tranquille...

– Sinon... ?

– Sinon, tu retournes au ballon. C'est clair ?

Manu, renfrogné, donna un coup de pied à une table. Il avait besoin de se défouler. Marco, en partant, alla voir Marie qui, au bar, faisait le service : celle-ci, depuis la disparition de Claude, avait du mal à surnager. Elle avait un instant songé à faire route commune avec Manu, mais... Marco la mit au courant. Et précisa sa pensée :

– Marie, j'ai besoin de toi. Forzani prépare une arnaque aux faux billets.

– Je ne vois pas en quoi ça me concerne...

– J'ai besoin de quelqu'un qui pourrait le surveiller... Forzani a toujours eu un faible pour toi. J'ai pensé que, peut-être, tu pourrais te faire engager au Sérail...

– J'espère que tu plaisantes !

– Non. C'est le seul moyen de le coincer. Fais-le pour Claude. On ne lui rendra jamais la vie, seulement un peu de dignité.

Pendant ce temps, Manu, devant un miroir, se regardait. Il avait du mal à supporter son propre visage. Il fallait qu'il fasse quelque chose.

Une heure plus tard, il avait arrangé un rendez-vous avec un certain Félix. Au bar du Saint-Tropez, quand il avait passé ses coups de téléphone, Marie avait prêté l'oreille. Quand il avait filé sur sa moto, elle avait emprunté la voiture décapotable de Laure. Et maintenant, sur le port, près des entrepôts, elle voyait que Manu achetait quelque chose à ce Félix. Quand la transaction fut terminée, Felix remonta sur sa moto et partit. Son paquet à la main, Manu restait là, songeur. Marie sortit de la voiture, se dirigea vers lui. En s'approchant, elle vit la forme du paquet : c'était une arme de poing. Quand il vit Marie, Manu tenta de la dissimuler. Mais il était trop tard. Elle jeta, inquiète :

– Qu'est-ce que tu fous ? T'es dingue ? Tu veux finir ta vie en prison ?

– Tout ce que je veux, c'est dormir en paix.

– Tu veux lui ressembler ? Devenir un assassin ?

– Je sais ce que j'ai à faire...

Il enfourcha sa moto, et partit rapidement. Elle cria son nom, mais il était trop tard. Il allait tuer Forzani.

David n'aimait pas les amis de la Plage : ils avaient trop d'influence sur Laure, ils lui prenaient une part trop importante de sa vie. Il la voulait toute pour lui. Elle travaillait encore à « Médecins pour tous », mais aussi à la clinique du Golfe, que Dernoncourt avait reprise après le départ de Frank Lordano et où il faisait désormais la loi. Ainsi, sa vie privée était divisée entre la Plage et David ; sa vie professionnelle, entre une association et une clinique. Peu à peu, Laure avait pris ses distances avec la troupe de copains. Ils ne laissaient jamais de messages, n'appelaient pas... Quand elle vit Jessica arriver au bureau de « Médecins pour tous », Laure eut quand même un pincement : la vieille amitié qui les unissait existait toujours. Elle accueillit son amie d'un sourire :

– C'est gentil de penser à moi !

– Attends ! Comment tu peux dire une chose pareille ! On n'arrête pas de téléphoner ! Caro, Manu et moi...

– Écoute Jessica, je sais me servir d'un répondeur alors si vous aviez laissé des messages...

– On en a laissé plein, tu rappelles jamais !

– C'est curieux, David a dû oublier...

Elles allèrent boire un café ensemble, tous reproches mis à part. Quand Jessica partit, son appareil photo en bandoulière, Laure se mit à réfléchir. Depuis qu'elle vivait avec David, la Plage lui manquait. Sur la proposition de David, elle allait même démissionner de « Médecins pour tous », histoire de s'occuper d'une unité antidouleur à la clinique du Golfe. Il lui avait fait visiter les locaux, rénovés, lui avait présenté l'équipe et, arrivé devant un bureau, lui avait indiqué que ce serait le sien. Ils partageraient les lieux. Elle se demanda quand même si cette promiscuité de tous les jours n'était pas exagérée... Puis elle alla dire bonjour aux amis de la Plage, qui lui firent fête. En revenant, Manu la déposa devant la clinique. Laure ne remarqua pas que, de la fenêtre, David Dernoncourt les observait, le visage blême de rage.

Le soir, la crise qui couvait éclata. Alors qu'elle rentrait, fatiguée, David, debout, l'accueillit :

– Tu t'es bien foutue de ma gueule, hein !

– Mais qu'est-ce qui te prend ?

Il la prit par le coude, en serrant fort. Il lui faisait mal. Laure ne comprenait pas cet accès de fureur. Il reprit :

– Tu m'as humilié ! Tu m'as bafoué ! Tu veux que je te dise ce que tu es, au fond ? Moi qui te faisais confiance... Tu t'affiches avec ce... ce Manu ! Ton amant !

– Mais calme-toi ! On n'a rien fait ! On a juste pris un café !

– Eh ben voilà ! Ça te revient ! Tu vois ? Tu vois ?

Elle crut qu'il allait tomber en syncope. Le visage blanc comme un drap, il écumait. Ce David-là, elle ne le connaissait pas. C'était un autre, un monstre grimaçant. Elle se dit : « C'est un mauvais rêve. » Mais quand elle prit sa première gifle, qui la précipita sur le sol, elle comprit que le rêve était réel.

Patrick Saint-Val, installé à une table du jardin de l'hôtel Mykonos, prenait son petit déjeuner. La table, luxueuse, débordait de fruits, de croissants, de fleurs. Il semblait lire un scénario, ou un contrat peut-être. Autour de lui, dans l'air doux de cette matinée, le murmure des conversations était comme étouffé. Il était entièrement plongé dans sa lecture. C'est ainsi qu'il n'aperçut pas la visiteuse qui, de loin, le regardait en hésitant. Colette Manzani, vêtue d'une chemise blanche et d'un pantalon blanc, semblait figée. Un serveur s'approcha :

– Vous désirez, madame ?

Elle sembla sortir d'un long sommeil.

– J'étais venue voir M. Saint-Val, mais je vois qu'il travaille. Je ne voudrais pas le déranger.

Elle sortit un stylo en or de son sac, et un calepin.

– Je vais lui laisser un message.

– À votre service, madame.

Elle s'assit à une des tables vides, et se mit à écrire. Patrick Saint-Val, le dos tourné, buvait son café. Il prit son portable, composa un numéro, et, après avoir écouté le message d'accueil, en laissa un :

– Caroline, c'est Patrick. Je suis de retour à Saint-Tropez pour quelques jours et... J'aurais aimé voir Tom...

Je loge à l'hôtel Mykonos. Rappelle-moi. Je vous embrasse tous les deux.

Songeur, il raccrocha. Il finit son café, se leva et, en se retournant, vit Colette Manzani. Brusquement, son visage souriant se ferma. Elle, tendant son petit mot, lui dit, émue :

– Bonjour... J'étais venue te voir, je... Je te dérange, peut-être...

– Oui.

– Je... Je comprends. Je voulais te donner mon numéro de téléphone et... Je ne sais pas... On pourrait peut-être se parler...

– Je n'ai rien à te dire.

Il s'éloigna, sans un regard. Le serveur, qui attendait son pourboire, en fut pour ses frais.

Colette Manzani hésita un instant. Puis elle courut derrière Patrick, le forçant à s'arrêter :

– Vingt ans ! On s'est pas vus depuis vingt ans !

Il la regarda. Cette femme tremblante, émue, vêtue de blanc... Elle reprit :

– Oublie, Patrick !

Alors la colère le prit :

– Oublier que ma mère m'a abandonné ? Tu me demandes d'oublier ?

Colette recula, assommée. Un client de passage regarda ce couple qui, visiblement, se disputait. Des larmes dans la voix, Colette essaya de se justifier :

– J'ai quitté mon mari pour un autre homme, oui... Ça a été une décision terriblement difficile à prendre : tu étais petit, et ton frère Arthur encore bébé... Je voulais vous emmener mais je partais à l'étranger...

Patrick ne disait rien, raide et impavide. Elle reprit :

– L'homme avec lequel j'allais vivre habitait les États-Unis... Il quittait lui-même une femme et des enfants... Mais on s'aimait à la folie... Je vous ai laissés à votre père. Il a tout fait pour se venger, pour que je ne vous revoie pas.

Saint-Val s'anima. Il commença à tapoter sa paume avec le scénario roulé dans sa main :

– Tu n'as pas beaucoup donné de nouvelles...

– Ma vie était là-bas ! Vous m'avez terriblement manqué... Quand je suis rentrée en France, après la mort de mon mari, j'ai essayé de renouer le contact.

– Le contact ? Tu sais ce que c'est un contact ?

– J'étais jeune... Je refaisais ma vie... Je n'ai aucune excuse. Mais maintenant...

Le maquillage défait, les larmes mêlées de khôl tombant sur sa chemise blanche, Colette Manzani était pathétique. On ne reconnaissait pas la conquérante de Saint-Tropez. Elle tendait les mains ver son fils... Il la regarda bien, puis dit :

– Maintenant, je ne t'en veux plus.

Il laissa un silence d'espoir planer, une seconde. Et conclut :

– Mais tu n'existes pas pour moi.

Puis il partit. Il avait rendez-vous avec Laure. Elle avait quelque chose à lui dire, mais pas par téléphone. C'était urgent.

Samuel et Caroline, pétrifiés de peur, attendaient. Comme convenu, ils n'avaient pas prévenu la police. Quand ils entendirent un claquement de portière, ils se précipitèrent dans le jardin : c'était Saint-Val. Celui-ci avait appris la situation par Laure. Il demanda :

– Vous êtes sûrs de ne pas vouloir avertir la police ? Caroline ?

– Non, pas encore...

Comme eux, Patrick Saint-Val souffrait. Après tout, il avait vécu avec Tom, et le considérait un peu comme son fils. Il prit le coude de Samuel, pour lequel il n'éprouvait pas des sentiments très tendres, et l'emmena à part. Il se mit à murmurer :

– Samuel, je voudrais te dire que... Si les ravisseurs devaient demander une trop grosse somme, disons que si tu avais des difficultés pour réunir l'argent, j'aimerais que tu saches que je suis là, et que je peux vous aider...

Samuel, ému, lui serra l'épaule, sans rien dire. Puis ils allèrent regarder le petit parc de Tom, constellé de jouets, vide. Caroline, dans l'encadrement de la porte, pleurait. Patrick repartit, le cœur lourd.

Les heures passaient. Quand Margaux arriva, dévorée par la culpabilité, elle déposa sur la table basse une poignée de lettres, prises dans la boîte. L'une d'entre elles, grise, dépassait. Samuel, l'œil attiré par celle-ci, l'ouvrit. C'était une demande de rançon. Samuel se tourna vers Caroline, roulée en boule sur le canapé, près du téléphone. Il lut :

– Soixante-cinq mille francs...

– C'est tout ? Je me demande s'il ne faut pas prévenir les flics quand même...

– On peut plus reculer maintenant ! Ils disent ici que le rendez-vous est pour six heures.... On n'a plus que... neuf heures à attendre !

Margaux intervint :

– C'est moi qui porterai l'argent ! C'est à moi qu'on a enlevé le bébé, c'est normal que je risque ma vie pour le retrouver...

Samuel refusa. Tandis que Caroline se préparait pour aller à la banque, Margaux décida de rentrer chez elle. Samuel, seul, sortit sur la terrasse. Il regarda la note de demande de rançon, qui était restée dans sa main. Il froissa le papier, qui lui accrocha les doigts. Il murmura :

– Je connais ce papier...

Soudain, il revint dans le salon. Il ouvrit un tiroir, sortit le fanzine qui lui était consacré, compara les deux papiers.

– C'est pas possible.

Il attendit que Caroline soit revenue de la banque, avec l'argent. Là, il l'accueillit avec un air exalté :

– Caro, je sais qui a fait le coup.

– T'as appelé les flics ?

– Non. La lettre de rançon a été écrite sur le papier de Margaux.

– La baby-sitter ?

– On va chez elle.

Manu fut embarqué dans l'heure, devant le Sérail. Il traînait là depuis un moment, avec son arme, incertain de ce qu'il devait faire. Quand Marie avait été demander l'aide de Marco, au commissariat, tout s'était précipité. Désormais, Marco savait que Manu voulait tuer Forzani. Ce dernier, au bar du Sérail, fêtait sa libération avec ses acolytes. Quand il vit les flics embarquer Manu, il comprit. Et remarqua :

– C'est bien la première fois que je dois remercier un flic !

Marco se tourna vers Marie, qui l'avait accompagné.

– Je n'y suis pour rien, dit-il.

La police partie, Marie resta. Elle s'approcha de Forzani. Celui-ci lui demanda :

– Ça mérite un verre. Tu restes ?

– Ça mérite plus que ça...

Une heure plus tard, devant une bouteille de champagne, l'atmosphère s'était détendue. Forzani, en lissant ses cheveux, remarqua :

– Je croyais que tu me détestais, Marie...

– C'était vrai. J'ai essayé de croire que je pouvais devenir quelqu'un de respectable... J'étais naïve...

Ils burent, après avoir trinqué. Forzani se sentait en veine de cadeaux. Il reprit :

– Ça te dirait de revenir au bercail ?

– Oui, mais pas pour faire du strip-tease.

– On te trouvera autre chose...

Le soir même, Marie était de service dans la salle. Sexy, en minijupe de cuir, elle allait de table en table, le sourire aux lèvres. Au fond, elle aimait la nuit. Du coin de l'œil, elle surveillait les allées et venues de Forzani qui, au fond de la salle, recevait quelques sbires. L'affaire de fausse monnaie semblait bien engagée. Elle passait près d'eux, servait les verres, changeait les cacahuètes, répondait à leurs plaisanteries grasses. Vers quatre heures du matin, l'ambiance, au Sérail, était d'enfer. La musique pulsait, les couples dansaient, et Forzani réclama, d'un geste de la main, une nouvelle bouteille pour lui et ses hommes. Marie se précipita, et, coquine, lança une œillade à l'un des gardes du corps de Forzani. Celui-ci lui passa la main sur les fesses. Elle réprima une ruade, et se pencha pour ouvrir le champagne. Au moment où elle enlevait les fils de fer du bouchon, elle fit un faux mouvement. De son décolleté, un micro tomba sur la table.

Forzani la regarda, et, faussement amical, jeta :

– Comment va ton ami ? Le commissaire Marco ?

– Je vais t'expliquer, je...

– Tu nous accompagnes. Je te conseille de fermer ta petite gueule. Compris ?

Deux sbires encadrèrent Marie et l'emmenèrent dehors, pour l'enfourner dans une BMW noire qui démarra aussitôt. Aucun des gros bras ne remarqua qu'au coin de la rue, un motard attendait. Celui-ci, casqué, mit en route son engin, et entreprit de suivre la voiture, de loin. C'était Manu. La mise en scène de Marco avait bien fonctionné. En voyant la BMW s'arrêter, dans la nuit, près d'une plage, Manu décrocha son portable et appela Marco :

– Forzani a pris Marie en otage. Ils sont sur la plage, aux Escoubiers. Pas loin du port, oui. Faites vite, nom de Dieu !

Deux autres types, venus de la mer en Zodiac, étaient là. Ils portaient une mallette. Forzani l'ouvrit, jeta un coup d'œil, et décréta :

– Parfait, les numéros ne se suivent pas ! Super, ces billets ! On dirait des vrais !

Marie, maintenue par les deux sbires, était terrifiée. Forzani monta dans le Zodiac des gangsters :

– Faites monter madame Marie, aussi. On l'emmène !

Ils allaient la tuer, et sans doute jeter son cadavre pardessus bord. Manu hésitait. Désarmé, que pouvait-il faire ? Juste au moment où il allait se lever et menacer tout le monde d'un flingue imaginaire, il entendit la voix de Marco, tombant d'un mégaphone :

– Les mains en l'air, Forzani !

– Je suis sûre que c'était des traces de coups, décréta Jessica.

Laure, depuis quelques jours, se promenait avec des lunettes noires immenses, qui lui mangeaient le visage. Elle semblait distante, aussi. David s'était excusé, avait juré que ce geste ne se reproduirait plus. Par amour, elle avait pardonné. Pour aplanir tout, David avait même suggéré d'organiser un dîner, avec tous les amis de la Plage. D'ailleurs, pour le retour de Saint-Val, c'était déjà prévu, n'est-ce pas ? Il reprit :

– Faut qu'on les invite tous. Jessica, Caroline, Manu...

– Ils vont être contents !

– Mais ça va pas être possible ce week-end... On est invités ailleurs, Laure...

Le soir, elle se rendit quand même à la fête pour Patrick. Le champagne coulait, l'acteur était apparemment ravi, et tout le monde le congratulait de ses derniers succès. Lui, préoccupé secrètement par l'enlèvement de Tom, répondait évasivement. Au milieu de la soirée, Laure, voulant éviter la jalousie de David, rentra tôt. Son compagnon était encore éveillé. Il tenait une cigarette non allumée entre ses mains. Elle s'approcha de lui :

– Tu ne dors pas ?

Il la regarda étrangement, comme si elle était une martienne. Et répondit :

– Ça t'aurait bien arrangée, hein ?

– Pourquoi tu dis ça ?

– C'était bien ? Tu t'es bien amusée ? Tu t'es fait tripoter toute la soirée par cette bande de...

– Tais-toi !

– Tu voudrais que je te laisse faire des saloperies sans rien dire, c'est ça ? C'est ça que tu voudrais ?

Il s'approcha, les yeux injectés de sang. De nouveau, elle ne le reconnaissait pas. Où était le David Dernoncourt charmant, celui qui l'avait séduite ? Le chirurgien brillant, qui l'avait convaincue de venir travailler à l'unité antidouleur de la clinique du Golfe ? Le compagnon agréable, qui avait fait de son mieux pour ne pas traumatiser Olga, la femme qu'il laissait derrière lui ? Laure sentit la peur, et la colère, monter en elle. Elle ramassa son sac à main. Il insista :

– Regarde-toi ! regarde comment tu es habillée ! On dirait une pute !

Elle tourna les talons, se dirigeant vers la porte. Il lui barra le passage. Elle eut le temps d'entendre :

– Reste ici ! T'as peur, hein ! Pourquoi tu me fais tout ce mal ? Ne t'en vas pas ! Non !

La première claque l'étourdit. Quand elle reçut la deuxième, elle se demanda pourquoi quelqu'un avait éteint toutes les lumières. C'était bizarre.

Tom était sur les genoux de Samuel. Il n'avait rien. Il jouait avec une grosse grenouille verte, ravi. Quand Caroline avait sonné chez Margaux, qui regardait la télé, Sam s'était introduit chez la baby-sitter par la fenêtre entrouverte. Là, il avait retrouvé l'enfant, sagement endormi. Margaux, effrayée, avait fourni des explications incohérentes. En fait, son amour des stars lui avait joué un tour. Elle relevait du traitement psy, et non de la police. Heureux d'avoir récupéré leur enfant, Caro et Sam avaient tenté de la raisonner. L'information principale de la soirée, à la télévision, était passée inaperçue : Forzani s'était échappé, malgré la souricière. Quand Caroline, en rentrant, suggéra qu'ils passent la journée tous ensemble, en famille, le visage de Samuel s'éclaira d'un bon sourire.

Le lendemain, Tom, à la Plage, faisait l'admiration de tout le monde. Même Marco était là ; Marie et Manu, enlacés, semblaient sur un petit nuage. Patrick Saint-Val avait apporté une tonne de jouets pour le gamin. Laure, libérée de son cauchemar, avait rompu avec David. Lequel, en larmes, l'avait suppliée de revenir. C'était non, définitivement. Il ne manquait que Paolo, qui devait arriver d'un instant à l'autre. « Ces princes, ça se croit tout permis », dit Manu, avec humour. Puis il entraîna Marie sous le vieil olivier et là, les pieds dans l'eau tiède de la Méditerranée, il lui dit : « Merci » et l'embrassa, passionnément. Une nouvelle histoire d'amour, sur la Plage ? C'était normal. L'endroit s'y prêtait.

De loin, une femme observait ces réjouissances méritées, sous le soleil. Colette Manzani essuya une larme, et reprit le chemin de Saint-Tropez.

– 22 –

Sous les ennuis, la plage

Le mariage promettait d'être somptueux. Toute la belle société de la Côte – et d'ailleurs – se pressait à l'église Notre-Dame de l'Assomption, sous le porche où le saint patron de l'endroit, Tropez, était représenté en centurion romain. Princes et têtes couronnées, duchesses et stars du rock, couturiers et cinéastes se pressaient, en rangs serrés, au mariage de Paolo Di Lorenzi et de sa fiancée, Jessica Lowry. C'était la version moderne de Cendrillon : une serveuse de bar, ex-danseuse de surcroît, épousait le rejeton de l'une des dynasties régnantes d'aujourd'hui. Les Di Lorenzi était présents dans l'automobile, la jet-set, la restauration, les arts : mais leur empire reposait sur l'agro-alimentaire, une immense affaire dont la société maîtresse, Parmelade, était le fleuron incontesté. En Italie, Parmelade était un mythe. Les paparazzi se bousculaient, et, dans une atmosphère bon enfant qui donnait à cette noce haut de gamme un air enjoué, les invités se congratulaient, demandaient des nouvelles, se saluaient de loin. Le prince Maximilien de Charbourg-Exclos s'inclinait devant Elton John, la duchesse Trik enlaçait Brad Pitt, et des nuées de jeunes filles vêtues de rose jetaient des pétale de fleurs un peu partout. On avait dressé une estrade dorée, où des angelots dorés surplombaient le lutrin, pour expédier le mariage civil avant de passer à l'église. À Saint-Tropez, c'était un événement colossal, qu'on mesurait au nombre de chapeaux de femmes : chacune avait cru bon de s'affubler d'un couvre-chef invraisemblable. Il y avait des corbeilles de fruits, des treillis ajourés, des capelines en soie, des galettes argentées, et tout cela coiffait ces dames avec élégance et humour.

Jessica, radieuse dans sa robe blanche Gucci, s'avançait, souriante : elle avait gagné son prince haut la main. De son côté, Paolo, en queue-de-pie, allait à sa rencontre. À son côté, sa mère, digne et souriante, accompagnait son fils devant le maire qui, rubicond, attendait sur l'estrade, avec son texte préparé sur le lutrin. Au moment où Paolo, fendant la foule, atteignit Jessica, il murmura :

– Tu es magnifique ! Je t'aime ! J'ai cru qu'on n'y arriverait jamais...

Le maire toussa dans les haut-parleurs, pour bien faire comprendre que l'instant était solennel. On boirait, on mangerait, on danserait après. Mais, pour l'heure, il fallait se concentrer. Depuis le mariage de Jane Fonda avec Roger Vadim, jamais Saint-Tropez n'avait connu pareille fête : la noce allait rester dans les annales. D'ailleurs, au port, devant le yacht, une garde d'honneur était déjà disposée.

Le maire prit la parole :

– Si vous voulez bien vous approcher...

Jessica et Paolo avancèrent. Le maire reprit :

– Bien. Vos témoins sont-ils présents ?

Du portail de l'église, les premières notes d'orgue se

déversaient. Se rengorgeant, le maire mit ses lunettes pour lire :

– Nous allons pouvoir commencer. Représentant de la République en tant que maire...

Jessica n'avait d'yeux que pour son prince. L'univers avait disparu. Il n'y avait qu'eux deux. Tout se passa comme dans un songe : l'échange des vœux, la déclaration du maire, la signature du registre. Il ne restait qu'une formalité : la photo officielle. Dans un silence respectueux, la foule retint son souffle. Paolo prit la pose, tenant Jessica par les mains. Elle, resplendissante, ajusta sa voilette, et se lova contre lui. Le photographe demanda aux gens, derrière, de se déplacer. Le maire fit un pas à gauche, Mme Di Lorenzi à droite et Manu, qui était ravi pour sa copine, demanda :

– Qui c'est, ces pingouins ?

Deux policiers s'étaient ouvert un passage dans la foule. Et, juste au moment où le flash du photographe se déclencha, on entendit le premier policier demander :

– Vous êtes bien Paolo Di Lorenzi ?

Le prince, ébahi, opina.

– Vous êtes en état d'arrestation, suivez-nous.

Le temps que Jessica reprenne ses esprits, Paolo était parti, menottes aux poignets. À Saint-Tropez, on avait vu des mariages bousculés. Mais des comme ça, jamais.

Le réalisateur avait gardé ses écouteurs sur les oreilles. Planté derrière la caméra, il donnait ses instructions en souriant, mais on sentait que l'heure était grave. Ses cheveux blancs comme neige, bouclés, lui donnaient l'air plus vieux ; en fait, à cinquante ans, il était l'un des cinéastes les plus célèbres du monde, et il tenait à ce que ça se sache. Il se tourna vers Patrick Saint-Val. Celui-ci avait une scène qui, dans *L'Indécrottable*, exigeait qu'il se suspende à un trapèze, lequel était fixé sous un hélicoptère en vol, et, lorsque l'appareil volerait bas, Saint-Val devait lâcher le trapèze pour prendre pied sur le toit d'un 4 × 4 Defender. La cascade était risquée, mais le film, qui était une comédie d'aventures, y gagnerait beaucoup si on voyait l'acteur faisant ses propres cascades. Le réalisateur demanda à Saint-Val :

– Tu es sûr que ça va ? Les cascadeurs sont là, tu peux encore changer d'avis...

Patrick Saint-Val fit non de la tête. Il monta dans l'hélicoptère tandis que le cinéaste recadrait le 4 × 4. On entendit :

– On va la faire ! Tout le monde en place ! Allons dépêchons !

L'hélico décolla. Les voitures démarrèrent, dont celle du réalisateur, munie d'une plate-forme où la caméra était arrimée. Sur ce plateau poussiéreux, dans l'arrière-pays, on avait l'impression d'être à mille lieues de Saint-Tropez. On en était à dix minutes. De loin, on vit Saint-Val se suspendre au trapèze volant, et l'appareil se mit à voler à faible hauteur, à une vitesse réduite. Quand le Defender arriva à la hauteur du trapèze, un nuage de poussière derrière lui, on vit Saint-Val chercher, du pied, un appui sur le toit du 4 × 4. Mais la vitesse de l'hélico et celle de la voiture n'étaient pas stables. Chaque millimètre, pourtant, comptait. Peu à peu, la situation se fixa : et Saint-Val put lâcher le trapèze, pour se raccrocher, au plus vite, aux barres de sécurité de la voiture. Au moment où sa main gauche quittait le trapèze, la main droite encore en l'air, un cahot surprit le conducteur. Il manœuvra au plus serré, mais le mal était fait : déséquilibré, incapable de reprendre pied avec la masse d'air qui le poussait vers l'arrière, Saint-Val sembla tourner lentement sur un pied, tandis que sur son visage, une intense surprise se peignait. Puis il chuta lourdement, et son corps rebondit plusieurs fois sur le sol, en roulant. *L'Indécrottable* venait de mordre la poussière.

Quand il arriva, inconscient à la clinique du Golfe, le médecin de garde diagnostiqua des contusions et une forte hémorragie, l'artère fémorale étant sectionnée. Dans le coma, Patrick Saint-Val ne sentit rien, tandis qu'on le recousait. Quand Laure débarqua, encore haletante, elle demanda :

– Y a-t-il des problèmes ?

– Non. Mais il est O négatif.

Laure savait ce que ce constat voulait dire : le groupe sanguin O négatif était rare, très rare. Le patient avait besoin d'une transfusion, de façon urgente. À Marseille, les stocks étaient épuisés. Un appel radio allait être lancé, de demi-heure en demi-heure, pour des volontaires. Mais, alors que le temps s'écoulait sans résultats, le médecin de garde prit Laure à part, pour lui dire :

– Il est mal parti. Très mal...

– Je n'ai pas confiance en moi, Manu... Je ne veux pas être une mère ratée !

– Tu seras une mère merveilleuse.

Depuis quelques jours, la question se posait : Manu se sentait prêt, Marie pas. L'ombre de Claude Lacroix pesait encore lourdement dans sa vie de femme. Elle essayait pourtant, dans sa relation avec Manu, de retrouver l'amour, le désir, le goût de la vie, et Manu, avec sa faconde et sa gentillesse, l'aidait beaucoup. Parfois, il leur arrivait de passer des nuits sur la Plage, faisant l'amour délicatement, avant de se baigner dans l'eau sombre de la Méditerranée, à minuit. Puis, lovés sur un matelas, ils s'étreignaient jusqu'au petit matin, en regardant les étoiles, avant de refaire l'amour, plus ardemment que jamais.

Faire un bébé ? Il faudrait attendre. Manu, patient, se disait qu'il avait jusqu'à la fin des siècles. Il ne se doutait pas qu'il en aurait jusqu'à la fin de la semaine, au mieux.

Il lui fallait régler l'affaire Forzani. La menace que faisait planer le gangster sur eux deux était réelle. Marco, d'ailleurs, avait prévenu :

– D'après mes sources, Forzani a décidé de te faire payer, Manu. Il a pas oublié que c'est à cause de toi qu'il a failli être coffré...

– On ne peut rien contre lui ?

– C'est un caïd. Il a ses hommes, ses avocats, il reste puissant... Il te lâchera pas. Tu vas devoir être prudent, Manu.

– J'en ai vraiment ras le bol ! Je viens de demander à Marie qu'on fasse un bébé, et tout foire... Je vais devoir jouer à cache-cache avec un taré qui veut me coincer... Dans le genre projet d'avenir, on fait mieux !

– Ça faciliterait les choses si tu quittais la région pendant quelque temps... Mais il y a pire : tant que tu seras avec Marie, Forzani ne fera pas la différence entre elle et toi. Si tu veux la protéger, tu dois partir sans elle...

Manu, bouillant de rage, serrait les poings. Il conclut :

– J'aurais dû l'éclater, ce salaud !

En sortant du commissariat, il enfourcha sa moto, sans

remarquer qu'une voiture le prenait en filature. Au même moment, sur les conseils de Laure, Marie décidait d'arrêter la pilule. Au fond, pourquoi pas ? Avoir un enfant... Laure lui avait dit : « Tes doutes vont disparaître dès que ton ventre va s'arrondir. » Elle sortit dans la rue, heureuse de sa décision. Comment ce bébé s'appellerait-il ? Maxence ou Annie ? Justine ou Casimir ? Elle rit, silencieusement.

La voiture fit une queue de poisson. Manu, déséquilibré, vola dans le décor. La moto, malgré la grande vitesse, n'eut rien. Manu, lui, était inconscient. Forzani venait de frapper.

À la clinique, Laure travaillait en silence. Elle rédigeait son nouveau rapport sur la localisation de la douleur dans la région post-corticale, et sentait la fatigue la gagner. La porte s'ouvrit, sans que la personne ait pris la peine de frapper. David Dernoncourt passa la tête :

– Je t'ai fait peur ?

Elle fit non de la tête. Elle ne s'en sortirait donc jamais, de cette histoire ? Elle avait quitté David, possessif, exclusif, violent. Elle le voyait revenir gentil, sucré, douceâtre. Il reprit :

– Qu'est-ce que tu dirais d'aller dîner avec moi, ce soir ? On pourrait parler...

Par fatigue, par lassitude, par un reste de lâcheté aussi, elle accepta. D'ailleurs, il était tellement sûr qu'elle serait d'accord qu'il avait déjà réservé au Rascassou, comme autrefois. Le décor – filets de pêche et têtes de mérou – n'avait pas changé. Le dîner fut tendu. Lui essayait de la regagner. Elle gardait ses distances. Il était persuasif :

– Tu sais, Laure, je n'arrête pas de penser à toi. Quand

je te vois à la clinique, je... Je n'arrive pas à oublier. Je t'aime, Laure.

– David, je t'ai pardonné, mais ne me demande pas d'oublier...

– Tu as quelqu'un, c'est ça ?

Déjà, le jaloux en lui pointait le bout du nez. Sous la couche de sucre, elle voyait clair dans son jeu. Elle décida de mettre les points sur les *i*.

– David, il ne se passera plus rien entre toi et moi ! Plus jamais ! Je veux rester ton amie, juste ton amie. Ne m'en demande pas plus.

Il regarda longuement la silhouette de la rascasse immense, empaillée, suspendue au mur. Le patron, au fond, essuyait les verres en discutant avec un client, qui riait. Quelque chose, un déclic, eut lieu en David. Il se redressa sur sa chaise :

– Tu es un docteur estimable, Laure. Mais tes dossiers sont truffés d'erreurs. Encore une chance que ce soit moi qui sois tombé dessus ! Alors si j'ai un conseil à te donner, corrige-les ! Je n'ai pas du tout envie d'être accusé de soutenir une incapable !

Elle ne comprit pas tout de suite. Il y avait là une malice sordide, une arme de couard, qu'elle ne saisissait pas. David Dernoncourt, tombant si bas ? Elle ouvrit de grands yeux étonnés.

– Pourquoi tu m'agresses comme ça ?

Quand elle rentra à la villa, elle trouva un message de David, qui, d'une voix blanche, disait :

– Laure, mon amour, tu n'as pas le droit de laisser notre histoire se terminer ainsi. Tu n'es pas libre. Tu m'appartiens. Il suffit d'un signe de toi pour que tout recommence entre nous. Je t'aime.

Le lendemain, elle l'aborda dans le couloir de la clinique, pour essayer de remettre les choses à plat. Des infirmières passaient, pressées, et des visiteurs cherchaient la bonne chambre. Une odeur de désinfectant flottait, dans l'air tiède. Tout respirait la quiétude. Apaisée, Laure commença :

– Écoute, David...

Elle aurait pu s'attendre à tout, sauf à ce qui suivit. Dernoncourt la regarda, le menton levé, et jeta, devant les infirmières :

– Appelez-moi Docteur, comme tout le monde ! On n'a pas gardé les cochons ensemble, que je sache !

Il la planta là, médusée. Pour la quiétude, il fallait repasser. Un autre jour, peut-être. Un autre siècle, même.

Le journaliste, à la Plage, interviewait Jessica. Celle-ci, de grands cernes sous les yeux, essayait de trier les questions, et de ne pas dire n'importe quoi. Ces derniers jours avaient été une succession de catastrophes. Paolo avait appris que son empire s'écroulait. Les responsables de Parmelade, à Florence, s'étaient volatilisés, laissant derrière eux un trou d'une dizaine de milliards de dollars (en lires, c'était infiniment plus gros comme chiffre), et la faillite qui s'annonçait était, de loin, la plus grave de toute l'histoire industrielle de l'Italie. Comment une telle avanie avait-elle pu se produire ? Jessica avait épousé un milliardaire, et maintenant il était plus pauvre qu'elle, et en prison de surcroît ? Elle se battrait pour l'en sortir. Cette interview allait peut-être dans le bon sens. Le reporter demanda, sous l'œil de la caméra :

– Votre époux, le prince Di Lorenzi, est soupçonné de malversations financières. Qu'en pensez-vous ?

– Son nom a été utilisé par des gens malhonnêtes, au sein de l'empire Lorenzi. Si mon mari est coupable, c'est de naïveté, voilà tout...

– Votre mari risque plusieurs années de prison, les biens de la famille Di Lorenzi sont sous séquestre, comment vivez-vous cette condition ?

– Paolo a confiance en la justice. Il est victime d'une campagne de presse...

– Vous partagez ses intérêts, il est naturel que vous le protégiez !

– Vous m'accusez de complicité ? Vos insinuations sont dégueulasses... Partez, maintenant !

Aux infos du soir, c'est évidemment la dernière phrase qui passa. Jessica avait l'air d'une folle hystérique.

Le lendemain, elle alla rendre visite à Paolo. Celui-ci, à la maison d'arrêt de Marseille, dépérissait. Les amis tournaient le dos, la famille était aux abois, la jet-set n'existait plus. Tout ce que Paolo voulait, c'était une chemise propre. Jessica lui en avait apporté plusieurs, qui furent scannées comme si elles contenaient des produits dangereux. Le prince Di Lorenzi, en prison, était considéré comme un malfaiteur de dixième zone, une racaille de bas étage. Il déprimait. Il remarqua :

– Tu as mis le tailleur que j'aime. Que tu es belle !

– Je t'en supplie, tiens le coup, Paolo ! Je t'aime... Je t'aime !

Puis la mauvaise nouvelle tomba. Paolo Di Lorenzi était mis en liberté provisoire, mais une caution hors de propos, monstrueuse, était exigée en préalable. Où trouver cet argent ? Les banques refusèrent. Les amis aussi.

En grattant les fonds de tiroir, Jessica réunit cinquante mille francs. Elle pouvait hypothéquer la Plage, oui, mais... Caroline, de Londres, envoya cent mille francs. Sa carrière le lui permettait, maintenant. Jessica téléphonait, se heurtait à des fins de non-recevoir... D'heure en heure, la situation semblait de plus en plus sombre. L'avocat ne pouvait rien faire de plus. Tout le monde était convaincu que Paolo était un escroc. Si seulement c'était vrai, songea Jessica Di Lorenzi, il serait déjà sorti... Recrue de fatigue, elle s'endormit sur le canapé, près du téléphone. Elle rêva. Elle rêva qu'une autre Jessica, émerveillée de la love story qu'elle vivait, lui disait : « Cet amour, c'est comme un verre très fin. Tu vois une fêlure, tu n'oses pas y toucher. Je n'ai jamais autant aimé un homme. Il ne faut rien casser. »

Quand le téléphone sonna, aux petites heures du matin, ce fut pire que tout. La Plage venait de flamber. Il ne restait rien.

Caroline, en entendant la nouvelle de l'accident de Patrick Saint-Val, s'était précipitée sur le téléphone. Un infirmière, aimablement, lui avait répondu. Oui, monsieur Saint-Val allait plutôt bien. Oui, on avait trouvé du sang de son groupe. Mais qui était le donneur ? L'infirmière lut sa fiche : « Une certaine Mme Manzani ». Quand Caroline, dans son hôtel londonien, avait raccroché, elle se disait : « Mais c'est comme si cette femme lui avait donné la vie une nouvelle fois ! » Puis elle eut un regard tendre sur Tom, couché près d'elle.

De fait, Patrick Saint-Val commençait déjà à être remuant. Il demandait quand il pourrait sortir, se remuait, téléphonait à son agent. Laure passa voir Colette Manzani, à l'Ibiza-Club. Pour la remercier. Elle lui dit :

– Il va beaucoup mieux. Venez avec moi lui rendre visite...

Colette eut un geste de recul :

– Je ne veux pas qu'il sache.

– Pourquoi ?

– Il me hait. Il veut m'effacer de sa vie. S'il apprend qu'il a une dette envers moi, il ne me le pardonnera jamais ! Promettez-moi de ne rien dire.

Laure promit. D'ailleurs, elle avait ses propres soucis, avec David, à régler, sans avoir à s'occuper de ceux des autres. Elle regarda Colette, et songea que l'amour de cette femme pour ses enfants était immense, malgré ce qu'elle avait vécu. Tandis qu'elle se préparait à partir, elle nota que Colette, pâle, respirait difficilement. Elle se précipita, examina la pupille, demanda à Colette comment elle se sentait, et posa un diagnostic immédiat : infarctus. Dix minutes plus tard, Colette Manzani était admise à la clinique, en urgence. Quand il l'apprit, Patrick Saint-Val était en train de mettre ses vêtements pour partir. Il répondit simplement :

– J'avais neuf ans, je sortais de l'école, mon père m'attendait. Il m'a dit : « Maman est partie. » Depuis ce jour-là, c'est comme si elle était morte, pour moi.

En sortant de sa chambre, il entra dans le bureau des infirmières, où son dossier était sur la table. Par curiosité, il l'ouvrit. Et découvrit le nom du donneur. Il s'assit, ému. Toute la forteresse qu'il s'était construite depuis des années, tout ce blindage émotionnel, s'écroulait d'un coup. Il n'entendit même pas la nouvelle à la radio : « La Plage Saint-Tropez, totalement détruite dans un incendie d'origine douteuse... » Patrick Saint-Val était en état de choc. Le sang de sa mère coulait dans ses veines, à nouveau.

David Dernoncourt était plongé dans une rage indescriptible. Il marchait de long en large, dans son bureau, serrait les poings, crispait la bouche. Devant lui, assise, Laure essayait de comprendre. Il était hors de lui. Il cria :

– J'ai tout quitté pour toi, Laure ! Ma femme ! Ma fille ! Ma maison ! Depuis que tu es partie, ma vie est un enfer ! J'ai besoin de toi, tu me rends complètement fou !

Il esquissa un geste. Paniquée, Laure leva le coude, prête à se protéger le visage. Le souvenir des gifles lui cuisait encore les joues. David, voyant sa réaction, se radoucit :

– Excuse-moi, je ne vais pas te faire du mal. Tout va bien. Regarde, je suis calme...

– Tu es malade. Il faut que tu consultes un spécialiste. Tu ne t'en rends pas compte, mais tu es malade.

Elle ouvrit la porte, pour sortir. Haineux, il demanda :

– Où tu vas ?

– Je démissionne. Je m'en vais.

Elle sortit dans le couloir. Elle esquissa le geste de claquer la porte, puis, voyant que David avait un geste de défense, comme elle avait eu, elle se reprit. Elle ferma la porte avec une infinie douceur. Puis elle ramassa ses affaires et s'en alla. Bientôt, elle allait le forcer à quitter Saint-Tropez. En attendant, il fallait s'occuper de la Plage. Un incendie ? Il était peut-être sans gravité... Elle l'espérait de toutes ses forces.

Manu faisait ses paquets. Il enfournait des chemises, empilait des pulls. Il n'avait pas grand-chose, somme toute, mais quand même, il ne voulait pas partir les mains vides. La tentative d'assassinat dont il avait été victime l'avait convaincu. Il n'était pas blessé, mais c'était tout comme : il était vraiment passé tout près de la mort. Sans son casque intégral... Il y voyait la main de Forzani. D'ailleurs, il avait bien reconnu le conducteur de la voiture qui l'avait fait déraper : c'était Luigi, le gros bras de Forzani. Il était impossible de faire courir le moindre danger à Marie... Celle-ci, justement, entra. Elle aperçut le sac de voyage et, incrédule, demanda :

– Tu pars ?

– Oui.

– Je ne comprends pas, Manu. T'as pas le droit...

– Je peux pas faire autrement.

– Tu ne m'aimes plus ?

– Je t'aime, Marie... Mais je suis obligé de partir. Forzani, tu comprends ?

– Je pars avec toi !

Elle se planta devant lui, et lui prit les mains.

– Ma vie sans toi, Manu, elle n'existe pas ! Alors laisse-moi t'accompagner ! Nous recommencerons une nouvelle vie ailleurs... Avec notre enfant.

Il se jeta dans ses bras. Ainsi, elle consentait ! Elle pouvait lui donner un bébé ! Une vague de bonheur l'envahit, immédiatement tempérée par la menace de Forzani. Dans la lumière du soir, sous le soleil encore chaud, ils firent l'amour, longuement. En lui caressant les seins, il songea que c'était la dernière fois. Avec le plaisir du désespoir, il l'embrassa comme jamais. Quand elle s'endormit, il murmura :

– Tu sais, c'est à la Plage que je me suis senti vraiment heureux pour la première fois, que j'ai eu l'impression d'appartenir à une vraie famille... Et ça, c'est grâce à toi. Je ne l'oublierai jamais.

Il laissa une cassette, pour expliquer : « Je ne peux pas t'emmener, Marie. S'il t'arrivait quelque chose, je ne me le pardonnerais jamais. Si je t'emmenais, ce ne serait pas une preuve d'amour, juste la preuve que je ne pense qu'à moi. On finira bien par trouver notre place au soleil. Je te le promets. Je t'aime. »

Puis il partit. Dans la nuit, alors qu'il fonçait vers la frontière espagnole, pour une nouvelle vie, il répéta, sur sa moto : « Je t'aime. »

Ils ne se revirent jamais.

Avec l'argent de l'assurance, Jessica put payer la caution. Pendant quelques jours, elle fut soupçonnée d'avoir mis le feu elle-même. Puis Marco mit la main sur Luigi, le gros bras de Forzani, pour une affaire de racket. Le voyou, sentant qu'il était piégé, offrit un marché : témoigner contre Forzani pour l'incendie de la Plage, en échange de l'effacement de l'inculpation pour racket. En sortant de là, Jessica alla rendre visite à Colette Manzani, qui se remettait de sa crise cardiaque. Elle entrouvrit la porte de la chambre, à la clinique, pour entendre Patrick Saint-Val murmurer :

– Je voulais simplement te dire merci. Je suis au courant, pour la transfusion. Tu m'as sauvé la vie. Maman... maman... Ne pleure pas.

Jessica, silencieusement, referma la porte et s'en alla. Paolo l'attendait. Un amour de toute une vie l'attendait.

– Épilogue –

Les lendemains chantent

Il ne restait rien. Le ponton s'était effondré sous la violence de l'incendie. Le bar, enfoui sous une cendre grasse, amère, ressemblait à une ruine. La cabane des jet-skis et des accessoires était affalée sur un magma de plastique fondu, d'où ressortait, miraculeusement, une planche de surf. Il régnait sur ce désastre une odeur de fin du monde. La mer, couverte de débris, venait mourir sur un sable noirci. La nuit couvrait tout.

L'une était rentrée de Londres, l'autre était accourue de la clinique, et Jessica avait laissé Paolo à la villa. Les trois filles, tristes, marchaient lentement dans les cendres. Tant de souvenirs étaient attachés à ce endroit... Laure se souvenait de leurs rires d'enfants, quand, avec les copines, elles tentaient de pêcher des crabes en caoutchouc... Elle se souvenait des premiers baisers, sous l'olivier, avec un garçon de son école. Puis il y avait eu Gregory, et elle se revoyait, en robe de mariée, plongeant derrière son voilier qui partait au bout du monde...

Caroline évoquait, en images brèves, son premier concert, et ses colères contre Samuel... Que de temps passé, que de temps disparu, se dit-elle. Au fond, c'est ici que Tom avait trouvé un ancrage, qu'il avait appris à marcher, à nager, à parler... La Plage, c'était sa patrie.

Jessica, elle, se souvenait de son arrivée pour retrouver Gregory. En mettant le pied en France, elle avait troqué sa vie de danseuse pour un amour de plage... Des hommes étaient passés, des amours étaient mortes, et elle était maintenant princesse italienne...

D'autres silhouettes peuplaient la mémoire des trois filles : celle de Claude, mort dans une ruelle, qui avait su faire de cet endroit un paradis. Celle de Louis, qui, par sa nature généreuse, par ses emportements, par son humour, avait aimé ces femmes – et s'en était fait aimer. Où était-il ? Quelque part en Italie...

Un vent frais se levait, chassant les dernières fumeroles de l'incendie. Tout à leurs souvenirs, à leur nostalgie, les trois filles ne remarquèrent pas tout de suite le panneau qui ornait l'entrée de la plage : « Saint-Tropez, plage et bar », y lisait-on. Jessica le ramassa, après avoir trébuché. Il était intact. Pas une flammèche, pas une trace de noir. Elle le montra à Laure et à Caroline. Elles le posèrent contre le vieil olivier, et passèrent leurs bras sur les épaules l'une de l'autre. Il passait maintenant un chaud courant d'amitié, un beau courant d'amour. Front contre front, en cercle, elles savaient désormais qu'ensemble, elles franchiraient tout.

Quand elles relevèrent la tête, une lueur rose pointait à l'horizon. Laure, simplement, dit :

– Au travail !

Elles allaient faire renaître la Plage de ses cendres. Plus belle, plus fière, plus amusante, plus sexy que jamais.

C'était leur univers, leur royaume, et personne ne leur enlèverait.

Elles commencèrent à ramasser les décombres.

Une fois de plus, elles allaient être heureuses. D'ailleurs, elles l'étaient. Déjà, alors que la nuit était remplacée par un jour éclatant, elles riaient. Tout allait bien, sous le ciel bleu. Oui, tout allait merveilleusement bien.

Sous le soleil.

– Table des matières –

1. Plage à vendre 7
2. Un mariage à l'eau 17
3. Le porte-bonheur 29
4. Du rififi à l'Ibiza-Club 39
5. Diagnostic jalousie 51
6. Un nouvel homme, un nouveau home 63
7. Sexe, mensonge et calomnie 73
8. Cœurs piégés 83
9. Un père passe et manque 97
10. Réparations en tous genres 113
11. L'amour à risque 129
12. Un pas en avant, un pas en arrière 145
13. Oui ou non ? 163
14. Cœurs brisés 181
15. Nouveaux départs 199
16. La belle et le voyou 217
17. Accords et désaccords 233
18. À cœur ouvert 251
19. Maux d'amour, mots d'amour 271
20. Amour infernal 291
21. L'amour meurtri 309
22. Sous les ennuis, la plage 327
Épilogue : Les lendemains chantent 343

Direction littéraire
Huguette Maure
assistée de
Maggy Noël

Composition PCA
44400 – Rezé

Impression réalisée sur CAMERON par

BRODARD & TAUPIN
GROUPE CPI

La Flèche

pour le compte des Éditions Michel Lafon
en juin 2004

Imprimé en France
Dépôt légal : juin 2004
N° d'impression : 24403
ISBN : 2-7499-0113-8
LAF : 547